ammann

Zora Neale Hurston

Und ihre Augen schauten Gott

Roman

Aus dem Amerikanischen übersetzt
und mit einem Glossar versehen
von Barbara Henninges

Ammann Verlag

Die Originalausgabe erschien 1937 im Verlag
J. B. Lippincott, Inc., Philadelphia, unter dem Titel
»Their Eyes Were Watching God«

2. Auflage

Published by arrangement with HarperCollins Publishers, Inc.
Satz: Jung Satzcentrum GmbH, Lahnau
Druck: Offizin Andersen Nexö, Leipzig
ISBN 3-250-10205-9

Für
Henry Allen Moe

I

Schiffe in der Ferne haben die Wünsche aller Männer an Bord. Für die einen laufen sie mit der Flut ein. Für andere segeln sie immer am Horizont, nie außer Sicht, nie Land ansteuernd, bis der Beobachter resigniert den Blick abwendet, seine Träume von der Zeit zuschanden gemacht. So ist das Leben der Männer.

Frauen aber vergessen all die Dinge, an die sie sich nicht erinnern wollen, und erinnern sich an alles, was sie nicht vergessen wollen. Der Traum ist die Wahrheit. Und sie handeln und leben entsprechend.

Am Anfang dieser Geschichte war also eine Frau, und sie kehrte zurück von der Bestattung der Toten. Nicht der Toten durch Krankheit und Siechtum, mit Freunden am Kopf- und am Fußende des Betts. Sie kehrte zurück von den Aufgeschwemmten und Gedunsenen; den plötzlich Toten, die Augen weit aufgerissen vorm Jüngsten Gericht.

Alle sahen sie kommen, denn es war Sonnenuntergang. Die Sonne war schon verschwunden, aber sie hatte ihre Fußstapfen am Himmel hinterlassen. Es war Zeit, auf den Holzveranden an der Straße zu sitzen. Es war Zeit, Dinge zu hören und zu sagen. Den lieben langen Tag waren diese Verandahocker zungenlose, ohrenlose, augenlose Gebrauchsgegenstände gewesen. Maulesel und andere Viecher hatten ihre Leiber beherrscht. Aber nun waren die Sonne und der Boßmann weg, und ihre Leiber fühlten sich stark und menschlich an. Sie wurden zu Herren von Lauten und noch Geringerem. Sie kauten Meinungen durch. Sie saßen zu Gericht.

Der Anblick der Frau, so wie sie jetzt war, rief wieder den Neid in ihnen wach, den sie aus anderen Zeiten für sie gespeichert hatten. Und so kauten sie den Inhalt ihrer Hinterköpfe wieder und schluckten mit Genuß. Aus Fragen machten sie beißende Behauptungen, aus Gelächter tödliche Waffen. Es war Massengrausamkeit. Eine Stimmung, die sich Bahn brach. Worte, die herrenlos daherkamen; ganz wie die Harmonien in einem Lied.

»Wat fällt der ein, in sone Latzhosen nach Hause komm? Kannse kein Kleid nich finden für zum Anziehn? – Wo's dat blaue Satinkleid gebliem, wose mit losgezogen is? – Wo's dat ganze Geld gebliem, wo ihr seligen Mann hingegang is un se vermacht hat? – Wat fällt dat olle Weibsbild mit ihre vierzich ein, die Haare so lang runterhäng lassen wie sone junge Göre? – Wo hatse den jung Burschen gelassen, wose mit auf und davon is? – Dachtse vielleicht, der tätse heiraten? – Wo hatse derse sitzenlassen? – Wo hatter ihr ganzes Geld hingebracht? – Jede Wette, ders ab mit son junges Ding, wo so jung is, datse noch nichma keine Haare nich hat – Wat bleibtse auch nich bei ihresgleichen? –«

Als die Frau bei ihnen ankam, wandte sie dem Affenvolk das Gesicht zu und sprach. Alle rappelten sich zu einem geräuschvollen »Gutn Abend« auf, ließen die Münder offen, sperrten hoffnungsvoll die Ohren auf. Der Gruß der Frau war durchaus liebenswürdig, aber sie ging weiter, geradewegs auf ihre Gartentür zu. Die Verandabesatzung machte Augen und war sprachlos.

Die Männer gewahrten ihre festen Pobacken, die aussahen, als hätte sie Grapefruits in den Gesäßtaschen; den dicken schwarzen Zopf, der ihr bis zur Taille hinunterbaumelte und sich im Wind plusterte wie eine Feder; dann die mutwilligen Brüste, die Löcher in ihr Hemd bohren wollten. Sie, die Männer, hoben in Gedanken auf, was ihren Augen verlorenging. Die Frauen nahmen das verwaschene Hemd und die schmuddelige Latzhose und verwahrten sie im Gedächtnis. Als Waffen gegen ihre Stärke, und selbst wenn sie sich als nutzlos erweisen sollten, bestand immerhin Hoffnung, daß die Frau eines Tages auf ihre Ebene herunterfallen würde.

Aber niemand rührte sich, niemand sprach, niemand dachte auch nur daran, Spucke hinunterzuschlucken, bis sie die Gartentür hinter sich zugeschlagen hatte.

Pearl Stone machte den Mund auf und lachte schallend, weil sie nicht wußte, was sie sonst tun sollte. Sie warf sich lachend über Mrs. Sumpkins. Die schnaubte heftig und schnalzte mit der Zunge.

»Mpfff! Wat regt ihr euch alle auf wegen so eine. Da bin ich ganz anders. Ich mach mir doch wegen der kein Kopp. Wennse nich genuch Benimm hat un bleibt stehn un erzählt die Leute, wieses ergang is, dann laßtse doch laufen.«

»Die isses nichma wert, datwerse wat nachsagen«,

näselte Lulu Moss. »Die sitz aufn hohn Roß, aber aussehn tutse, wie wennse ganz schön runtergekomm wär. Ich sachs ja, so is dat mit diese olle Weibers, wat hinter junge Burschen her am Renn sin.«

Pheoby Watson rückte mit dem Schaukelstuhl vor, ehe sie anhob: »Also, weiß doch keiner, ob dat 'berhaupt wat zu erzähln gibt oder nich. Ich, ich bin ja ihre beste Freundin, un *ich* weißes nichma.«

»Vielleicht hamwer nich so viel Ahnung wie du, aber wer wissen alle, wiese von hier wech is, und jetz hamwer ja alle gesehn, wiese zurückgekomm is. Tut nich nötich, ne alte Frau wie Janie Starks in Watte pakken, Pheoby, Freundin hin oder her.«

»Von wegen alt, die is nichma so alt wie manche von euch, wo jetz am Klatschen sin.«

»Die is weit über vierzich, soviel wie ich weiß, Pheoby.«

»Vom Aussehn nich mehr wie vierzich.«

»Die is viel zu alt fürn jung Burschn wie Tea Cake.«

»Tea Cake is schon lange kein Junge nich mehr. Is ja selber schon um die Dreißich.«

»Mir doch egal, könnt stehnbleiben un paar Worte mit uns reden. Die tut grade, wie wennwerse wat angetan hätten«, beschwerte sich Pearl Stone. »Sie isses doch, wat sich danebenbenomm hat.«

»Du meins, du bis sauer, weilse nich stehngeblieben is un uns ihre ganze Angelegenheiten erzählt hat. Wat hatse eindlich getan, wat so schlimm is, wie ihr alle tut? Schlimmste, wat ich je erfahrn hab, is, datse paar Jährchen unterschlagen hat, un dat hat noch niemand nich geschadet. Ihr tut mich alle anödn. Wemman euch so reden hört, könnt man mein, die Leute in diese Stadt hätten im Bett nix andres zu tun als wie den lieben Gott loben. Tschuldigung, aber ich muß erstma rüber un se wat zu essen bring.« Pheoby erhob sich brüsk.

»Laß dich von uns nich aufhalten«, sagte Lulu lächelnd, »geh man immer los, wir könn solange auf dein Haus aufpassen. Mein Abendessn is fertich. Geh du ruich nachsehn, wieses so geht. Kanns uns ja dann weitererzählen.«

»Gott«, stimmte Pearl ein, »ich hab dat bißchen Fleisch un Brot ja schon wer weiß wie lange durchgeschmurgelt. Ich kann so lange von zu Hause wechbleiben, wie ich will. Mein Mann is da nich pingelich.«

»Äh, ach, Pheoby, wennsde schon am Gehn bis, könnt ich ja mit dir mit nach drüben gehn«, bot Mrs. Sumpkins an. »Wird ja langsam zappenduster. Sons tut dich noch der Nachtkrapp holn.«

»Nee, schön Dank auch. Mich holt niemand nich auf die paar Meter. Mein Mann, der sach wieso, kein Nachtkrapp, wat auf sich halten tut, will mich haben, sachter. Wennse euch wat zu erzählen hat, krichters schon noch zu hörn.«

Pheoby eilte mit einer zugedeckten Schüssel in den Händen davon. Von der Veranda hagelten unterdrückte Fragen auf ihren Rücken. Sie hofften, die Antworten würden schrecklich und unerhört sein. Als Pheoby Watson ankam, ging sie nicht durchs vordere Gartentor den Palmenweg entlang zur Haustür.

Sie lief mit ihrer Schüssel voll Mulattenreis den Zaun entlang um die Ecke und trat durch den vertraulichen Hintereingang ein. Dort mußte Janie sein.

Sie fand sie auf den Stufen der rückwärtigen Veranda sitzend. Alle Öllampen waren gefüllt, die Glaszylinder geputzt.

»Hallo, Janie, wie gehts dir so?«

»Och, ganz gut, ich bin dabei un spül bißchen von die Müdichkeit un den Dreck aus meine Füße raus.« Sie lachte auf.

»Wie man sieht. Mädchen, du siehs aber ma *prima* aus. Du siehs aus, als wärsde deine eigne Tochter.« Sie lachten beide. »Sogar mit die Latzhose machsde noch wat her als Frau.«

»Geh! Geh! Du denks bestimmt, ich hab dich wat mitgebracht. Dabei hab ich nix dabei als wie mich selber.«

»Dat is ne ganz schöne Menge. Mehr wolln deine Freunde ja gar nich.«

»Von dir laß ich mir die Schmeichelei gefallen, Pheoby, ich weiß ja, se kommt von Herzen.« Janie streckte ihr die Hand hin. »Lieber Gott, Pheoby! Willste mich nich endlich die kleine Portion da geben, wo du mitgebracht has? Mein Bauch hat heute noch nix zu spürn gekricht als wie die hohle Hand.« Sie lachten beide unbeschwert. »Gib schon her und setz dich.«

»Habs ja gewußt, dat du würds hungrich sein. Is nix mehr mit Brennholzssammeln nach Sonnuntergang. Mein Reis is nich so besonders diesmal. Nich genuch Schmalz, aber ich nehm an, er macht satt.«

»Werd ich dir gleich sagen«, sagte Janie und hob

den Deckel. »Mädchen, das is aber *zu* lecker! Du läß ja nix anbrenn in deine Küche.«

»Och, nich der Rede wert, Janie. Aber morgen hab ich wat richtich Leckres, weil du wieder zu Hause gekomm bis.«

Janie griff herzhaft zu und sagte nichts. Der vielfarbige Wolkenstaub, den die Sonne am Himmel aufgewirbelt hatte, setzte sich nach und nach.

»Da, Pheoby, da hasde die olle Schüssel wieder. Was soll ich mit ne leere Schüssel anfang. Der Mampf kam grade richtich.«

Pheoby lachte über den derben Scherz der Freundin. »Du bis noch genauso verrückt wie eh un je.«

»Gibsde mich ma den Waschlappen auf den Stuhl da, neben dir, Liebchen. Laß mich ma eem die Füße rubbeln.« Sie nahm den Lappen und rieb kräftig. Von der Dorfstraße schallte Gelächter herüber.

»Na, ich hör schon, Großmaul Allmächtich is noch immer zur Stelle. Un ich wett, nu sinse *mich* am Durchkaun.«

»Na klar. Du weiß ja, manche Leute, wennsde die begegnes, un du tusdse nich nachen Mund reden, dann meinse, se müssen bis sonswohin in dein Leben rumstochern un ganz genau kucken, wat du alles gemacht has. Die wissen mehr über dich als wie du selber. Neid im Herzen macht gehässiche Ohren. Die ham über dich bloß ›gehört‹, watse gern hätten, dat passiert wär.«

»Wenn der liebe Gott nich mehr auf den ihr Gerede gibt als wie ich, dann kräht eh kein Hahn danach.«

»Ich weiß, watse sagen, sin ja immer um meine

Veranda rum am Klucken, weil die direkt bei der Dorfstraße bei is. Mein Mann, wat der is, der hat manchmal so die Nase voll davon, datter se allesamt na Hause scheucht.«

»Da hat Sam aber recht. Wetzen bloß eure Sitzmöbel durch.«

»Eben, Sam sach, die meisten von den gehn bloß in die Kirche, dat se am Jüngsten Tach auch ja im Himmel komm. Dat is der Tach, wo angeblich alle Geheimnisse bekannt gemacht wern. Da wollnse dabeisein un *alles* mitkriegen.«

»Dieser Sam, der is aber auch *zu* verrückt! Kannsde dich immer kaputtlachen über den, wennsde um den rum bis.«

»Mmm-hmm. Er sach, er will selber auch dabeisein, datter rauskricht, wer seine Maiskolbmfeife geklaut hat.«

»Pheoby, dein Sam, der kanns einfach nich lassen! So ein verrückten Kerl!«

»Die meiste von diese Glumsköppe sin so gieprich auf dein Privatleben, die brings fertich und drängeln sich zum Jüngsten Gericht, datse ja alles über dich rauskriegen, wennse nich schnell genuch von selber dahinterkomm. Du beeils dich besser un erzählsdse, ob du un Tea Cake, ob ihr geheirat habt un obber dein ganzes Geld genomm hat und mit son junges Ding durchgegang is un wo er jetz steckt un wo deine ganze Kleider abgeblieben sin, dat du in Latzhosen hier ankomm mußt.«

»Ich denk nich dran un erzähl den irgnwat; Pheoby. Is nich die Mühe wert. Kannsdse ruich weitererzähln, wattich dir sach, wennsde wills. Kommt aufs gleiche raus, weil meine Freunde un ich, wir reden wie aus eim Mund.«

»Wenn dat dein Wunsch un Wille is, dann erzähl ichse, wattu sachs, dattichse erzähln soll.«

»Erstens ma, Leute wie die verschwendn viel zu viel Zeit, indem datse ihre Nase in Sachen reinstekken, wose nix von verstehn. Jetz meinse, se müssen bei mir rumschnüffeln, wat ich mit Tea Cake gehabt hab un ob alles seine Richtichkeit hat oder nich! Dabei wissense nichma, ob dat Leben ne Portion Maisklopse is un ob Liebe ne Bettdecke is oder wat!«

»Solange, wie die jemand haben, wose sich dat Maul drüber zerreißen könn, isses die doch egal, wie er heißt un wodrum dat geht, Hauptsache, se könn n miesmachen.«

»Wennse unbedingt alles sehn un wissen wolln, warum kommse nich, datwer uns herzen un küssen? Dann könntich mich hinsetzen un se schon allerlei erzählen. Ich war Abgesandte auf die große Lebenskomferens. Ich kann dir sagen! Bei die Großloge, bei die große Lebensversammlung, da war ich diese einhalb Jahre dabeigewesen, wo ihr mich nich gesehen habt.«

So saßen sie dicht beieinander in der frischen jungen Dunkelheit. Pheoby begierig, durch Janie zu fühlen und zu erleben, aber darauf bedacht, ihren Eifer nicht zu zeigen, aus Angst, er könnte für schiere Neugier gehalten werden. Janie erfüllt von jener uralten menschlichen Sehnsucht – nach Selbstenthüllung. Lange Zeit hielt Pheoby ihre Zunge im Zaum, aber sie bewegte unwillkürlich die Füße. Da sprach Janie.

»Die brauchen sich über mich un meine Latzhosen nich den Kopp zerbrechen, solang wie ich noch neunhundert Dollars auf der Bank hab. Tea Cake hat mich dazu gebracht, dat ichse anzieh – wie ich mit ihm mitgegang bin. Tea Cake hat kein Geld von mir rausgeschmissen, un er hat mich auch nich wegen keine Junge verlassen. Er hat mir alle Wohltatn der Welt gegeem. Würd er den auch selber sagen, wenner da wär. Wenner nich von uns gegang wär.«

Pheoby weitete vor Wißbegier alle Poren. »Tea Cake is nich mehr?«

»Tja, Pheoby, Tea Cake is nich mehr. Un dat is den einzichsten Grund, dat du mich hier wiedersiehs – weil ich da, wo ich war, nix mehr hab, wat mich hält. Da unten in Everglades, da unten im Sumf.«

»Ich komm nich ganz mit, wat du meins, so wie du dat erzähls. Aber ich bin ebent manchmal schwer von Begriff.«

»Nee, dat is nich, wat du vielleich denks. Hat kein Sinn, dattich dir wat erzähl, wenn ich dir nich die Erklärung mitliefern tu. Wennsden Pelz nich sehn tus, dann kannsden Nerz auch nich vonnem Waschbär unterscheiden. Hömma, Pheoby, is Sam mit sein Abendessen auf dich am Warten?«

»Alles fix un fertich. Wenner nich selber so schlau is, datter am Essen fängt, hatter eben Pech gehabt.«

»Also gut, dann könnwer ja einfach sitzenbleiben

un weiterreden. Ich hab im Haus alles aufgemacht, dattich bissel Durchzuch hier reinkrich.

Pheoby, wir warn seit zwanzich Jahre die dicksten Freundinn gewesn, drum verlaß ich mich auf dein Wohlwolln. Un da davon geh ich auch aus, wenn ich mit dir red.«

Die Zeit macht alles alt, und so verwandelte sich die kosende junge Dunkelheit, während Janie sprach, in ein schauderbares altes Ungetüm.

2

Janie sah ihr Leben als großen Baum, belaubt mit all den erlittenen und genossenen Dingen, den erlebten und ungelebten Dingen. In den Zweigen Morgendämmerung und Verdammnis.

»Ich weiß ganz genau, wattich dir zu sagen hab, aber ich weiß nich recht, wo anfang.

Mein Papa, den hab ich niemals nich gesehen. Un selbst wenn, tätichen nich erkenn. Meine Mama auch nich. Die is wech von dort, lange bevor ich groß genuch war, dattich wat mitkrich. Meine Grandma hat mich großgezogen. Meine Grandma un die Weißen, wose für am Arbeiten war. Im Hinterhof hinterm Gutshaus hattesen Häuschen gehabt, un da bin ich drin geboren. Warn anständiche Weiße, da oom in West Florida. Washburn hießense. Die Frau, die hat vier Enkelkinners bei sich gehabt, un wir warn immer alle mitnander am Spieln, un drum hab ich zu meine Grandma nie wat andres als wie Nanny gesacht, weil, hamsese ebent alle so genannt. Die Nanny, wennse uns bei unsre Teufeleien erwischt hat, dann hatse immer alle auf einmal verdroschn, un Mis' Washburn genauso. Ich schätz, se ham uns nie für umsons Dresche gegeben, die drei Jungs un wir zwei Mädchen, wir warn nämlich, glaubich, ganz schön unausstehlich.

Ich war so viel mit diese weiße Gören zusammgewesen un hatt überhaupt keine Ahnung, dattich nich weiß bin, bis ich so um die sechs Jahre war. Hätts auch dann noch nich gemerkt, aber da kam son Mann vorbei, wo Fotos gemacht hat, un Shelby, wat den Ältesten war, sach dem, er soll uns abnehm. Etwa ne Woche später hat der Mann dat Bild gebracht für Mis' Washburn, datses ankuckt un bezahlt, hatse auch gemacht, aber dann hatse uns alle ne orndliche Tracht Prügel verpaßt.

Un wie wir dat Bild am Ankucken sin un am Zeigen, wer alles drauf is, da war niemand übrich als wiene ganz dunkle kleine Göre mit lange Haare neben Eleanor. Da hätt eindlich ich stehn müssen, aber ich konnt mich in dat dunkle Kind nich wiedererkenn. Also frach ich: ›Wo bin denn ich? Ich seh mich ja gar nicht.‹

Da hamse alle gelacht, sogar Mr. Washburn. Miss Nellie, die Mama von die Kinners, wat wieder na Hause zurückgekomm war, wie ihr Mann gestorben is, die zeicht auf dat dunkle un sacht: ›Dat bis du, Alphabet, erkennsde dich denn nich wieder?‹

Alle hamse mich immer Alphabet genannt, weil, hatten sich ja so viele Leute immer wieder neue Namen für mich ausgedacht. Ich hab dat Bild lange angekuckt un hab gesehn, dat war mein Kleid un meine Frisur, un ich sach:

›Oje, oje! Ich bin ja gefärbt!‹

Da hamse alle ganz doll gelacht. Aber vorher, eh ich dat Bild gesehn hab, dachtich immer, ich wär genau wie die andern.

Wir hattens schön mitnander, bis die Kinners inner

Schule mich am Hänseln fing, vonwegen dattich im Hinterhof von weiße Leute wohn. Da war son Döskopp von Mädchen, die Mayrella, die hat jedesmal ne Wut gekricht, wennse mich angekuckt hat. Mis' Washburn hat mich immer die ganzen Sachen angezogen, wat ihre Enkelkinners nich mehr gebraucht ham, un die warn immer noch besser, als wat die andern farbichen Gören anhatten. Un dann hatse mir immer Schleifen inne Haare gebunden. Dat hat die Mayrella schwer gefuchst. Un da hatse immer auf mir rumgehackt un andre angestiftet, datses auch machen. Drum hamse mich immer weggeschubst, wennwer im Kreis am Spielen warn, un ham so getan, wie wennse mit niemand nich spielen könnten, wo auf ein Anwesen wohnt. Dann hamse gesacht, ich soll mir bloß nix einbilden, von wegen mein Aussehn, ihre Mama hättse nämlich von die Spürhunde erzählt, wat mein Papa die ganze Nacht am Hetzen waren. Mr. Washburn un der Sheriff hätten Bluthunde auf seine Spur gesetzt, datsen einfang, wegen watter meine Mama angetan hat. Aber davon, datter später gesehn worden is, wie er versucht hat und wollt sich mit meine Mama treffn, datterse heiraten kann, da davon hamse nix gesacht. Nee, den Teil hamse schön verschwiegen. Alles hamse ganz schlimm hingestellt, datse mir die Federn knicken. Dabei hamse nichma sein Name nich gewußt, keiner von denen, aber die Sache mit den Bluthunden, die kanntense alle auswendich. Die Nanny konnts gar nich mit ansehn, dattichn Kopp häng laß, un da hatse sich überlecht, t wär besser für mich, wer hättn n Haus. Se hat dat Land besorgt un alles, un Mis' Washburn hat noch mit ne Menge Sachen ausgeholfen.«

Pheobys hungrige Aufmerksamkeit half Janie, ihre Geschichte zu erzählen. Und so fuhr sie fort, sich auf ihre jungen Jahre zu besinnen und sie der Freundin in sanften, schwerelosen Sätzen zu schildern, während die Nacht rings ums Haus Fleisch und Schwärze ansetzte.

Janie dachte ein Weilchen nach und kam zu dem Schluß, daß ihr bewußtes Leben an Nannys Gartentür begonnen hatte. Spät an einem Nachmittag hatte Nanny sie ins Haus gerufen, weil sie sie dabei ertappt hatte, wie sie sich über den Torpfosten hinweg von Johnny Taylor küssen ließ.

Es war ein Frühlingsnachmittag in West Florida. Janie hatte die längste Zeit des Tages unter einem blühenden Birnbaum im Garten hinterm Haus zugebracht. Schon während der vergangenen drei Tage hatte sie sich jede Minute, die sie sich von ihren Hausarbeiten wegstehlen konnte, unter diesem Baum aufgehalten. Das heißt, seitdem die erste winzige Blüte sich geöffnet und Janie herbeigelockt hatte, ein Wunder zu bestaunen. Von kahlen, braunen Ästen zu glänzenden Blattknospen; von Blattknospen zur schneeigen Jungfräulichkeit der Blüte. Es wühlte sie zutiefst auf. Wie? Warum? Es war wie eine vergessene und wieder erinnerte Flötenmelodie aus einem anderen Leben. Was? Wie? Warum? Dieses Singen, das sie vernahm, das nichts mit den Ohren zu tun hatte. Die Rose der Welt atmete Duft aus. Er begleitete sie durch all ihre wachen Augenblicke und liebkoste sie im Schlaf.

Er verband sich mit anderen dumpf empfundenen Dingen, die ihre äußere Wahrnehmung geweckt hatten und tief in ihre Poren gedrungen waren. Nun tauchten sie wieder auf und geisterten durch ihr Bewußtsein.

Sie lag unterm Birnbaum auf dem Rücken und schwelgte in den Altstimmen der einkehrenden Bienen, im Gold der Sonne und im hechelnden Atem des Winds, als sich ihr jene unhörbare Melodie offenbarte. Sie sah eine Blütenstaub tragende Biene ins Innerste einer Blüte eintauchen; sah die tausend Schwesterkelche sich dem Liebesspiel zuneigen und sah den Baum von der Wurzel bis in den winzigsten Zweig erschauern und jede Blüte vor Entzücken überschäumen. Das war also eine Hochzeit! Sie war eingeladen worden, die Offenbarung eines Geheimnisses mitzuerleben. Da empfand Janie einen erbarmungslos süßen Schmerz, der sie schlaff und matt machte.

Nach einer Weile stand sie auf und wanderte kreuz und quer über das ganz kleine Gartengrundstück. Sie suchte nach Bestätigung der Melodie und der Erscheinung, überall fand sie Antworten und nahm sie dankend entgegen. Eine eigene Antwort für jedes Geschöpf, außer für sie selbst. Ihr war, als suche eine Antwort nach ihr, aber wo? Wann? Wie? Unvermittelt stand sie vor der Küchentür und stolperte hinein. In der Zimmerluft taumelten und summten Hochzeit feiernde Fliegen. Als sie in dem engen Flur anlangte, kam ihr wieder zu Bewußtsein, daß die Großmutter mit Kopfschmerzen im Haus geblieben war. Sie lag quer übers Bett ausgestreckt und schlief, daher stahl

Janie sich auf Zehenspitzen weiter, zur vorderen Haustür hinaus. Ach, ein Birnbaum sein – *irgendein* blühender Baum! Voller kosender Bienen, die von der Erschaffung der Welt sangen! Sie war sechzehn. Sie hatte glänzende Blätter und berstende Knospen, und sie wollte es mit dem Leben aufnehmen, aber es schien sich ihr zu entziehen. Wo blieben ihre summenden Bienen? Keine Antwort weit und breit. Von der obersten Treppenstufe aus durchforschte sie mit den Augen so viel von der Welt, wie sie konnte, ging dann zum Gartentor, beugte sich darüber und blickte angestrengt die Straße hinauf und hinunter. Schaute, wartete, vor Ungeduld schnell atmend. Wartete, daß die Welt erschaffen werde.

Durch die pollengetränkte Luft sah sie ein herrliches Wesen auf der Straße daherkommen. In ihrer früheren Blindheit hatte sie es als den großen, schlaksigen Faulpelz Johnny Taylor gekannt. Das war, bevor der goldene Blütenstaub seine Lumpen und ihre Augen verzaubert hatte.

Während der letzten Phasen ihres Schlafs träumte Nanny von Stimmen. Weit entfernten, aber anhaltenden und stetig näher kommenden Stimmen. Janies Stimme. Janie, die in geflüsterten Wortfetzen mit einer männlichen Stimme sprach, die Nanny nicht recht einordnen konnte. Das machte sie hellwach. Sie fuhr senkrecht in die Höhe, spähte zum Fenster hinaus und sah Johnny Taylor, der ihre Janie mit einem Kuß besudelte.

»Janie!«

Die Stimme der alten Frau war so frei von Strenge

oder Tadel, so brüchig und aufgelöst, daß Janie fast meinte, Nanny habe sie nicht gesehen. Da reckte sie sich aus ihrem Traum hinaus und ging ins Haus. Das war das Ende ihrer Kindheit.

Nannys Kopf und Gesicht sahen aus wie die ragenden Wurzeln eines alten, vom Sturm ausgerissenen Baums. Pfeiler einstiger Stärke, zu nichts mehr nütze. Die kühlenden Rizinusblätter, die Janie mit einem weißen Tuch um den Kopf der Großmutter gebunden hatte, waren welk und eins geworden mit der Frau. Ihre Augen bohrten nicht, durchdrangen nicht. Sie verwischten und verschmolzen Janie, das Zimmer und die Welt in einer Wahrnehmung.

»Janie, du bist jetzt ne Frau, un da –«

»Nee, Nanny, nee, ich bin noch keine richtiche Frau nich.«

Der Gedanke war zu neu und zu schwer für Janie. Sie wehrte ihn ab.

Nanny schloß die Augen und nickte mehrmals eine langsame, müde Bekräftigung, bevor sie ihr eine Stimme verlieh.

»Doch, Janie, is schon alles an dir dran, wat ne Frau ausmacht. Da kann ich dir auch gleich sagen, wattich schon Weilchen am Aufsparn war. Ich will, dattu dich umgehnd verheiraten tus.«

»Ich, heiraten? Nee, Nanny, nein Ma'am! Wat soll ich mitn Ehemann anfang?«

»Wat ich grade ebent gesehn hab, genücht mir, Schätzchen. Ich will nich, dat so ein nixnutzichn Nigger, so ein Windbeutel wie Johnny Taylor sich die Stiefel an dein Körper abputzen tut.«

Nannys Worte ließen Janies Kuß übers Gartentor wie einen Misthaufen nach einem Regenguß erscheinen.

»Kuck mich an, Janie. Laß nichn Kopp häng. Kuck ma deine olle Grandma an!« Ihre Stimme begann, sich in den Strudeln ihrer Gefühle zu verfangen. »Ich will nich so mit dir reden. Ich war doch wahaftich werweiß wie oft vor mein Schöpfer auf die Knie gelegn un am Beten, datter *bitte* die Bürde nich zu schwer macht für mich zum Tragen.«

»Nanny, ich hab doch bloß – ich hab nix Schlechtes tun wolln.«

»Dat isset ja, wat mich Anx macht. Du has nix Böses im Sinn. Du weiß nichma, wo dat Böse is. Ich bin schon alt. Ich kann deine Schritte nich immer von Unheil un Gefahr wechlenken. Ich will, dattu dich umgehnd verheiraten tus.«

»Wen soll ichn so mirnixdirnix heiratn? Ich kenn doch kein.«

»Der Herr wirds schon richten. Er weiß, ich hab meine Bürde im Schweiß von mein Angesicht getragen. Vor ne ganze Weile hat mich ma wer angesprochen wegen dir. Ich hab nix gesacht, weil dat nich dat war, wat ich mit dir im Sinn gehabt hab. Ich wollt, dat du die Schule fertichmachs un mal süßere Trauben von höcher oben zu Flücken krichs. Aber ich seh, du has andre Absichten.«

»Nanny, wer – wer war dat gewesen, wo wegen mir gefracht hat?«

»Bruder Logan Killicks. Ein guter Mann, wahaftich.«

»Nee, Nanny, nein Ma'am! Hat der sich desderwegen immer hier rumgetrieben? Der sieht ja aus wie son olln Totenschädel aufn Friedhof.«

Die ältere Frau richtete sich bolzengerade auf, setzte die Füße auf den Boden und wischte sich schroff die Blätter aus dem Gesicht.

»Du wills dich also nich anständich verheiraten, wie? Du wills bloß rumschmusen un knutschen un fummeln, mal mit dem ein, mal mit dem andern, hm? Du wills mir wohl den gleichn bittern Kelch zu trinken gebm wie deine Mama, wie? Mein olln Kopp is dir wohl noch nich grau genuch. Mein Buckel is dir wohl noch nich krumm genuch!«

Der Gedanke an Logan Killicks entweihte den Birnbaum, aber Janie wußte nicht, wie sie Nanny das sagen sollte. Sie ließ nur die Schultern hängen und schmollte den Fußboden an.

»Janie.«

»Ja, Ma'am.«

»Du antworts mit gefällichs, wenn ich mit dir am Reden bin. Sitz nich da un ziehn Flunsch nach alledem, wattich wegen dir durchgemacht hab!«

Sie schlug das Mädchen heftig ins Gesicht und hob ihren Kopf gewaltsam wieder hoch, so daß sich ihre Blicke im Streit trafen. Als sie mit der Hand schon zum zweiten Schlag ausgeholt hatte, sah sie die riesige Träne, die aus Janies Herz aufgewallt war und in beiden Augen stand. Sie sah die entsetzliche Qual und die zusammengebissenen Lippen, die den Schrei unterdrückten, und hielt inne. Statt dessen schob sie Janie die schweren Haare aus dem Gesicht und stand bekümmert und gerührt da und weinte innerlich um sie beide.

»Komm nach deine Grandma, Liebchen. Setz dich auf mein Schoß wie früher. Deine Nanny tut dich doch kein Härchen krümm. Se will auch nich, dat wer anders dat tut, wennses verhindern kann. Liebchen, der weiße Mann is Herr über alles, soviel wie ich hab rausfindn könn. Womöchlich is da irgnwo ne Gegend, weit wech in Ozean, wo der schwarze Mann die Macht hat, aber nix Genaues wissenwer nich, solange wiewers nich mit eigne Augen sehn. Der weiße Mann, der hat seine Bürde hingeschmissen un den Niggermann gesach, er sollse aufheben. Der hebtse auf, musser ja, aber tragen tuterse auch nich. Gibter lieber seine Weibsleute. Die Niggerfrau is der Maulesel für alle Welt, soviel wie ich weiß. Ich war in eim fort am Beten gewesen, dattat bei dir ma anders wird. Herrgott, Herrgott, Herrgott!«

Lange Zeit saß sie da und wiegte das dicht an ihre eingefallene Brust gedrückte Mädchen. Janies lange Beine baumelten über eine Armlehne des Sessels, und ihre langen Zöpfe hingen auf der anderen Seite weit hinunter. Nanny stimmte über dem Kopf des weinenden Mädchens eine halb gesungene, halb geschluchzte Gebetslitanei an.

»Barmherzicher! Ich habs schon lange komm gesehn, aber nu hats wohl so komm müssen. Ach, Jesus! Nu bis du dran, Jesus! Ich hab getan, wattich gekonnt hab.«

Allmählich beruhigten sich beide wieder.

»Janie, seit wann läß du dich von Johnny Taylor küssen?«

»Bloß dies eine Mal, Nanny. Ich habn überhaupt nich lieb. Der Grund, warum ichs getan hab, is – ach, ich weiß auch nich.«

»Ich danke Dir, Massa Jesus.«

»Ich tus bestimmt nich wieder, Nanny. Bitte tu mich nich mit Mr. Killicks verheiratn.«

»Es geht mir nich drum, dat du Logan Killicks krichs, Baby, sondern ein Beschützer. Ich bin nich alt am *Werden*, Liebchen. Ich *bin* alt un fertich. Ein schön Morgen, schon bald, wird der Engel mit sein Schwert hier längskomm. Tach un Stunde is mir nich gesung geworden, aber wird nich mehr lange dauern. Wie du noch ein Säugling auf meine Arme wars, hab ich den Herrgott gebittet, datter mich hierläßt, bis du groß bis. Er hats mir nich vergönnt, dattich den Tach erleb. Jetz bin ich täglich am Betn, dat diese goldne Augenblicke noch paar Tage länger dauern, bis ich dich in Sicherheit weiß im Leben.«

»Laß mir noch bißchen Zeit, Nanny, bitte, bloß noch klein bißchen mehr.«

»Glaub nich, dattich nich mit dir fühl, Janie, tu ich ja. Ich könnt dich nich mehr liebhaben, wenn ich deine Geburtsschmerzen selber hätt durchmachen müssn. Tatsache is, ich hab dich sogar nochn ganzen Zacken lieber als wie deine Mama, die wat ich selber geborn hab. Aber du muß bedenken, dat du kein Alltachskind bis, wie die meisten andern. Du has kein Papa nich un, kamman sagen, auch keine Mama nich, trotz alles Gute, watse für dich getan hat. Du has niemand als wie mich. Un mein Kopp is alt un grabgebeugt. Dabei kannsde noch nichma nich auf deine eigne zwei Beine stehn. Der Gedanke, dat du vom Regen inne Traufe rumgeschubs wirs, der tut mir inner Seele weh. Jede Träne, wat du vergießen tus, kost mich ein Becher Herzblut. Ich muß zusehn un alles für dich richten, eh mein Kopp kalt ist.«

Ein geschluchzter Seufzer entrang sich Janie. Die alte Frau antwortete ihr mit begütigendem Tätscheln.

»Weißde, Liebchen, wir farbiche Leute, wir sin Zweige ohne Wurzeln, un da komm wunderliche Sachen bei raus. Besonderst bei dir. Ich bin damals mitten mang die Sklaverei geborn, da wars mir nich gegeben, meine Träume wahrmachn, watne Frau sein soll un watse machen soll. Dat is eins von die Undinger von Sklaverei. Aber kann ein nix davon abbring, dat man Wünsche hat. Man kann niemand so kaputtmachen, dat man ihn sein Wille raubt. Ich hab nich wollen, datse mich als Arbeitsochse un als Zuchtsau benützen, un ich hab auch nich wolln, datse meine Tochter dazu benützen. War wahaftich nich mein Wille, dat alles so gekomm is, wies gekomm is. Hat mich auch belemmert, die Art un Weise, wie du geboren gewordn bis. Trotzdem hab ich mir gesacht, Gottseidank, da hab ich nochma ne Schangse. Wie gern hättich ne große Predicht gehalten über schwarze Frauen, wat hoch oom im Himmel sitzen, aber war ja keine Kanzel nich da für mich. Die Freiheit hat mich mit ne neugeborne Tochter aufn Arm angetroffen, un da hab ich mir gesacht, für die nehm ichn Besen unnen Kochtopp un bause n Damm durch die Wildnis. Die sollt der Welt ma verklamüsern, wattich denk. Aber irngwie isse vom Wech abgekomm, un eh ich mich umkuck, da wars du auf die Welt gekomm. Un abends, wenn ich dich am Versorgen war, hab ich mir gesagt, ich spar mir mein Text für dich auf. Hab lange gewartet, Janie, aber wattich durchgemacht hab, dat hat sich alles gelohnt, wenn du bloß festen Boden unter die Füße täts kriegen, wie ich geträumt hab.«

Die alte Nanny saß da und wiegte Janie wie ein Wickelkind und versank tiefer und tiefer in der Erinnerung. Gedankenbilder lösten Gefühle aus, und die Gefühle schwemmten Dramen aus den Nischen ihres Herzens hervor.

»Den ein Morgn, auf die große Plantage bei Savannah, da kam ein Reiter angaloppiert un erzählt, Shermann hätt Atlanta eingenomm. Marse Robert sein Sohn war ja in Chickamauga umgebracht geworn. Deswegen hat der Marse sein Gewehr geschnappt un is auf sein besten Gaul gestiegen un is losgeritten mit all die Grauköppe un mit alle junge Burschen, wat noch übrich warn, datse die Yankees wieder nach Tennessee zurückjagen.

Warnse alle am Johlen un Schrein un am Jubeln wegen die Mannsleute, wat losgeritten sin. Ich hab gar nix sehn könn, deine Mama war ja erst ne Woche alt, un ich lag flach im Bett. Aber kurz drauf hat der Marse so getan, wie wenner wat vergessen hätt, un kamer in meine Hütte gerannt un hatter mich dat letzte Mal die Haare aufmachen lassen. Hat seine Hand drin eingewickelt un hat mich am großen Zeh gezogen, wie ers immer gemacht hat, un dann isser wech, hinter die andern her wie der Blitz. Ich hab gehört, wiesen dat letzte Mal ›Juhu‹ zugeschrien ham. Dann wart wieder ernst un still im Herrnhaus un in unsre Hütten.

Ging schon auf die Nacht un wurd langsam frisch, da kam die Mistis bei mir an. Reißtse die Tür sperrangelweit auf un steht da un kuckt mich an, mit sooo ein Gesicht. Kuckt, als hättse hundert Jahre lang bloß immer Januar erlebt ohnen einzichen Tach Frühling. Kommt an un baut sich über mir un mein Bett auf.

›Nanny, ich will dat Baby sehn, wat du gekricht has.‹

Ich hab versucht, dattich den kalten Luftzuch aus ihrn Gesicht nich spür, abert wurd so kalt da drinne, dattich fast erfrorn wär unter meine Decken. Drum konntich nich gleich wechlaufen, wie ich gewollt hätt. Aber ich hab gewußt, ich muß mich beeiln un nix wie weg.

›Du nimms besser die Decke runter von dat Kleine, un zwar dalli!‹ blafftse mich an. ›Sieht so aus, wie wenn du nich mehr weiß, wer Mistis auf diese Plantage is, meine Dame. Aber ich wers dir schon zeigen.‹

Inzwischen hatt ichs geschafft un hatt mein Baby so weit aufgedeckt, datse sein Kopp un sein Gesicht sehn kann.

›Nigger, woher hat dein Baby graue Augen un blonde Haare?‹ Un fängt an un ohrfeicht mich links un rechts. Die ersten Ohrfeigen hab ich gar nicht gespürt, ich hatt ja genuch zu tun, dattich die Zudecke wieder über mein Kleines krich. Aber diesen letzten Schlag, der hat gebrannt wie Feuer. Ich hatt zu viele Gefühle un wußt gar nich mehr, wattich zuerst fühlen soll, dat ich nichma geweint hab un nix. Aber dann hatse in eim fort weiter gefragt, wies denn kommt, dat mein Baby weiß aussieht. Hatse mich fümmenzwanzich oder dreißich Mal gefracht, als hättse nich anders könn. Da hab ich gesacht: ›Ich tu bloß, wat man mir sacht, dattich tun soll, weil ich ein Nigger un ein Sklave bin.‹

Stattse dat beruicht, wie ich gedacht hab, isse scheinz noch wüticher geworn. Aber ich nehm an, se war müde und fertich, se hat mich nämlich nich mehr geschlagen. Se is am Fußende gegang und hat sich die Hände mit ihrn Taschentuch abgewischt. ›Ich mach mir doch an dir die Hände nich schmutzich. Aber morgen früh bringt dich der Aufseher als erstes zum Schandfahl und bind dich an, auf Knien, un dann gerbter dich dein gelbes Fell. Hundert Peitschenhiebe mitn Ochsenziemer. Ich laß dich auspeitschen, bis dir dat Blut über die Fersen läuft! Werd die Peitschenhiebe selber zählen. Un wennsdes nich überlebs, kann ich den Verlust auch verkraften. Sowieso, sobald wie dat Blag ein Monat alt is, wird dat nach woandershin verkauft.‹

Dann isse rausstolziert un hat mir ihr Winterwetter dagelassen. Ich hab gewußt, mein Körper war noch nich wieder heil, aber durftich gar nich dran denken. Hab mein Baby im Stockdustern so gut eingewickelt wie möglich un bin runter zum Fluß nachen Sumpf. Ich hab gewußt, der Fluß war voll von Mokassinsschlang un andre giftiche Schlang, aber wat hinter mir lach, dat hat mir noch mehr Anx gemacht. Da unten hab ich mich Tach un Nacht versteckt un mein Baby genukkelt, wenns am Schrein fing, dat ja niemand nix hört un mich finden tut. Ich kann nich sagen, dat nich ein oder zwei Freunde Mitleid gehabt hätten mit meine Nöte. Un dann hat der liebe Herrgott zugesehn, datse mich nich schnappen. Ich kapier nich, dat meine Milch mein Kindchen nich umgebracht hat vor lauter Schreck un Anx die ganze Zeit. Wat hab ich mich erschrocken: die Eulen warn am Rufen; die Zweige von die Zypressen fing am Rumkriechen un Schwanken im Dunkeln, un zwei-, dreimal hab ich Pumas rumschleichen hören. Aber hat mir nie nix wat zuleide getan, der Herrgott hat nämlich gemerkt, wat Sache war.

Dann, ein Abend, hör ich die großen Kanon wummern wie Donner. Ging die ganze Nacht. Un den nächsten Morgen seh ich weiter wech ein Riesenschiff un ein Mordsaufruhr. Da hab ich Leafy in Moos gewickelt un schön fest in ein Baum gepackt un bin runter am Landesteg. Die Männer warn alle in Blau, un ich hab Leute sagen hören, Sherman wär unterwechs nach Savannah, un wir Sklaven wärn alle frei. Da bin ich gelaufen un hab mein Baby geholt un bin bei weiße Leute in Stellung gegang, dattichn Plätzchen hab, wo ich bleiben kann.

Aber danach ging dat noch ne ganze Weile, bis die Große Kapitulation in Richmond kam. Da war dann die Riesenglocke in Atlanta am Läuten, un alle Männer in graue Uniform mußtense nach Moultrie un ihre Waffen inne Erde vergraben zum Zeigen, datse nie wieder Kriech anfang wegen Sklaverei. Da hamwer dann gewußt, datwer frei sin.

Ich hab niemand nich heiraten wolln, trotzdem dat ich zichma gekonnt hätt, ich hab nämlich nich wolln, dat jemand mein Baby schlecht behandelt. Un da bin ich nach gute weiße Leute hin un hier runter nach West Florida, dattich Arbeit hab un dat für Leafy die Sonne auf beide Seiten vonner Straße scheint.

Meine Madam, die hat mir mit die Kleine genauso geholfen wie mit dir. Ich habse in die Schule getan, sobald wie dat ne Schule gab fürse zum Reintun. Ich hatt vor, datse mal Schullehrerin wird.

Aber ein Tach kamse nich wie sons nach Hause, un ich war am Warten un am Warten, aber se is die ganze Nacht nich gekomm. Ich hab ne Laterne genomm un bin rumgerannt un hab alle gefracht, aber hattese niemand nich gesehen. Nächsten Morgen kamse angekrochen, auf alle viere. War dat ein Anblick. Der Schullehrer, der hatse die ganze Nacht im Wald versteckt, un da hatter meine Kleine vergewaltigt un is vor Morgengraun auf un davon.

Bloß ma siebzehn un dann sowat! Bammherzicher! Mir is, wie wenn ich alles nochma vor Augen seh. Hat lange gedauert, bis datse wieder aufn Damm war, un da wußtenwer schon, dattu unterwechs wars. Un wie du geborn bis, fingse Alkehol am Trinken un nachts am Wegbleiben. War nich zu bewegen, datse dableibt un sons nirngdwo. Weiß der liebe Gott, wose jetzt grade is. Tot isse nich, dat hab ich im Gefühl, aber manchma wünsch ich, se hätt ihre Ruhe.

Un Janie, vielleicht war dat nich viel, aber ich hab für dich getan, wattich hab tun könn. Hab alles zusammgekratzt un zusammgescharrt un dat Stückchen Land hier gekauft, dat du nich im Hinterhof von Weiße leben mußt un nich vor andre Gören inner Schule n Kopp einziehn brauchs. Dat war gut, solange wiede klein wars. Aber sowie du groß genuch bis und Bescheid weiß, wolltich, dattu auf dich selber Obacht gibs. Ich will nich, dat dir Leute die Federn knicken un dir Gemeinheiten am Kopp werfen. Un ich kann nich ruich sterben, wennich denken muß, dat die Mannsleute, schwarz oder weiß, datse dich als Spucknapf benützen: Hab bißchen Mitleid mit mir. Du muß sachte mit mir umgehn, Janie, ich bin ne angeschlagne Schüssel.«

3

Es gibt Jahre, die Fragen stellen, und Jahre, die Antworten geben. Janie hatte keine Gelegenheit gehabt, die Dinge zu erfahren, also mußte sie fragen. Beendete die Ehe die kosmische Einsamkeit der Unvermählten? Zwang die Ehe die Liebe herbei wie die Sonne den Tag?

In den wenigen Tagen, die ihr blieben, bis sie zu Logan Killicks und seinen viel beschworenen zweieinhalb Hektar Land hinausfahren würde, befragte Janie sich in- und auswendig. Ständig war sie unterwegs zum Birnbaum und sann und grübelte. Schließlich schuf sie sich aus Nannys Reden und den eigenen Mutmaßungen eine Art Trost. Ja, sie würde Logan lieben, wenn sie erst einmal verheiratet wären. Sie konnte sich nicht vorstellen, wie das angehen sollte, aber Nanny und die alten Leute hatten es gesagt, also mußte es stimmen. Ehemann und Ehefrau liebten einander immer, das bedeutete Ehe. Es war einfach so. Der Gedanke machte Janie froh, denn er ließ ihr das Ganze nicht mehr so unheilvoll und muffig erscheinen. Sie würde nicht mehr einsam sein.

Janie und Logan wurden an einem Samstagabend mit drei Torten und großen Schüsseln voll Kaninchenfleisch und Brathähnchen in Nannys guter Stube getraut. Zu essen die Hülle und Fülle. Dafür hatten Nanny und Mrs. Washburn gesorgt. Aber niemand legte irgend etwas auf den Sitz von Logans Pferdefuhrwerk, damit es schmuck daherkäme auf der Fahrt zu seinem Haus. Es war ein einsames Gebäude, wie ein Baumstumpf mitten im tiefsten Wald, wo noch nie eine Menschenseele gewesen war. Es hatte nicht einmal irgendeinen Geruch an sich. Dennoch faßte Janie sich ein Herz und ging hinein, um auf die Liebe zu warten. Dreimal kehrte Neumond wieder, bevor sie anfing, sich Gedanken zu machen. An dem Tag, an dem Nanny immer Schmalzbiskuits buk, ging sie sie in Mrs. Washburns Küche besuchen.

Nanny strahlte von Kopf bis Fuß vor Freude und winkte Janie zum Backbrett, um ihr einen Kuß geben zu können.

»Bammherzicher Gott, Liebchen, wat bin ich froh, dattich mein Kindchen wiederseh! Geh schomma nach drinne und sach Mis' Washburn Bescheid, dattu da bis. Ähäm! Ähäm! Ähäm! Was mach denn der Deinige so?«

Janie ging nicht zu Mrs. Washburn hinein. Sie ging auch nicht auf Nannys Fröhlichkeit ein. Sie ließ sich nur mit der Kehrseite auf einen Stuhl fallen und blieb da sitzen. Vor lauter Brötchenteig und Seligkeit bemerkte Nanny es zuerst gar nicht. Aber nach einer Weile fand sie, daß die Unterhaltung ein wenig einsam wurde, und blickte zu Janie auf.

»Wasn los, Schnuckelchen? Bis ja nich besonders munter heute morgen.«

»Ach, nix weiter, nehm ich an. Ich hätt gern bißchen Aufklärung von dir.«

Die alte Frau guckte verdutzt und brach dann in

schallendes Gelächter aus. »Sach nich, dat hat schon geschnackelt bei dir, laßma sehn – diesen Samstach isses zwei'nhalb Monate her.«

»Nein, Ma'm, ich glaub jedenfalls nich.« Janie errötete ein wenig.

»Du brauchs dich doch nich schäm, Liebchen, du bis ne verheirad'te Frau. Du has dein rechtmäßigen Mann, genauso wie Mis' Washburn oder sonswer!«

»Auf die Art is alles in Ordnung. Ich *weiß,* da is nix.«

»Habter euch gezankt, du un Logan? Herrgott, diesen dickfellichn, maulhängolischen Nigger is nich etwas hingegang un hat mein Baby verhaun! Ich nehm n Stock un kloppn windelweich!«

»Nein, Ma'm, er hat nichma nix vonwegen schlagen gesacht. Er sacht, er denkt nich dran, datter jemals im Bösen die Hand gegen mich erhebt. Er hackt soviel Holz, wie er meint, dattich will, un dat schleppter mir in die Küche. Wassereimer hatter auch immer beide voll.«

»Hach! Glaub ja nich, dattat so bleibt. Der küßt nich dein Mund, wenner dich so hofieren tut. Der is deine Füße am Küssen, un kein Mann küßt ewich Füße. Mundküssen is von gleich zu gleich, un dat is natürlich, aber wennse sich für die Liebe krumm machen müssen, dann tunse sich bald wieder aufrichtn.«

»Ja, Ma'm.«

»Na, wenner dat alles macht, wat kommste hier rein mit ein Gesicht so lang wie mein Arm?«

»Weil du gesacht has, ich mußn irgendwann

liebhaben müssen, un, un ich tus aber nich. Wenn mir einer sacht, wie, bring ichs vielleicht fertich.«

»Du komms einfach hier an mit nix wie Flausen im Kopp, un dat an ein Tach mit so viel Arbeit. Da has du ne Stütze, wode dich dein Lebtach dran anlehn kanns, un noch un noch Geborgnheit, un alle müssensen Hut ziehn vor dir un Mis' Killicks zu dir sagen, un da komms du un wills mich mit Liebe löchern.«

»Aber Nanny, ich tätn ja gern wollen, wenichstens manchmal. Ich will nich, datter dat ganze Wolln alleine machen muß.«

»Wennsden nich wills, dann solltsde aber. Von alle farbiche Leute in unse Stadt bis du die einzichste mit ne Orgel in die gute Stube. Du has ein Haus, wat gekauft un bezahlt is un zwei'nhalb Hektar Land direkt anner Landstraße un... Erbarmung! Dat isset ja ebent, mit watse uns schwarze Fraun immer alle am Wickel kriegen. Mit diese Liebe! Genau dat isset ja, warum wir machen un tun un schleppen un schwitzen von zappenduster am Morgen bis zappenduster am Abend. Drum sagn die alten Leute auch, Dummheit hat noch kein umgebracht. Bring dich bloß zum Schwitzen. Ich wett, du hätts gern son piekfein Pinkel, wo immer erst seine Schuhsohle ankucken muß, eh er über die Straße geht, obber auch genuch Leder dran hat, datter bis nach drüben kommt. Die Sorte kannsde doch geschenkt haben, so wie du gebaut bis. Krichsde sogar nachgeschmissen.«

»Ich hab mit kein von die Sorte nix im Sinn. Un an dat olle Stück Land hängt mein Herz übrigens auch nich dran. Könnt jeden Tachn halben Hektar davon übern Zaun schmeißen und tät mich nichmal nich danach umkucken. Mit Mr. Killicks gehts mir genauso. Manche Leute sin einfach nich zum Liebhaben da, un er is auch einer davon.«

»Wieso dat?«

»Weil ich nich ausstehn kann, dat sein Kopp in die eine Richtung so lang is un anne Seiten so platt, un dann die Speckrolle hinten in sein Nacken.«

»Er hat sein Kopp ja nich selber gemacht. Red nich son Unsinn.«

»Mir egal, wern gemacht hat, mir gefällt nich, wat dabei rausgekomm is. Sein Bauch is übrigens auch zu dick, un seine Zehnnägel sehn aus wie Maultierklaun. Un er is nich zu bewegen, dat er sich die Füße wäscht jeden Abend, eh er im Bett kommt. Hindert ihn keiner dran, ich stell ihm ja immer Wasser hin. Ich laß mich lieber mit Schusterzwecken erschießen, als mich im Bett umdrehn un die Luft umrührn, solange wie der da drinne is. Er sach mir auch nie keine Nettichkeitn nich.«

Sie begann zu weinen.

»Ich hätt gern wat fürs Herz in meine Ehe, sowat wie unter ein Birnbaum sitzen un nachdenken. Ich ...«

»Brauchs nich wein, Janie. Grandma is auch schon bißchen rumgekomm. Aber die Menschen müssen ebent über dies un das wein. Laß die Dinge besser, wiese sin. Du bis noch jung. Wer weiß, wat noch passiert, bis du am Sterben komms. Warts ab, Baby. Du änders deine Meinung noch.«

Nanny schickte Janie mit strenger Miene weg, aber den Rest des Tages sank sie über der Arbeit mehr und mehr in sich zusammen. Und als sie in der Geborgenheit der eigenen kleinen Hütte anlangte, blieb sie so lange auf den Knien, bis sie vergessen hatte, wo sie war. Es gibt ein Becken im Gehirn, wo Worte auf Gedanken und Gedanken auf Lauten und Bildern schwimmen. Darunter ist ein von Wörtern unberührter Gedankengrund und noch tiefer drunter ein Abgrund von Gefühlen, gestaltlos und vom Denken unberührt. Noch einmal begab sich Nanny auf ihren alten Knien in diese Unendlichkeit dumpfen Schmerzes. Gegen Morgen murmelte sie: »Herr, du kenns mein Herz. Ich hab getan, wattich kann. Der Rest is deine Sache.« Sie rappelte sich auf und fiel schwer aufs Bett. Einen Monat später war sie tot.

Daher wartete Janie eine Blütezeit, eine Grünzeit und eine Orangenzeit ab. Aber als der Blütenstaub wieder die Sonne vergoldete und auf die Welt niederrieselte, begann sie, am Gartentor herumzustehen und der Dinge zu harren. Welcher Dinge? Sie wußte es nicht genau. Ihr Atem ging ungestüm und schnell. Sie kannte Dinge, die ihr niemand jemals gesagt hatte. Zum Beispiel kannte sie die Sprache der Bäume und des Windes. Oft sprach sie zu herabfallenden Samen und sagte: »Ich hoffe, ihr fallt auf weichen Boden«, weil sie gehört hatte, wie vorüberfliegende Samen das zueinander gesagt hatten. Sie wußte, daß die Welt ein Hengst war, der sich auf der blauen Himmelsweide wälzte. Sie wußte, daß Gott die alte Welt jeden Abend zertrümmerte und bei Sonnenaufgang eine neue schuf. Es war herrlich anzuschauen, wie sie mit der Sonne Gestalt annahm und aus dem grauen Staub ihrer Erschaffung auftauchte. Die vertrauten Menschen und Dinge hatten sie enttäuscht, daher beugte sie sich übers Gartentor und blickte die Straße entlang ins Weite. Sie wußte nun, daß die Ehe keine Liebe schuf. Janies erster Traum war tot, da wurde sie eine Frau.

4

Lange bevor das Jahr um war, bemerkte Janie, daß ihr Mann aufgehört hatte, in Reimen zu ihr zu sprechen. Er hatte aufgehört, ihre langen schwarzen Haare zu bestaunen und zu befingern. Sechs Monate zuvor hatte er zu ihr gesagt: »Wenn ich schon Holz für dich schleppen un hacken tu, könnt man ja mein, du bis imstande un schaffs dat selber rein. Meine erste Frau, wat die war, die is mir nie mit kein Holzhacken nich gekomm. Die hat sich die Ax geschnappt un war Scheite am Spalten wien Mann. Du bis bloß stinkverwöhnt.«

Da hatte Janie ihm erwidert: »So stur wie du kann ich auch sein. Wenn du imstande bis un wills nich Holz hacken un tragen, dann bis du auch imstande un komms ohne Abendessen aus. Tschuldigen Sie meine Friwolletät, Mist' Killicks, aber ich denk nich dran un hack auch nur ein Scheit ab.«

»Och, du weiß ja, ich mach dir dat Holz sounso klein. Trotzdem dattu knickrich zu mir bis wie nur wat. Deine Grandma un ich selber, wir ham dich ebent verwöhnt, un ich seh schon komm, ich muß dat jetz so weitermachen.«

Eines Morgens, kurz danach, rief er sie aus der Küche in den Stall. Er hatte das Maultier fertig gesattelt an der Türe stehen.

»Kuckma, LilBit, du muß mich ma bißchen helfen.

Du schneids mir die Saat-Kardumseln hier. Ich muß man n klein Schlach außer Haus.«

»Wo willsden hin?«

»Rüber nach Lake City, ein Mann treffen wegen ein Maulesel.«

»Wat brauchs dun zwei Maulesel? Wennsde nich vorhas un wills den hier eintauschen.«

»Nö, ich brauch dies Jahr zwei Maulesel. Kardumseln sin fertich im Herbst. Bring dickes Geld. Ich will zwei Pflüge laufen lassen, un diesen Mann, wo ich von am Redn bin, der hatn Maultier, wat so zahm is, dat sogar ne Frau damit fertich wird.«

Logan hielt seinen Tabakpfriem in der Backe fest, wie ein Thermometer seiner Gefühle, während er Janies Gesicht musterte und abwartete, daß sie etwas sagte.

»Ich dacht, ich könnt ja ma kucken gehn.« Er mümmelte weiter und schluckte, um Zeit totzuschlagen, aber Janie sagte nur: »Ich schneid dir die Kardumseln. Wann kommsde wieder?«

»Weiß nich genau. Im Dustern, nehm ich an. Is ne ziemlich lange Strecke – speziell wenn ich am Rückwech wat an der Leine zu führn hab.«

Als Janie im Haus fertig war, setzte sie sich mit den Kartoffeln in die Scheune. Aber der Frühling drang bis zu ihr, und da schaffte sie alles hinaus in den Garten, an eine Stelle, von wo sie die Straße überschauen konnte. Die Mittagssonne sickerte durch die Blätter der prachtvollen Eiche, unter der sie saß, und malte Spitzenmuster auf den Boden. Janie war lange Zeit so dagesessen, als sie ein Pfeifen näher kommen hörte.

Es war ein städtischer, modisch gekleideter Mann, den Hut schräg auf dem Kopf, in einem Winkel, der nicht in diese Gegend paßte. Den Mantel hatte er überm Arm hängen, aber er brauchte ihn nicht, um mit seinen Kleidern Staat zu machen. Das Hemd mit den seidenen Ärmelhaltern war betörend genug für alle Welt. Er pfiff, tupfte sich das Gesicht mit dem Taschentuch und kam daher, als wisse er, wohin er ging. Er war von robbenbrauner Hautfarbe, führte sich jedoch in Janies Augen auf wie Mr. Washburn oder jemand seinesgleichen. Wo mochte so ein Mann herkommen, und wohin war er unterwegs? Er schaute nicht in ihre Richtung und nirgendwoanders hin außer geradeaus, deshalb lief Janie zur Wasserpumpe und begann, den Schwengel ruckartig zu bewegen. Das machte viel Krach, und außerdem fielen ihre schweren Haare dabei herunter. Da blieb er stehen und guckte aufmerksam und bat sie schließlich um einen Schluck kühles Wasser.

Janie pumpte, bis sie sich den Mann gründlich angeschaut hatte. Er unterhielt sich freundlich mit ihr, während er trank.

Joe Starks hieß er, tja, Joe Starks, von in und um Georgy herum, da kam er her. Ein Leben lang für Weiße gearbeitet. Bißchen was gespart – an die dreihundert Dollar, doch, Tatsache, hier drin in seiner Tasche. Hatte immer wieder gehört, von wegen daß sie hier unten in Floridy nen neuen Staat am Gründen wären, und da wollte er irgendwie dabeisein. Dabei hatte er gut verdient, wo er herkam. Aber wie er hörte, daß sie ne Stadt mit lauter farbigen Leuten machen wollten, da hatte er gewußt, das war es, wo er hinwollte. Hatte schon immer mitreden wollen, aber die Weißen hatten ja das Sagen, da, wo er herkam, und überall sonstwo, außer in dieser Stadt, die die Farbigen selber am Aufbauen waren. So war es richtig. Wer was aufbaute, der sollte auch drüber bestimmen. Sollten sie die Farbigen selber was aufbauen lassen, wenn die gerne was haben wollten, womit sie sich brüsten konnten. Er war froh, daß er sein Geld alles aufgespart hatte. Er wollte dabeisein, solange die Stadt noch in den Kinderschuhen steckte. Er wollte ganz groß einsteigen. Schon seit jeher war es sein Wunsch und Wille gewesen, ein großer Wortführer zu sein, und er hatte fast dreißig Jahre leben müssen, um eine Chance zu kriegen. Wo denn Janies Papa und Mama seien?

»Gestorben, nehm ich an. Wüßt nich, wose abgeblieben sin, mich hat nämlich meine Grandma aufgezogen. Die is auch tot.«

»Auch tot! Ja, wer kümmert sich dann um son Dingelchen wie dich?«

»Ich bin verheiratet.«

»Du bist verheirat? Du bis ja fast nochn Nuckelkind. Ich wett, du bis noch immer wild auf Lutscher, hab ich recht?«

»Klar, un ich mach mir selber welche un tuse lutschen, wenn mir dat einfällt. Ich trink auch Wasser mit süßn Sirup drin.«

»Hab ich auch gern. Ich wer wahrscheins nie zu alt, dattich nich gern Sirupwasser trink, wenns schön kühl un lecker is.«

»Wir ham massisch Sirup in unsre Scheune. Zukkerrohrsirup. Wenn Sie wünschen –«

»Wos denn dein Mann, Mis' ähm-ähm.«

»Mein Name is Janie Mae Killicks, seitdem dattich verheirat bin. Dazumal Janie Mae Crawford. Mein Mann is wech, n Maulesel kaufen für mich zum Pflügen. Ich soll solange die Saat-Kardumseln schneiden.«

»Du un hinter ein Pflug! Du has genausowenig hinter ein Pflug zu suchen wien Schwein auf ne Kirmes! Un mit Saat-Kardumseln schnippeln hasde auch nix zu schaffen. Son niedlich Püppchen wie du is zu nix da als wie im Schaukelstuhl auf ne Veranda zum Sitzen un sich mitn Fächer abkühln un Kardumseln essen, wat andre Leute extra fürse pflanzen tun.«

Janie lachte und zapfte zwei Liter Sirup aus dem Faß, und Joe Starks pumpte den Wassereimer voll mit kühlem Wasser. Sie setzten sich unter den Baum und unterhielten sich. Er wollte hinunter in den neuen Teil von Florida, aber es schadete nicht, Halt zu machen und zu plaudern. Nach einer Weile kam er zu der Ansicht, daß er ohnehin eine Pause brauchte. Es würde ihm guttun, eine oder zwei Wochen auszuruhen.

Danach richteten sie es jeden Tag so ein, daß sie sich im Eichenwäldchen an der gegenüberliegenden Straßenseite trafen und sich dort ausmalten, wie er Herr über die Dinge werden und wie sie die Früchte ernten würde. Janie gab sich lange zurückhaltend, weil er nicht den Sonnenaufgang und den Blütenstaub und blühende Bäume verkörperte, aber er verhieß ferne Horizonte. Er verhieß Wandel und Möglichkeiten.

Dennoch zauderte sie. Die Erinnerung an Nanny war noch immer stark und lebendig.

»Janie, wennsde meins, ich will dich weglocken un dich behandeln wien Hund, dann irrs du dich. Ich will dich zur Ehefrau machen.«

»Meins du dat in Ernst, Joe?«

»Den Tach, wo du deine Hand in meine lechs, laß ich die Sonne nich mehr über ein von uns untergehn ohne den andern. Ich bin ein Mann mit Prinzipjen. Du has noch nie erlebt, wat dat heißt, wie ne Dame behandelt werden, un ich will derjenige sein, wo dich dat zeicht. Sach Jody für mich, wie du dat manchmal tus.«

»Jody«, lächelte sie zu ihm auf, «aber angenomm –«

»Überlaß dat Annehm un dat alles mal mir. Morgen früh kurz nach Sonnenaufgang steh ich da unten an der Straße un wart auf dich. Du komms mit mir mit. Dann kannsden ganzen Rest von dein Erdendasein so leben, wie sich dat für dich gehört. Küß mich, un schüttel deine Haare. Wennsde dat machs, geht deine Prachtsmähne auf wie die Sonne.«

Noch an diesem Abend brachte Janie die Angelegenheit im Bett zur Sprache.

»Logan, bis du am Schlafen?«

»Wenn ich am Schlafen wär, dann hättsde mich aufgeweckt mit dein Geschrei.«

»Ich hab ganz doll nachgedacht über uns zwei beiden; über dich un mich.«

»Wird auch langsam Zeit. Du tus manchma mächtich unabhängich hier, wemman bedenkt.«

»Wemman wat bedenkt, zum Beispiel?«

»Wemman bedenkt, dattu in ein Ferdewagen mit ohne Dach geborn bis un dat du un deine Mama, dat ihr im Hinterhof von Weiße geborn un aufgewachsen seid.«

»Dat has du alles nich gesacht, wie du Nanny um meine Hand gefracht has.«

»Ich hab gedacht, du weiß anständiche Behandlung zu schätzen. Ich hab gedacht, ich nehm dich un mach wat aus dir. Du meins wohl, du bist ne Weiße, so wie du dich aufführs.«

»Wat wär, wenn ich irngwann mal weglauf un tät dich verlassen?«

Da! Janie hatte seine angestauten Ängste in Worte gefaßt. Die würde glatt weglaufen. Der Gedanke verursachte einen furchtbaren Schmerz in Logans Körper, aber er hielt es für das Beste, Groll zu heucheln.

»Ich bin langsam müde, Janie. Redenwer lieber nich mehr weiter. Gibt nich viele Mannsbilder, wat dir trauen würden, wennse wüßten, wo du herkomms.«

»Ich könnt ja hingehn un ein finden, wo mir traut, un dich verlassen.«

»Quatsch! Sone Trottels wie mich gibt dat nich nochmal. Ne ganze Menge Männers tätn dir vielleicht schöntun, aber für dich arbeiten un dich ernährn tätense nich. Du komms nich weit, un du wirs nich lange wechbleiben, wenn der große Gierschlunk kommt un will sich die Kleine grapschen, dann wirsde nur zu gern wieder hierherkomm.«

»Dir kommts auf nix andres drauf an als wie bloß auf Saumagen un Maisbrot.«

»Ich bin müde. Ich ärger mich doch nich die Plauze mit kein Wat-wär-wenn.« Unwirsch vor Gram warf er sich auf die andere Seite. Er hoffte, sie ebenso sehr gekränkt zu haben, wie sie sie ihn gekränkt hatte.

Am nächsten Morgen stand Janie mit ihm auf und war fast fertig mit dem Frühstück, als er aus dem Stall nach ihr bellte.

»Janie!« rief Logan barsch. »Komm un helf mit, den Misthaufen da rüberschaffen, eh die Sonne heiß wird. Du has ja kein bißchen Intresse an den Hof. Hat kein Wert, den ganzen Tach lang inne Küche rumtrödeln.«

Janie ging an die Tür, den Topf noch in der Hand, rührte den Maismehlteig und blickte zum Stall. Aus dem Hinterhalt drohte die Sonne der Welt mit roten Dolchen, aber die Schatten um den Stall sahen grau und schutzversprechend aus. Logan wirkte mit seiner Schaufel wie ein schwarzer Bär, der auf den Hinterbeinen einen tolpatschigen Tanz vollführte.

»Du brauchs meine Hilfe nich da draußen, Logan. Du bis an dein Platz un ich an mein.«

»Du has kein extra Platz. Der is da, wo ich dich brauch. Setz dich in Bewegung, un zwar dalli.«

»Meine Mamma hat mir nich gesacht, ich wär ne Sturzgeburt gewesen. Wat soll ich jetz so hastich machen? Dat is eh nich, wat dich ärgert. Du bis dich bloß am Ärgern, weil ich nich auf die Knie fall un die paar Hektar Boden aufwischen tu, wat dir gehörn. Du has mir kein Gefalln getan, wie du mich genomm has. Un wennsdes noch so sehr am Beteuern bis, dank ich dir trotzdem nich dafür. Du bis bloß böse, weil ich dir sach, wat du schon lange weiß.«

Logan ließ die Schaufel fallen und machte zwei oder drei unbeholfene Schritte auf das Haus zu und blieb dann jäh stehen.

»Komm du mir nich mit viele Widerworte heut morgen, Janie, oder ich komm dir mitn Oxenziemer! Da hab ich dich praktisch aus der Küche von die Weißen geholt und hab dich auf dein Bommforzthron gesetz, un du gehs hin un hacks auf mir rum! Ich schnapp mir die Ax un komm rüber un bring dich um! Du siehs besser zu, dattu fertich wirs da drinne! Ich bin zu anständich un zu tüchtich für deine Familie, dat isset, warum du mich nich wills!« Der letzte Satz war halb geschluchzt und halb gebrüllt. »Bestimmt is irngson verkommnen Nigger dich am Schöntun un am Flattiern. Gottverfluchtes Weibstück!«

Janie wandte sich ohne Antwort ab und blieb reglos mitten in der Küche stehen, ohne es selber zu merken. Sie kehrte innen nach außen und stand nur da und fühlte. Als das Beben sich ein wenig beruhigte, dachte sie angestrengt über Logans Worte nach und hielt sie neben anderes, was sie gesehen und gehört hatte. Als sie damit fertig war, kippte sie den Teig auf die Backform und strich ihn mit der Hand glatt. Sie war nicht einmal böse. Logan beschwerte sich bei ihr über ihre Mamma, über ihre Grandma und über ihre Gefühle, und sie konnte nichts davon ändern. Der Saumagen in der Bratpfanne mußte gewendet werden. Sie drehte ihn herum und schob ihn ins Rohr zurück. Ein wenig kaltes Wasser in die Kanne, damit sich der Kaffee setzte. Wendete den Maiskuchen mit einem Teller und lachte leise in sich hinein. Warum vergeudete sie so viel Zeit? Ein Gefühl von ungeahnter Neuheit und Veränderung überkam sie. Janie eilte zur Gartentür hinaus und wandte sich nach Süden. Selbst wenn Joe nicht da war und auf sie wartete, mußte die Veränderung ihr guttun.

Die morgendliche Straßenluft war wie ein neues Kleid. Das erinnerte sie an die Schürze, die sie noch umgebunden hatte. Sie nahm sie ab und warf sie auf einen niedrigen Strauch am Straßenrand und ging weiter, pflückte Blumen und band sich einen Strauß. Dann gelangte sie an die Stelle, wo Joe Starks mit einem gemieteten Fuhrwerk auf sie wartete. Er tat sehr feierlich und half ihr auf den Sitz neben sich. So wie Joe darauf thronte, kam er ihr wie ein herrschaftlicher Sessel vor. Von jetzt an würde alles bis zu ihrem Tod mit Blütenstaub und Frühling gesprenkelt sein. Eine Biene für ihre Blüte. Jetzt waren ihre Gedanken von damals angebracht, aber neue Wörter mußten erdacht und gesagt werden, die dazu paßten.

»Green Cove Springs«, sagte er zum Kutscher. Und dort wurden sie noch vor Sonnenuntergang getraut, wie Joe gesagt hatte. Mit neuen Kleidern aus Wolle und aus Seide.

Sie saßen auf der Veranda der kleinen Pension und sahen die Sonne in die gleiche Erdspalte sinken, aus der die Nacht auftauchte.

5

Am nächsten Tag im Zug hielt Joe ihr keine großen Reden mit Reimen, aber er hatte ihr vom Besten gekauft, das der Süßigkeitenverkäufer im Zug zu bieten hatte, wie Äpfel und eine mit Bonbons gefüllte Glasampel. Die meiste Zeit sprach er über seine Pläne mit der Stadt, die er in die Tat umsetzen wollte, sobald er dort ankäme. Bestimmt brauchten sie jemanden wie ihn. Janie nahm ihn etliche Male in Augenschein, und was sie sah, machte sie stolz. Ganz schön stattlich, wie reiche Weiße. Nicht einmal fremde Eisenbahnen und Menschen und Orte schreckten ihn. In Maitland, wo sie aus dem Zug stiegen, trieb er umgehend einen Einspänner auf, der sie in die Stadt der Farbigen hinüberbrachte.

Es war früh am Nachmittag, als sie ankamen, daher meinte Joe, sie sollten durch den Ort spazieren und sich umsehen. Sie hakten einander unter und schlenderten von einem Ende der Ortschaft zum anderen. Joe bemerkte das knappe Dutzend verschämter Häuser, zwischen Wurzeln von Fächerpalmen in den Sand gestreut. »Gott, sowat wolln die ne Stadt nenn? Also, dat is ja bloßn Stück Brachland mang die Wildnis.«

»Is ne ganze Ecke kleiner, wie ich gedacht hab«, räumte Janie ihre Enttäuschung ein.

»Genau, wie ich gedacht hab«, sagte Joe. »N Haufen Gerede un keiner tut wat. Ei Gott, wos denn hier der Bürgermeister?« fragte er jemanden. »Ich will ma'n Bürgermeister sprechen.«

Zwei Männer, die unter einen riesigen Eichenbaum hingefläzt lagen, richteten sich vom bloßen Klang seiner Stimme fast senkrecht auf. Verdutzt beguckten sie Joes Gesicht, seine Kleidung und seine Frau.

»Wo kommt ihr denn so hurtich her, Leutchen?« fragte Lee Coker.

»Mittel-Georgy«, antwortete Starks kurz angebunden. »Joe Starks is mein Name, von in un um Georgy rum.«

»Sie un Ihre Tochter, komm Sie uns Gesellschaft leisten?« fragte die andere zurückgelehnte Gestalt. »Freut mich ja mächtich. Hicks is der Name. Guv'nor Amos Hicks aus Buford, South Carolina. Frei, alleinstehnd, ungebunden.«

»Ei Gott, ich bin ja nichma nich annähernd alt genuch für keine erwachsne Tochter. Dat hier is meine Frau.«

Hicks ließ sich zurückfallen und verlor augenblicks das Interesse.

»Wo is der Bürgermeister?« beharrte Starks. »Mit *dem* will ich reden.«

»Da seid ihrn Ideechen verfrüht dran damit«, teilte ihm Coker mit. »Hamwer noch kein.«

»Kein Bürgermeister habt ihr nich? Ja, wer sacht euch denn dann, wat ihr machen sollt?«

»Keiner. Sin ja alle erwachsen. Un außerdem, ich nehm an, wer ham einfach nich dran gedacht. Ich wenichstens nich.«

»Ich hab einmal dran gedacht«, sagte Hicks träumerisch, »aber dann hab ichs wieder vergessen, un seither hab ich nich wieder dran gedacht.«

»Kein Wunder, dattat hier nich besser aussieht«, bemerkte Joe. »Ich will hier einsteigen, un zwar ganz groß. Sobald wie wirn Platz zum Schlafen gefunden ham, müssen wir Mannsleute die Einwohner zusammrufen unnen Stadtrat gründen. Dann kriegenwer die Sache schon in Fahrt hier.«

»Ich kann euch zeigen, wo ihr schlafen könnt«, erbot sich Hicks. »Da isn Mann, wat sein Haus fertich mit Baun is, un dem seine Frau is noch nich da.«

Starks und Janie gingen in die angegebene Richtung, während Hicks und Coker ihre Rücken mit Blicken durchbohrten.

»Der Mann, der hatn Ton am Leib wien Vorarbeiter«, bemerkte Coker. »Is ja direkt ne Respektsperson.«

»Quack!« sagte Hicks. »Meine Hosen sin genau so lang wie dem seine. Aber die Frau von dem! Ich hätt ja'n Ding an der Klatsche, wenn ich nich nach Georgy rübermach un mir eine hol, haargenau wie die.«

»Mit wat denn?«

»Mit mein Mundwerk, Mann.«

»Kost Geld, hübsche Fraun ernähren. Sprüche kriegense in rauhen Meng.«

»Nich von meine Sorte. Mir hörnse gerne zu, weilses nich verstehn. Meine Kom-Plemente sin zu tief. Zu viel Kom dran.«

»Mpfff!«

»Glaubsde nich, wie? Du kenns die Fraun nich, wat mir zu Willen sin.«

»Mpfff!«

»Du has mich noch nie erlebt, wenn ich mich am Verlustiern un am Pussiern bin.«

»Mpfff!«

»Bloß gut, datse derse geheirat hat, ehse mich gewahr geworden is. Ich kann ganz schön durchtrieben sein, wenn mir dat im Sinn kommt.«

»Mpfff!«

»Ich bin ein ausgebufften Schlingel mit Weibsleute.«

»Möcht ich ja gern mal erleben, nich bloß immer hörn. Komm, gehma kucken, wat der mit diese Stadt vorhat.«

Sie erhoben sich und bummelten zu dem Haus, in dem Starks fürs erste wohnte. Die Stadt hatte die Fremden bereits entdeckt. Joe stand auf der Veranda und unterhielt sich mit einer kleinen Gruppe von Männern. Janie war durchs Schlafzimmerfenster zu sehen, wie sie sich häuslich einrichtete. Joe hatte das Haus für einen Monat gemietet. Die Männer umringten ihn, und er sprach mit ihnen, indem er ihnen Fragen stellte.

»Wie heißt dat Kaff eindlich richtich?«

»Manche sagen West Maitland, und manche sagen Eatonville. Dat kommt, weil Cap'n Eaton uns wat Land gegeben hat, zusamm mit Mr. Laurence. Aber Cap'n Eaton hat dat erste Stück gegeben.«

»Wieviel hamse euch gegeben?«

»Och, so um die zwei Hektar.«

»Wieviel habter jetz alles in allem?«

»Och, etwa datselbe.«

»Is hinten un vorne nich genuch. Wen gehört dat Land nebendran?«

»Cap'n Eaton.«

»Wo steckt diesen Cap'n Eaton?«

»Drüben in Maitland, außer wenner wen besuchen geht oder so.«

»Laßt michma Augenblickchen mit meine Frau sprechen, und dann geh ich un red mit den Mann. Ihr könnt keine Stadt nich haben ohne Land für zum drauf Baun. Ihr habt ja noch nichma nich genuch für ne Katze zum drauf Anpfeifen, ohne dattern Mund voll mit Haare kricht.«

»Der hat kein Land mehr übrich zum Verschenken. Man brauch massich Geld, wemman mehr haben will.«

»Ich hab die Absicht un werd ihn bezahln.«

Der Gedanke reizte die Männer zum Lachen. Sie bemühten sich, es zu unterdrücken, aber genug ungläubiges Gelächter platzte aus ihren Augen und sikkerte aus ihren Mundwinkeln, um jedermann ihre Gedanken zu verraten. Daher wandte Joe sich brüsk ab und ging los. Die meisten kamen mit, um ihm den Weg zu zeigen und um dabeizusein, wenn er die Karten auf den Tisch legen mußte.

Hicks ging nicht weit. Sobald er glaubte, von der Meute nicht vermißt zu werden, kehrte er zum Haus zurück und stieg zur Veranda hinauf.

»N Abend, Miz Starks.«

»Gutn Abend.«

»Meinse, datse sich wern wohl fühln hier rum?«

»Ich denk schon.«

»Wenn Sie irgendwat haben, mit wat *ich* Sie kann behilflich sein, brauchen Ses bloß sagen.«

»Sehr verbunden.«

Das Gespräch war an einem toten Punkt angelangt. Janie biß nicht an, wie sie sollte. Tat so, als bemerke sie seine Anwesenheit kaum. Die gehörte wachgerüttelt.

»Müssen ja mächtich zugeknöppt sein, die Leute, da wo Sie herkomm.«

»Stimmt. Aber bei Ihn zu Hause is dat scheints anders.«

Er mußte lange nachdenken, aber schließlich begriff er und stolperte mit einem mißmutigen »Wiedersehn« die Stufen hinunter.

»Auf Wiedersehn.«

Am Abend sprach Coker ihn darauf an.

»Hab dich gesehn, wiede zu Starks sein Haus zurückgeschlichen bis. Na, wat hasde ausgerichtet?«

»Wer, ich? Mann, ich bin nichma nich in ihre Nähe gekomm. Ich war unten am See, mirn Fisch fang.«

»Pff!«

»Die Frau is wieso nich so furchbar hübsch, wennsde genau hinkucks. Am Rückwech hab ich praktisch am Haus vorbeigehn gemußt, un da hab ichse richtich gesehn. Nix weiter dran als wie die lang Haare.«

»Pfff!«

»Un, sowieso der Mann is mir irngwie sympathisch geworden. Dem könnt ich doch nix antun. Die is nichmal halb so hübsch wie sone Kleine, wat ich ma in South Cal'lina hab sitzenlassen.«

»Hicks, ich tät ja ne Wut kriegen un sagen, du lüchs,

wenn ich dich nich so gut kenn würd. Du wills dich bloß selber trösten mit deine große Töne. Dein Geist is willich, aber dein Hintern is schwach. N Haufen andre Männer ham datselbe gesehn wie du, aber die ham mehr Vestand wie du. Hättsde wissen könn, dattu ne Frau wie die sonem Mann nich ausspann kanns. Ein Mann, wat hier ankommt un auf ein Schlach acht Hektar Land kauft un bar bezahln tut.«

»Nee! Is nich wahr, wirklich un wahaftich?«

»Is wohl wahr. Kam zurück mit die Papiere in seine Tasche. Hat gleich ne Versammlung einbestellt für morgen auf seine Veranda. Hab mein Lebtach noch nich son Farbichen gesehn. N Laden willer aufmachen un vonner Regierung willer sich ne Poststelle genehmign lassen.«

Das verwirrte Hicks, und er wußte nicht, warum. Er war ein normaler Sterblicher. Es brachte ihn durcheinander, sich auf seine bestimmte Weise an die Welt zu gewöhnen, und dann plötzlich zu erleben, wie sich alles wendete. Er war noch nicht bereit, sich farbige Menschen in Postämtern vorzustellen. Er lachte lauthals.

»Leutchen, ihr laßt euch von son hergelaufnen Dunkelmann aber auch jedes olle Lügenmärchen erzähln! Ein farbichen Mann in eine Poststelle!« Er gab einen obszönen Laut von sich.

»Der is imstande un macht dat, Hicks. Hoff ich jedenfalls. Wir farbiche Leute sin zu neidisch einer aufn andern. Dat isset doch, warumwer hinten un vorne nich vorwärtskomm. Da sinwer uns am Beschwern, dat der weiße Mann uns unterdrücken tut! Brauchter gar nich. Tunwer von ganz von selber.«

»Wer hat denn gesacht, ich will nich, dat der Mann uns ne Poststelle herbringt? Der kann von mir aus der Könich von Jerusalem sein. Trotz un alledem braucht einer nich Lügenmärchen erzählen, bloß weil ne Masse Leute nix davon merken. Sach dir doch dein Menschenverstand, die Weißen wern dem nich erlauben, datter kein Postamt aufmacht.«

»Wissenwer ebent nich, Hicks. Er sacht, er kann, un ich glaub, der weiß, watter sacht. Ich schätz, wenn farbiche Leute ne eigne Stadt ham, dann könnse auch Poststellen kriegen un wat-nich-alles, egal wat. Un übrigens nehm ich nich an, dat die Weißen sich den Deibel drum scheren, so weit ab vom Schuß, wie die sin. Wartenwers ab.«

»Och, ich kann warten. Werd wohl noch warten, bis die Hölle am Einfriern is.«

»Ach, geh in dich! Die Frau will nix von dir wissen. Du muß dat noch lern, dat nich alle Fraun auf der Welt innem Arbeitslager von irng'ne Täppentindestille oder Sägemühle aufgewachsen sin. Gibt ebent Fraun, wat du nich dat Wasser reichen kanns. *Die* da kannsde nich fürn Fischbrötchen haben.«

Sie kabbelten sich noch ein Weilchen, wanderten dann weiter zu dem Haus, in dem Joe wohnte, und fanden ihn in Hemdsärmeln vor, breitbeinig, Fragen stellend, Zigarre rauchend. »Wo is die nächste Sägemühle?« wollte er von Tony Taylor wissen.

»Um die zehn Kilometer nach Apopka zu«, teilte Tony ihm mit. »Wolln Se gleich mit Baun anfang?«

»Ei Gott, ja doch. Aber nich dat Haus, wo ich ma drin wohn will. Dat kann warten, bis ich mich entschieden hab, wo ich dat hinhaben will. Ich schätz, wir brauchen alle nen Laden, un zwar schleunichs.«

»Nen Laden?« rief Tony überrascht.

»Ja doch, nen Laden, hier, mitten im Ort, mit alles drin, wat ihr so braucht. Hat doch kein Zweck, dat alle wegen bißchen Maisgries un Mehl nach Maitland rübertippeln, wennses direkt hier kriegen könnten.«

»Wär gar nich schlecht, Bruder Starks. Wenn Sie schomma drauf zu sprechen komm.«

»Ei Gott, un ob! Außerdem, n Laden is auch sons zu wat nütze. Ich brauchn Raum, wo ich mich drin aufhalten kann, wenn Leute komm un wolln Land kaufen. Muß numa alles ein Mittelpunkt un ein Herz haben, un ne Stadt is da nich anders. Wär bloß logisch, dat der Laden auch dat Versammlungslokal wär für die Stadt.«

»Dat is aber ma wirklich wahr.«

»Ach, wir kriegen die Stadt dereckt in Schuß. Dat ihr mir ja die Versammlung morgen nich verpaßt.«

Am nächsten Tag, fast zur gleichen Zeit, zu der die Ratssitzung auf seiner Veranda anberaumt war, fuhr die erste Wagenladung Bauholz vor, und Jody ging und zeigte den Leuten, wo abgeladen werden sollte. Er wies Janie an, die Ratsmitglieder dazubehalten, bis er zurückkäme, er wolle unbedingt dabeisein, aber er beabsichtige, jede Handbreit von dem Holz nachzuzählen, bevor es den Boden berührte. Er hätte sich seine Worte sparen können, und Janie hätte einfach mit ihrer Beschäftigung fortfahren können. Erstens kamen alle zu spät; und dann setzten alle, sobald sie hörten, wo Jody steckte, ihren Weg dahin fort, wo das frische Bauholz vom Fuhrwerk herunterratterte und unter der großen dicken Eiche aufgestapelt wurde. Also wurde die Sitzung dort abgehalten, und Tony Taylor betätigte sich als Versammlungsleiter, und Jody besorgte das Reden. Es wurde ein Tag für den Straßenbau festgelegt, und alle willigten ein, Äxte und derlei mitzubringen und zwei Schneisen in alle vier Himmelsrichtungen zu schlagen. Das galt für alle außer Tony und Coker. Die konnten zimmern, daher heuerte Jody sie an, sich in aller Frühe am nächsten Tag in seinem Laden an die Arbeit zu machen. Jody selber würde von einem Ort zum anderen unterwegs sein und den Leuten von Eatonville erzählen und neue Bürger zusammentrommeln.

Janie sah verwundert, wie rasch das Geld wieder hereinkam, das Jody für den Landkauf ausgegeben hatte. Binnen zehn Wochen kauften zehn Familien Grundstücke und zogen in die Ortschaft. Alles kam ihr überstürzt vor und zu groß, um noch den Überblick zu behalten. Noch bevor der Laden ein fertiges Dach besaß, hatte Jody Konservendosen auf dem Fußboden gestapelt und verkaufte so viel, daß ihm keine Zeit mehr für seine Redetouren blieb. Einen ersten Vorgeschmack von der Führung des Ladens bekam sie an dem Tag, an dem er fix und fertig eingerichtet war. Jody sagte, sie solle sich feinmachen und den ganzen Abend im Laden stehen. Alle würden irgendwie herausgeputzt sein, und er wolle nicht, daß es die Frau von irgendeinem anderen mit ihr aufnehmen könne. Sie müsse sich als die Leitkuh betrachten, die anderen Frauen seien die Herde. Also zog sie eines ihrer gekauften Kleider an und ging ganz in Weinrot die frisch gerodete Straße hinauf. Ihre seidenen Rüschen raschelten und flüsterten um sie her. Die anderen Frauen trugen Perkal und Kattun, die Älteren hier und da noch zu Turbanen geschlungene Kopftücher.

An diesem Abend kaufte niemand etwas. Dazu waren sie nicht gekommen. Sie waren gekommen, um Einweihung zu feiern. Daher schlug Joe den Dekkel eines Holzfasses mit Salzkeksen ein und schnitt Käse in Stücke.

»Kommt alle näher un feiert mit uns. Ei Gott, ich geb ein aus.« Jody gab sein lautstarkes He-he-Gelächter von sich und trat einen Schritt zurück. Janie schöpfte Limonade, wie er sie geheißen hatte. Einen großen Blechbecher voll für jedermann. Als alles ausgetrunken war, war Tony Taylor so in Stimmung, daß ihm der Sinn nach einer Rede stand.

»Meine Damens un Herrn, wir sin zusammgekomm un hier vasammelt, dat wir in unse Mitte ein Mann willkomm heißen, wat willens is un will sein Los mit uns teiln. Un er is nichma nich alleinig gekomm. Er war auch willens gewesen un hat seine, äh, äh, die Sonne von sein Heim, wat seine Frau is, in unse Mitte mitgebrung. Sie könnt nichma nich besser un nich vornehmer aussehn, wennse die Königin von England wär. Es is uns ein Vagnügen, dat wirse in unse Mitte haben. Bruder Starks, wir heißen Sie willkomm un alles, wat Sie mitgebrung haben – Ihre liebe Frau, Ihrn Laden, Ihr Land –«

Großmäuliges Gelächter schnitt ihm das Wort ab.

»Nun reichdat aber, Tony«, brüllte Lige Moss. »Mist' Starks is ein klugen Mann, dat wollnwer ja alle gern zugeben, aber den Tach, wo er hier angewankt kommt mit zehn Hektar Land über die Schulter, da muß ich dabeisein, dat will ich sehn.«

Noch mal großes Gepruste. Tony war ein wenig betreten, *die* Rede seines Lebens dermaßen vermasselt zu bekommen.

»Ach ihr, ihr wißt doch alle, wat gemeint war. Ich kapier nich, wieso –«

»Weil du einfach ankomms un wills Reden halten un verstehs nichma nix davon«, sagte Lige.

»Ich war ganz prima am Reden, bis du dein Schnabel aufgerissen has.«

»Warsde gar nich, Tony. Du bis auf ein ganz ein falschen Dampfer. Du kanns ein Mann un seine Frau nich willkomm heißen un kein Gleichnis machen mit Isaac un Rebecca am Brunn, sons kommt nämlich die Liebe zwischen die zwei beide zu kurz.«

Alle stimmten dem zu. Es war einigermaßen beschämend für Tony, nicht zu wissen, daß er keine Rede halten konnte, ohne das zu erwähnen. Einige wieherten über seine Unwissenheit. Da sagte Tony unwirsch: »Wenn alle, die wo mein, se müssen hier n Affen markieren, wenn die endlich damit fertich sin, dann wärn wir Bruder Starks für ne Antwort verbunden.«

Da nahmen Joe Starks und seine Zigarre die Raummitte ein.

»Ich dank euch alle für die freundliche Begrüßung

un dat ihr mir die rechte Hand der Brüderlichkeit reichen tut. Ich seh, diese Stadt is erfüllt von Einichkeit un Liebe. Ich hab vor un werd mich hier in die Sielen legen un jede Faser von mir anstrengen, dat diese unsre Stadt ma dat Prunkstück vom Staat wird. Drum sag ich euch vielleicht besser, falls ihrs noch nich wißt, dat wir, wennwer weiterkomm wolln, datwer uns müssen zusammentun zu eine Körperschaft wie jede andre Stadt. Ne Körperschaft müssenwer werden, unnen Bürgermeister müssenwer haben, wenn die Sachen hier angepackt wern solln, un zwar richtich. Im Namen von mir un meine Frau heiß ich euch alle willkomm in diesen Laden un lad euch ein zu alles, wat noch kommt. Amen.«

Tony führte das Händeklatschen an und war wieder in der Mitte des Raums, als es aufhörte.

»Brüder un Schwestern, da wir nich hoffen könn, dat uns jemals wat Beßres passiert, schlach ich vor, wir machen Bruder Starks zu unsen Bürgermeister, bis wer weitersehen könn.«

»Antrach angenomm!!!« riefen alle durcheinander, so daß keine Notwendigkeit bestand, über den Antrag abzustimmen.

»Un jetz wollnwer paar Worte der Ermutichung hörn von unse Frau Bürgermeister Starks.«

Der aufbrandende Applaus wurde jäh beendet von Joe, der selber wieder vortrat.

»Schön Dank auch für eure Komplemente, aber meine Frau versteht nix von kein Redenschwing. Wegen sowat hab ichse nich geheirat. Sie is ne Frau, un ihr Platz is zu Haus.«

Nach einer kurzen Pause ließ Janie ihr Gesicht lachen, aber es fiel ihr nicht leicht. Ihr war nie der Gedanke gekommen, eine Rede zu halten, und sie wußte selber nicht, ob ihr überhaupt daran gelegen war, eine zu halten. Es mußte die Art gewesen sein, wie Joe dazwischengeredet hatte, ohne ihr auch nur eine Chance zu geben, auf die eine oder die andere Art irgend etwas zu sagen. Das hatte ihr wohl alles vergällt. Jedenfalls war ihr kalt ums Herz, als sie an diesem Abend hinter ihm her die Straße hinunterging. Ausgestattet mit seiner neuen Würde, schritt er aus, dachte und plante laut, ohne von ihren Gedanken zu ahnen.

»Der Bürgermeister von eine Ortschaft wie diese, der kann nich zu viel zu Hause rumhocken. In dies Kaff muß wat passieren. Janie, ich besorch jemand, wo in Laden aushelfen tut, un du kanns alles beaufsichtigen, währenddem ich die andern Sachen ausn Boden stampf.«

»Ach, Jody, ich kann doch nix anfang mit kein Laden, wenn du nich da bis. Ich kann vielleich mitkomm un dir helfen, wenn viel Betrieb is, aber –«

»Ei Gott, ich seh nich ein, warum nich. Hindert dich nix dran, wennsde nurn Fünkchen Verstand has. Du *mußt* einfach. Ich hab zu viel andre Sachen am Hals als Bürgermeister. Diese Stadt braucht als erstes ma Licht.«

»Mmm-hmmm, is Tatsache bißchen dunkel hier längs.«

»Ebent. Hat doch kein Zweck, im Dunkeln über die ganzen Baumstümfe un Wurzeln stapfen. Ich wer sofort ne Versammlung einbestelln von wegen Dunkelheit un Wurzeln. Den Fall werd ich als erstes beraten.«

Schon am nächsten Tag schickte er mit Geld aus eigener Tasche bei Sears, Roebuck and Company nach einer Straßenlaterne und rief die Ortsbewohner für den folgenden Donnerstagabend zusammen, um darüber abzustimmen. Niemand hatte jemals an Straßenlaternen gedacht, und einige meinten, es sei eine unnütze Idee. Sie gingen sogar so weit, dagegen zu stimmen, aber die Mehrheit entschied.

Als die Laterne endlich da war, bildete sich die ganze Stadt viel darauf ein. Der Bürgermeister nahm sie nämlich nicht einfach aus der Kiste und befestigte sie an einem Laternenpfahl. Er packte sie aus, ließ sie sorgfältig abwischen und eine Woche lang für jedermann sichtbar in einem Schaukausten ausstellen. Dann bestimmte er einen Termin für das Anzünden der Laterne und verbreitete in ganz Orange County die Kunde, daß alle zum Lampenanzünden kommen sollten. Er schickte Männer in die Sümpfe, den schönsten und geradesten Zypressenstamm zu schlagen, den sie finden konnten, und schickte sie wieder und wieder los nach einem besseren, bis sie den Stamm gefunden hatten, der ihm gefiel. Er hatte bereits mit den Leuten über die gesellige Seite des Ereignisses gesprochen.

»Ihr wißt ja alle, dat wir nich Leute in unse Stadt einladen können, einfach so, mit ohne wat. Wir müssense irngwat zu essen geben, un nix ham die Leute lieber als wien Grillfest. Ich werd höchstpersönlich ein ganzes Ferkel spendiern. Un ihr werd ja wohl imstande sein, un alle mitnander nochma zwei zusammenkratzen. Sacht eure Weibsleute, datse paar Kuchen un Torten un Süßkartoffelnklöben backen.«

So wurde es auch gemacht. Die Frauen schafften die Süßspeisen herbei, und die Männer kümmerten sich um das Fleisch. Am Tag vor der Einweihung gruben sie hinterm Laden ein tiefes Loch und füllten es bis oben mit Eichenholz, das sie zu einem glühenden Kohlenbett herunterbrennen ließen. Sie brauchten die ganze Nacht, um die drei Ferkel am Spieß zu braten. Hambo und Pearson trugen die volle Verantwortung, und die anderen halfen, indem sie das Fleisch hin und wieder drehten, während Hambo es über und über mit Sauce bestrich. Unterdessen erzählten sie Geschichten, lachten, erzählten mehr Geschichten und sangen Lieder. Sie machten allerlei Späßchen und schnupperten den Duft des Fleisches, das langsam garte, während die Würzsauce es bis auf die Knochen durchdrang. Die kleineren Jungen mußten Sägeböcke und Bretter als Tische für die Frauen zusammenhämmern. Dann, nach Sonnenaufgang, gingen alle, die nicht gebraucht wurden, nach Hause, um sich vor dem Fest auszuruhen.

Gegen fünf Uhr nachmittags wimmelte die Ortschaft von allen möglichen Fahrzeugen und Menschen. Sie wollten dabeisein, wenn die Laterne angezündet würde. Als der Augenblick nahte, versammelte Joe alle auf der Straße vor dem Laden und hielt eine Ansprache.

»Leutchen, die Sonne is am Untergehn. Der Sonnmacher schafft sie am Morgn hoch, un der Sonnmacher schickt sie abends wieder im Bett. Wir arme schwache Menschen könn nix dazu tun, dattat schneller oder langsamer vonstatten geht. Einzichste, watwer tun könn, wennwer nach Sonnuntergang oder vor Sonnaufgang Licht haben wollen, is, datwer uns selber Licht machen. So isses gekomm, dat Lampen gemacht geworden sin. Heute abend sinwer alle versammelt, weilwer ne Straßenlaterne anzünden wolln. Dat is ein Ereignis, watwer alle bis zu unsern Todestach in Gedächtnis behalten wern. Die erste Straßenlaterne in eine farbiche Stadt. Hebt eure Augen, und sehtse euch an. Un wenn ich den Laterndocht mit mein Streichholz berühr, dann laßt euch durchdring von dat Licht und laßt leuchten, leuchten, leuchten. Bruder Davis, tu du uns ein Gebet vorsprechen. Tu ganz speziell den Segen für diese Stadt erbitten.«

Während Davis ein überliefertes Gebet in Versen mit eigenen Variationen anstimmte, bestieg Joe die Kiste, die für den Anlaß aufgebaut worden war, und öffnete die Messingtür der Laterne. Als das Wort Amen gesagt wurde, hielt er das angezündete Streichholz an den Docht, und Mrs. Bogles Altstimme erscholl mit:

> Wir werden wandeln im Licht, im
> wunderbaren Licht
> Kommt dahin, wo es nicht an Tautropfen
> der Gnade gebricht
> Die um uns her leuchten bei Tag und bei Nacht
> Jesus, du unser Licht der Welt.

Alle Anwesenden, alle, stimmten mit ein und sangen es wieder und wieder, bis es ausgewrungen war und niemandem mehr weitere Abwandlungen von Melodie oder Rhythmus einfielen. Dann schwiegen sie und aßen.

Spät am Abend, als alles vorüber war, fragte Jody Janie im Bett: »Na, Herzchen, wie gefällt dir dat, Frau Bürgermeister spielen?«

»Nich schlecht, nehm ich an, aber meinsde nich, dattat ganz schön anstrengend für uns wird?«

»Anstrengend? Du meins Kochen un Leute bedien?«

»Nee, Jody, sieht bloß so aus, wie wenn dat irngwie macht, datwer nich mehr natürlich mitnander sin. Andauernd bis du unterwechs un am Reden und Sachen am Regeln, un mir is, als wär ich bloß die Zeit am Totschlagen. Ich hoff, dat is bald vorbei.«

»Vorbei, Janie? Ei Gott, ich hab noch nichma nich richtich angefang. Ich hab dir von ganz von Anfang an gesacht, ich hab vor, dattich mal die erste Geige spiel. Du sollts dich freun, weil dat ne große Frau aus dir macht.«

Ein Gefühl von Kälte und Furcht überkam Janie. Ihr war, als sei sie weit entfernt von allem und einsam.

Bald bekam Janie die Auswirkungen von Ehrfurcht und Neid zu spüren. Die Frau des Bürgermeisters war nicht einfach irgendeine Frau, wie sie angenommen hatte. Sie schlief mit der Macht, und daher war sie in der Stadtmeinung Teil davon. Im Denken und Fühlen konnte sie den meisten von ihnen nur bis zu einem gewissen Grade näherkommen. Besonders machte sich das bemerkbar, nachdem Joe einen städtischen Abwassergraben durchgesetzt hatte, der die Straße vorm Laden entwässern sollte. Es hatte hitziges Gemurmel gegeben von wegen Sklaverei und Zeiten, die vorbei seien, aber jeder hatte die ihm zugeteilte Aufgabe erfüllt.

Joe Starks hatte etwas an sich, das die Stadtbewohner einschüchterte. Nicht aufgrund körperlicher Kraft. Er war kein Faustkämpfer. Seine Statur war für einen Mann nicht einmal imponierend. Noch lag es daran, daß er gebildeter war als die anderen. Es war etwas anderes, das Männer vor ihm klein beigeben ließ. Er hatte eine herrische Art am Leib, und mit jedem seiner Schritte wurde das spürbarer.

Zum Beispiel sein neues Haus. Es hatte zwei Stockwerke und Veranden und Geländer und derlei Dinge. Die übrige Stadt nahm sich aus wie eine Ansammlung von Dienstbotenbehausungen, die das »Herrenhaus« umgaben. Und im Gegensatz zu den übrigen Einwohnern schob er den Einzug auf, bis das Haus fertig gestrichen war, innen und außen. Und wie er es streichen ließ - in frechem, funkelndem Weiß. Die Art Paradeweiß, das die Häuser von Bischof Whipple, von W. B. Jackson und den Vanderpools trugen. Es kam den Dörflern komisch vor, mit ihm zu reden – als sei er ein anderer. Dann war da die Geschichte mit den Spucknäpfen. Kaum hatte er sich eingenistet als Bürgermeister – Poststellenleiter – Hauseigentümer – Ladenbesitzer, da kaufte er sich einen dieser Schreibtische samt Drehsessel, wie sie Mr. Hill oder Mr.

Galloway drüben in Maitland hatten. Wenn er dann so auf seine Zigarre biß und gewichtig die Worte wählte und sich im Sessel hin- und herdrehte, machte das die Leute ganz schwach. Und dann spuckte er in diese golden aussehende Vase, die jeder andere freudig in der guten Stube auf den Tisch gestellt hätte. Sagte, es sei ein Spucknapf, haargenau wie ihn sein damaliger Boßmann immer in seiner Bankfiliale oben in Atlanta gehabt habe. Nun brauchte er nicht mehr jedesmal, wenn er ausspucken mußte, aufstehen und vor die Tür gehen. Spuckte auch nicht mehr auf den Fußboden. Hatte den vergoldeten Spucknapf gleich bei der Hand. Aber er ging noch weiter. Er kaufte ein rundherum mit kleinen Blütenzweigen bemaltes Spucktöpfchen in Damengröße für Janie. Stellte es mitten im Wohnzimmer auf. Das verblüffte die Leute, weil die meisten Frauen Tabak schnupften und selbstverständlich einen Spucknapf im Hause hatten. Aber woher sollten sie wissen, daß fortschrittliche Leute in solche kleinen blumigen Dinger spuckten? Irgendwie kamen sie sich alle hintergangen vor. Als habe man ihnen etwas vorenthalten. Womöglich hatte man noch andere Dinge auf der Welt außer Spucknäpfen vor ihnen verborgen, schließlich hatte man ihnen nichts weiter beigebracht, als in leere Tomatendosen zu spucken. Schlimm genug, wenn es sich um Weiße handelte, aber wenn einer von der eigenen Hautfarbe so anders sein konnte, gab einem das doch zu denken. Es war, als sähe man zu, wie sich die eigene Schwester in einen Alligator verwandelte. Ein vertrauter Fremdling. Unentwegt sah man die

Schwester im Alligator und den Alligator in der Schwester, obwohl es einem widerstrebte. Kein Zweifel, die Stadt achtete und bewunderte Jody sogar in gewisser Weise. Aber wer auf den Pfaden von Macht und Eigentum wandelt, stößt zwangsläufig auf Haß. Wenn daher aus gegebenem Anlaß ein Redner sich erhob und »Unser geliebter Bürgermeister« sagte, dann war das eine jener Behauptungen, die jeder macht, aber niemand wirklich meint, wie die Floskel »Gott ist überall«. Es war nur ein Dreh, mit dem man das Mundwerk aufzog. Mit der Zeit, als die Wohltaten, die Joe der Gemeinde erwiesen hatte, in Vergessenheit gerieten, gewöhnten sie sich an, auf seiner Veranda zu hocken und sich über ihn auszulassen, während er im Laden beschäftigt war. Wie an dem Tag, nachdem er Henry Pitts mit einer Wagenladung seines Zuckerrohrs erwischt, ihm alles wieder abgenommen und ihn aus der Stadt gejagt hatte. Einige von ihnen fanden, das hätte er nicht tun sollen. Aber das sagten sie nicht, wenn er auf der Veranda war. Sobald die Post aus Maitland kam und Joe Starks hineinging, um sie zu sortieren, gab jeder seine Meinung zum besten.

Sim Jones hob an, sobald er sicher war, daß Starks ihn nicht hören konnte.

»Es is ne Sünde un ne Schande, den aam Mann so von hier wechjagen. Farbiche sollten nich so gemein zunander sein.«

»Ich seh dat ganz anders«, sagte Sam Watson kurz angebunden. »Die Farbichn sollen lern un arbeiten für watse kriegen, wie alle andern auch. Hat keiner Pitts dran gehindert, datter soviel Zuckerrohr anbaut, wie er will. Starks hat ihn n Job gegeben, wat willer mehr?«

»Weiß ich ja«, sagte Jones, »aber Sam, Joe Starks, der is zu streng mit die Leute. Watter besitzt, dat hatter alles aus uns rausgeholt. Dat hatter nich gehabt, wie er hergekomm is.«

»Ja, aber alles, wat du hier siehs un wo du drauf am Sitzen bis, dat war auch nich da, wie er gekomm is. Muß man ihn schon lassen.«

»Nun hörma, Sam, du weiß genau, er tut doch nix als wie sich dicketun un andre Leute sagen, watse machen sollen. Der hätt gern, datse alle kuschen, wennse bloß seine Stimme hörn.«

»Fühlt sich an, als hätter ne Peitsche inner Hand, wenner mit ein am Reden is«, beschwerte sich Oscar Scott. »Der strafende Ton, wat der am Leib hat, da wird eim ja ganz blümerant ums Nervenkostüm.«

»Der is ein Wirbelwind unter lauter laue Lüftchen«, warf Jeff Bruce ein.

»Apropos Wind, er is der Wind, un wir sin dat Gras. Wir tun uns überallhin verbiegen, wo der am Hinpusten is«, stimmte Sam Watson zu, »aber wir brauchen ihn eben. Aus unse Stadt wär rein garnix nich geworden, wenn er nich wär. Der kann nich anders als irgnwie rumkommandiern. Manche Leute brauchen n Thron un n Regierungssessel unne Krone, dat se sich Respekt verschaffen. Der nich. Der hat sein Thron im Hosenboden.«

»Wattich nich leiden kann an den Mann, der quatscht wien Buch, wenner mit ungebildete Leute am Reden is«, beschwerte sich Hicks. »Immer am

Rumprotzen mit seine Bildung. Kuckt mich an. Sollt man nich mein, aber ich habn Bruder, wat oben bei Ocala Paster am Spielen is un wat ne gute Bildung hat. Der, wenn der hier wär, der tät sich von Joe Starks nich für dumm verkaufn lassen wie alle andern.«

»Ich frach mich oft, wie die kleine Frau von dem dat aushalten tut mit so ein Mann, wat alles ändern will, aber selber läßter sich von nix un niemand ändern.«

»Weißde, da drüber hab ich selber schon so manches Mal nachgedacht. Der fällt schon überse her, wennse bloß den kleinsten Fehler macht im Laden.«

»Wie kommt dat eindlich, datse sich im Laden immer wat ummen Kopp binden tut wie son olles Weib? Mich täten doch kein zehn Pferde dazu bring, n Kopptuch umbinden, wenn ich Haare hätt wie die.«

»Vielleicht zwingterse. Vielleicht hatter Anx, paar von uns Mannsbilder könnten nich die Finger davon lassen im Laden. Is mir jedenfalls n schleierhaftes Rätsel.«

»Sie sagt wahaftich nich viel. Die Art, wie der sich manchmal im Laden aufspielt, wenn sien Fehler macht, dat is irngwie nich mehr feierlich, aber sie macht dat scheinz überhaupt nix aus. Ich nehm an, die verstehn sich schon.«

Die Stadt hatte ein ganzes Schock guter und schlechter Meinungen über Joes Ämter und Besitztümer, aber niemand besaß die Verwegenheit, ihn zur Rede zu stellen. Lieber beugten sie sich ihm, weil er alle diese Dinge verkörperte, und dann wiederum verkörperte er das alles, weil die Stadt sich ihm beugte.

6

Jeden Morgen warf die Welt sich herum und lieferte die Stadt der Sonne aus. Wieder gab es für Janie einen neuen Tag. Und an jedem Tag gab es einen Laden, außer an den Sonntagen. Der Laden an sich wäre ein erfreulicher Ort gewesen, hätte sie nur nichts verkaufen müssen. Wenn die Leute auf der Veranda saßen und ihre gedachten Bilder zum Anschauen herumreichten, machte es Spaß. Da die Gedankenbilder immer Buntstiftvergrößerungen des Lebens waren, machte das Zuhören sogar noch mehr Spaß.

Die Sache mit Matt Bonners gelbem Maulesel zum Beispiel. Jeden Tag, den der liebe Gott werden ließ, mußte der als Gesprächsthema herhalten. Besonders wenn Matt selber zugegen war und es hörte. Sam und Lige und Walter waren die Rädelsführer bei den Eseleien. Die anderen warfen ein, was immer der Zufall ihnen lieferte, aber es hatte den Anschein, als bekämen Sam und Lige und Walter mehr über diesen Esel zu hören und von ihm zu sehen als der ganze Landkreis zusammen. Sie brauchten nur Matts lange dürre Gestalt die Straße daherkommen sehen, und wenn er dann vor der Veranda anlangte, waren sie schon gewappnet.

»Tach, Matt.«

»N Abend, Sam.«

»Prima, dattu grade hier längskomms, Matt. Ich un paar andre, wer wollten dich grade suchen gehn.«

»Wegen wat, Sam?«

»Verdammt ernste Sache, Mann. Ganz erns!!«

»Tja, Mann«, fiel Lige traurig ein. »Da muß du dich ma ernslich drum kümmern. Darfste keine Zeit verliern.«

»Wat isn los? Mach schon un erzähl.«

»Ich nahm an, wer erzählen dir dat besser nich hier in Laden. Is zu weit wech von hier, hat kein Zweck. Wer gehn besser alle mitnander runter nachen Lake Sabelia.«

»Wat is los, Mann? Ihr könnt mir alle ma gestohln bleim mit euer ganzen Blödsinn.«

»Diesen Maulesel von dir, Matt. Du gehs besser ma nachkucken. Der is übel dran.«

»Wo steckter denn? Isser im See reinspaziert, un n Alligator hatn geschnappt?«

»Noch schlimmerer. Die Weibsleute ham dein Esel in der Mache. Wie ich gegen Mittach um den See rumgekomm bin, da hatten meine Frau und paar andre, hattensen flachgelecht un hamse seine Rippen als Waschbrett hergenomm.«

Das Gelächter, das sie bisher unterdrückt haben, bricht sich schallend Bahn. Sam zeigt nicht die Spur eines Lächelns. »Tja, Matt, dat Maultier is so klapprich, dat die Fraun dem seine Rippen als Reibebrett nehm un Sachen zum Trocknen auf seine Haxen häng.«

Matt merkt, daß sie ihn wieder einmal hereingelegt haben, und das Gelächter macht ihn böse, und wenn er böse wird, stottert er.

»Du bis ein stickichen Lügenbeutel, Sam, du hasdse wohl nich alle? D-d-d-du!«

»Och, Mann, du brauchs dich gar nich aufregen. Du weiß selber, dattu den Maulesel nich orndlich füttern tus. Wie soll der'n fett wern?«

»Ich t-t-tun d-d-doch füttern! Ich g-g-gebn jedesma n ganzen Meßbecher voll Maiskörner.«

»Lige weiß Bescheid über dein Becher mit Mais. Er hat sich hinter deine Scheune versteckt un dir zugekuckt. Dat is kein Meßbecher nich, wat du Mais mit abmessen tus. Dat is ne Teetasse.«

»Un ob ich den füttern tu. Die reine Tücke, datter nich fett wern will. Bleibt aus lauter Bosheit mickrich un klapprich. Hat Schiß, datter muß arbeiten.«

»Jaja, du tusdn wohl füttern. Gibs ihn ›Hüh, Hott‹ zu fressen un die Peitsche als Nachtisch.«

»Kricht sein Futter, dat störrische Mistviech! Egal wat ich dat Biest geb, ich komm da nich klaa damit. Bockt bei jeden Schritt vorn Pfluch un lecht sogar die Ohrn an un schlächt aus un beiß mich, wenn ich im Stall komm zum Füttern.«

»Rech dich ab, Matt«, begütigte Lige. »Wer wissen alle, datter tückisch is. Habn gesehn, wie er auf der Straße hinter eins von die Roberts Gören her war, un der hätt den Jung erwischt un vielleicht totgetrampelt, wenn nich auf eima der Wind gedreht hätt. Weißde, der Kleine, der war nach den Zaun von Starks Zwiebelfeld am Renn, un der Esel isn auf die Fersen gewesen un mit jeden Satz näher gekomm, un da hat plötzlich der Wind gedreht un hat den Esel weit von sein Weg wechgepustet, so mickrich, wie er is un alles, un eh dat Mistviech wieder beigedreht hat, war der Kleine schon übern Zaun rüber.« Das Publikum auf der Veranda lachte, und Matt wurde wieder böse.

»Vielleicht tut der Esel sich mit alle anlegen«, sagte Sam, »weil, immer wenner wen komm hört, meinter, Matt Bonner kommt un willn auf leern Magen schuften lassen.«

»Ach, nee, nee, nee. Jetz hör aber ma auf«, widersprach Walter. »Der Esel meint doch nich, dattich wie kein Matt Bonner ausseh. So blöd is der nich. Wenn ich der Meinung wär, er wär so dumm, hätt ich längs n Foto vommir machen gelassen un dem Esel gezeicht, datter ma Bescheid weiß. Sowat kanner sich mit mir nich erlauben.«

Matt rang nach Worten, aber seine Zunge versagte, und so sprang er von der Veranda hinunter und ging zornentbrannt davon. Aber das tat den Eselschwänken keinen Abbruch. Noch mehr Geschichten kamen auf über seine Leiden; über sein Alter; seine tückische Veranlagung und seine jüngsten Streiche. Alle ergingen sich in Eselstratsch. An Prominenz kam er gleich nach dem Bürgermeister und gab mehr zum Klönen her.

Janie liebte diese Gespräche, und manchmal dachte auch sie sich gute Anekdoten über das Maultier aus, aber Joe hatte ihr verboten, sich daran zu beteiligen. Er wollte nicht, daß sie sich auf Klatsch über solches Gesindel einließ. »Du bis die Frau Bürgermeister Starks, Janie. Himmelherrgott, ich kapier nich, wieso ne Frau von deine Statur Wert legen soll auf dat Gesabbel von Leute, wat nichma dat Haus besitzen, wose drinne schlafen. Is doch rein garnix nütze. Bloß paar trauriche Figurn, wat den Herrgott die Zeit am Stehlen sin.«

Janie fiel auf, daß er dabeisaß und mitlachte, auch wenn er selber nicht über den Esel mittratschte. Sogar sein breites Heh-Heh-Lachen lachte. Aber sobald Lige oder Sam oder Walter oder einer der anderen großen Bilderredner eine Seite der Welt als Leinwand benutzten, scheuchte Joe Janie in den Laden, etwas zu verkaufen. Schien ihm sogar Vergnügen zu bereiten. Warum konnte er nicht auch mal selber gehen? Sie hatte sowieso begonnen, das Innere dieses Ladens zu hassen. Auch die Poststelle. Die Leute, die immer im falschen Augenblick nach der Post fragen kamen. Immer dann, wenn sie gerade versuchte, etwas zusammenzurechnen oder in ein Kassenbuch zu schreiben. Machten sie so wütend, daß sie falsch herausgab beim Briefmarkenverkaufen. Außerdem konnte sie nicht alle Handschriften entziffern. Manche schrieben so komisch und buchstabierten die Wörter anders, als sie es gelernt hatte. Für gewöhnlich sortierte Joe die Post selber, aber mitunter, wenn er unterwegs war, mußte sie es tun, und es gab immer Ärger.

Der Laden bereitete ihr ständig Kopfschmerzen. Dinge von einem Regalbrett herunter- oder aus einem Faß herauszuangeln war eine Kleinigkeit. Und solange die Leute nur eine Dose Tomaten oder ein Pfund Reis wollten, war alles in Ordnung. Aber wenn sie obendrein eineinhalb Pfund Speck und ein halbes Pfund Schmalz verlangten? Dann wurde aus einem bißchen Hin und Her und einigem Sichrecken ein mathematisches Dilemma. Oder vielleicht kostete der Käse siebenunddreißig Cent das Pfund, und jemand kam und wollte Käse für einen Zehner. Oft lehnte sie sich im stillen gegen derlei Dinge auf. Was für eine Vergeudung von Lebenskraft und Zeit. Aber Joe sagte immer wieder, sie könne es, wenn sie nur wolle, und er lege Wert darauf, daß sie von ihren Privilegien Gebrauch mache. Da biß sie auf Granit.

Und die Sache mit dem Kopftuch verdroß sie maßlos. Aber Jody war ganz darauf versessen. Ihre Haare durften im Laden NICHT zu sehen sein. Es schien völlig unbegreiflich. Aber Joe hatte Janie nie gesagt, wie eifersüchtig er war. Er sagte ihr nie, daß er die anderen Männer unzählige Male dabei beobachtet hatte, wie sie in Gedanken in Janies Haaren wühlten, während sie ihren Verrichtungen im Laden nachging. Und eines Abends hatte er Walter dabei ertappt, wie er hinter Janie stand und mit dem Handrücken ganz leicht über das lose Ende ihres Zopfes fuhr, hin und her und so leicht, daß er das Gefühl genießen konnte, ohne daß Janie merkte, was er tat. Joe war hinten im Laden gewesen, und Walter hatte ihn nicht gesehen. Am liebsten hätte Jody sich mit dem Fleischermesser auf ihn gestürzt und die frevlerische Hand abgehackt. An jenem Abend hatte er Janie befohlen, im Laden etwas um ihre Haare zu binden. Das war alles. Sie war im Laden, damit *er* sie anschauen konnte, nicht diese anderen. Aber so etwas sprach er nie aus. Das lag ihm nicht. Wie die Sache mit dem gelben Maulesel zum Beispiel.

Spät an einem Nachmittag kam Matt mit einem

Strick in der Hand von Westen her. »Ich bin mein Esel am Suchen. Hat ihn wer gesehn?« fragte er.

»Habn heut ganz früh drüben hinterm Schulhaus gesehen«, sagte Lum. »Gegen zehn oder so. Muß die ganze Nacht unterwegs gewesen sein, datter so früh schon so weit da hinten war.«

»War er auch«, antwortete Matt. »Habn gestern abend gesehn, aber habn nich fang gekonnt. Mußn ummedingt heut abend reinkriegen, weil ich morgen wat zum Pflügen hab. Hab versprochen, dattich Thompson sein Land pflügen tu.«

»Meinsde, du krichs die Arbeit jemals fertich mit dat Klappergestell?« fragte Lige.

»Och, der Esel is stark genuch. Is bloß am Tückschen un will sich nich führen lassen.«

»Stimmt. Hab gehört, er hat dich hier hergebrung in die Stadt. Se sagen, du hätts eindlich nach Miccanopy wollen, aber der Esel hatn bessern Riecher gehabt un hat dich nach hier gebrung.«

»Das is g-g-gelogen! Ich hab von Anfang an in diese Stadt wollen, wie ich von West Floridy wech bin.«

»Du wills mir erzählen, du wars den ganzen Weg von West Floridy bis nach hier unten auf den Maulesel am Reiten?«

»Warer wohl, Lige. Aber nich mit Absicht. *Er* war ja zufrieden da oben, aber der Esel nich. Un da hatter ein schön Morgen den Esel zwischen die Beine genomm, un der, nich faul, is hingegang un hatn abgeschleppt. Hat Grips gehabt, der Esel. Essen nämlich bloß eima die Woche Mürbteigteilchen, die Leute da oom.«

Es steckte immer ein wenig Ernst hinter den Frotzeleien, daher nahm niemand Matt übel, wenn er einschnappte und wegging. Er war bekannt dafür, daß er Pökelfleisch scheibchenweise kaufte. In der Hand kleine Tüten mit Maisgries oder Mehl nach Hause trug. Es schien ihm nicht viel auszumachen, solange er Geld sparen konnte.

Etwa eine halbe Stunde nachdem er gegangen war, hörten sie den Esel am Waldrand wiehern. Bald würde er am Laden vorbeikommen.

»Los, fangwer Matt sein Esel, un machenwer bißchen Quatsch.«

»Ach, Lum, du weiß doch, der Esel denkt nich dran und läßt sich fang. Laß ma sehn, wie *du* den fang wills.«

Als das Maultier vorm Laden ankam, ging Lum hinaus und wollte ihm zu Leibe rücken. Das Tier warf den Kopf zurück, legte die Ohren an und galoppierte zum Angriff. Lum mußte sich in Sicherheit bringen. Fünf oder sechs weitere Männer verließen die Veranda, umringten das widerborstige Tier, pieksten es in die Flanken und stellten sein Temperament auf die Probe. Aber es hatte mehr Kampfgeist als Muskelkraft übrig. Bald schnaufte und keuchte es von der Anstrengung, seine alten Knochen hin und her zu schleudern. Alle hatten ihren Spaß an der Eselfopperei. Alle außer Janie.

Sie wandte sich jäh von dem Schauspiel ab und begann, vor sich hinzumurmeln. »Sollten sich wat schäm! Dat arme Vieh so veräppeln! Erst zu Tod schinden un den Charakter verderben mit schlechte

Behandlung un dann auch noch zu Tod piesacken. Die könnten wat erleben, wenn dat nach mir ging.«

Sie verließ die Veranda und machte sich hinten im Laden zu schaffen, so daß sie nicht mitbekam, wie Jody zu lachen aufhörte. Daß er sie gehört hatte, wußte sie nicht, aber nun hörte sie ihn schreien: »Lum, ei Gott, jetz reich dat aber! Ihr habt alle euern Spaß gehabt. Hört mit den Unfuch auf, un geht Matt Bonner Bescheid sagen, ich will mit ihn reden, un zwar gleich.«

Janie kam wieder heraus und setzte sich. Sie sagte nichts, und auch Joe schwieg. Aber nach einer Weile blickte er auf seine Füße und sagte: »Janie, ich nehm an, du gehs besser un hols mich meine olle schwarze Galoschen. Diese Lederschuhe brenn wie Feuer. Genuch Platz drinne, aber weh tun tunse trotzdem.«

Sie stand wortlos auf und ging die Schuhe holen. In ihr tobte ein kleiner Verteidigungskrieg für hilflose Kreaturen. Die Leute sollten ein bißchen mehr Rücksicht nehmen. Dafür wollte sie gern kämpfen. »Aber Meinungsverschiedenheiten un Aufruhr sin mir zuwider, da halt ich lieber n Mund. Dat macht ein nur dat Leben schwer.« Sie beeilte sich nicht mit der Rückkehr. Kramte so lange herum, bis sie sich gefaßt hatte. Als sie wieder in den Laden kam, sprach Joe gerade mit Matt.

»Fünfzehn Dollar? Ei Gott, du bist wohl vom wilden Affen gebissen! Fünf Dollar.«

»Machenwern K-k-kompromiß, Bruder Bürgermeister. S-sagenwer zehn.«

»Fünf Dollar.« Joe wälzte seine Zigarre im Mund hin und her und rollte gelangweilt mit den Augen.

»Wenn der Maulesel Sie irngwat wert is, Bruder Bürgermeister, dann isser für mich noch mehr wert. Ganz speziell wo ich morgen ne Arbeitsbeschäftichung hab.«

»Fünf Dollar.«

»Also gut, Bruder Bürgermeister. Wenn Sien arm Mann wie mich alles rauben wollen, watter sein Lebensunterhalt mit am Verdien is, dann nehm ich die fünf Dollar. War dreinzwanzich Jahre bei mir gewesen, der Maulesel. Dat is ganz schön hart.«

Bürgermeister Starks wechselte gemächlich die Schuhe, bevor er nach dem Geld in die Tasche griff. Matt drehte und wand sich wie eine Henne auf einem heißen Backstein. Aber kaum hatte seine Hand sich um das Geld geschlossen, da verzog sich sein Gesicht schlagartig zu einem breiten Grinsen.

»Bei dem Handel hab ich Sie aber reingelecht, Starks! Der Esel, der is bestimmt tot, bevor die Woche rum is. Aus den holn Se keine Arbeit nich mehr raus.«

»Habn für keine Arbeit nich gekauft. Ei Gott, ich hab dat Viech gekauft, dattet sich ma ausruhen kann. Da hatts du nich den Mumm dazu.«

Respektvolles Schweigen legte sich über die Szene. Sam schaute Joe an und sagte: »Dat is ma ne ganz ne neue Idee für Viechzeuchs, Bürgermeister Starks. Gefällt mir aber nich schlecht. Wirklich nobel, wat Sie da getan ham.« Alle pflichteten dem bei.

Janie stand schweigend da, während alle ihre Kommentare abgaben. Als sie fertig waren, stellte sie sich vor Joe hin und sagte: »Jody, dat war aber ma mächtich nett von dir, wat du gemacht has. Wär nich jeder drauf gekomm, dat is nämlich kein Alltagsgedanke. Dattu den Esel befreit has, dat macht aus dir ein richtich großen Mann. Sowat wie George Washington un Lincoln. Abraham Lincoln, der war die ganze Vereinichte Staaten am Regiern, un der hat die Neger befreit. Du has ne Stadt, un du has nen Esel befreit. Du brauchs Macht, wennsde wen befrein wills, un dat macht dich zu sowat wie ein Könich von irngwat.«

Hambo sagte: »Ihre Frau is ja die geborne Rednerin, Starks. Hamwer ja noch gar nich gewußt. Se hat genau die richtiche Worte gefundn für unse Gedanken.«

Joe biß fest auf seine Zigarre und strahlte in die Runde, aber er sagte kein Wort. Die Stadt erörterte es drei Tage lang, und alle sagten, sie hätten genauso gehandelt, wenn sie so reich wären wie Joe Starks. Jedenfalls sorgte ein freier Maulesel im Ort für neuen Gesprächsstoff. Starks häufte unterm großen Baum neben der Veranda Futter auf, und der Esel hielt sich im allgemeinen in der Umgebung des Ladens auf wie die übrigen Einwohner. Fast jeder machte es sich zur Gewohnheit, eine Handvoll Futter mitzubringen und auf den Haufen zu werfen. Der Esel wurde fast schon fett, und sie waren alle mächtig stolz auf ihn. Neue Schwänke kamen auf über seine Umtriebe als freier Esel. Wie er eines Abends die Küchentür der Lindsays aufstieß und dort übernachtete und keine Ruhe gab, bis sie ihm Kaffee zum Frückstück machten; wie er bei den Pearsons den Kopf durchs Fenster steckte, während die Familie bei Tisch saß, und wie Mrs. Pearson ihn mit Hochwürden Pearson verwechselte und ihm einen Teller reichte; wie er Mrs. Tully vom Krocketplatz scheuchte, weil sie eine so häßliche Figur abgab; wie er auf dem Weg nach Maitland hinter Becky Anderson hertrabte, um unter ihrem Schirm seinen Kopf vor der Sonne zu schützen; wie er es leid wurde, Redmonds langatmigen Gebete anzuhören, in die Baptistenkirche hineinmarschierte und die Versammlung sprengte. Er tat alles außer einen Zaum dulden und sich bei Matt Bonner blicken lassen.

Aber nach einer Weile starb er. Lum fand ihn unter dem großen Baum auf seinem knochigen Rücken liegend, alle viere in die Luft gereckt. Das war unnatürlich und sah nicht aus, wie es sich gehörte. Aber Sam sagte, für den Esel wäre es noch viel unnatürlicher gewesen, sich auf die Seite zu legen und zu sterben wie alle anderen Viecher. Er habe den Tod kommen sehen und habe sich ihm gestellt und sich gewehrt wie ein richtiger Mann. Bis zum letzten Atemzug habe er sich gewehrt. Da habe er eben keine Zeit mehr gehabt, sich auszustrecken. Der Tod habe ihn so nehmen müssen, wie er ihn vorfand.

Als die Neuigkeit sich herumsprach, war es wie das Ende eines Krieges oder etwas dergleichen. Wer konnte, ließ seine Arbeit stehen und liegen, um sich zu den anderen zu gesellen und darüber zu reden. Aber am Ende blieb nichts zu tun, als den Esel aus dem Ort hinauszuschleifen wie alle anderen toten Viecher. Hinaus bis an den Rand einer Bauminsel, die weit genug von der Stadt entfernt lag, um hygienischen Anforderungen zu genügen. Das übrige würden die

Rabengeier erledigen. Alle würden dem Esel das Totengeleit geben. Die Neuigkeit hatte Bürgermeister Starks vorzeitig aus dem Bett geholt. Seine beiden Grauen standen draußen unterm Baum, und die Männer kalberten mit dem Geschirr herum, als Janie mit Joes Frühstück beim Laden ankam.

»Ei, Lum, du machs mir den Laden schön dicht, eh du gehs, hörs du?« Er aß hastig, redete und hatte gleichzeitig ein Auge auf den Machenschaften draußen vor der Tür.

»Warum sachsdu ihn, datter dichtmachen soll, Jody?« fragte Janie überrascht.

»Weil keiner dasein wird, wo nach den Laden kuckt. Ich geh selber auch mit, den Esel rausschaffen.«

»Gibt garnix für mich zu tun heute, Jody, wat so wichtig wär. Wieso kann ich nich mit dir mitgehn, den Esel rausschaffen?«

Einen Augenblick verschlug es Joe die Sprache. »Also Janie! Du wills dich doch nich bei eine Kadawerbeseitichung blickn lassen, oder? Alle un jeder auf ein Haufen, am Rumdrängeln un Rumschieben, so unmanierlich wiese alle sin? Nee, nee!«

»Du wärs doch auch dabei, oder nich?«

»Richtich, aber ich bin ein Mann, auch wenn ich der Bürgermeister bin. Aber die Frau vom Bürgermeister, dat is wieder wat andres. Außerdem brauchen die mich bestimmt, dattich paar Worte sach über den Kadawer, is nämlich ein Fall für sich. Aber *du* has nix ze suchen bei den ganzen ordinärn Rummeln. Wundert mich, dat du 'berhaupt frächs.«

Er wischte sich die Schinkensoße vom Mund und

setzte den Hut auf. »Schließ die Tür zu hinter dir, Janie. Lum hat genuch zu tun mit die Pferde.«

Nachdem die Stadtbewohner noch viele Ratschläge und Befehle und nutzlose Kommentare durcheinandergerufen hatten, geleiteten sie den Kadaver hinaus. Nein, der Kadaver bewegte sich mit den Stadtbewohnern fort, und Janie blieb allein in der Türöffnung stehen.

Draußen auf den Sumpfwiesen huldigten sie dem Esel mit großer Feierlichkeit. In seinem Tod verulkten sie alles Menschliche. Starks hob an mit einer großen Lobpreisung des dahingegangenen Mitbürgers, des höchst geachteten Bürgers, er sprach von der Trauer der Hinterbliebenen, und die Anwesenden waren hingerissen von seiner Rede. Sie stärkte sein Ansehen mehr als der Schulhausbau. Er stand auf dem aufgeblähten Bauch des Esels wie auf einer Tribüne und gestikulierte. Als er herunterstieg, hievten sie Sam hinauf, und der sprach zunächst wie ein Schullehrer über das Maultier. Dann setzte er seinen Hut auf wie John Pearson und ahmte dessen Predigerton nach. Er sprach über die Freuden des Eselhimmels, um deretwillen der liebe Bruder dieses Jammertal verlassen hatte; von den Esel-Engeln, die umherschwebten; von noch und noch grünem Hafer und kühlem Wasser, von einer Weide schierer Kleie, von einem Fluß aus Melasse durchquert; und am herrlichsten von allem: *kein* Matt Bonner, der mit Pflugstrikken und Halfter daherkam und alles verdarb. Dort oben konnten die Esel-Engel auf Menschen reiten, und von seinem Platz neben dem funkelnden Thron würde der liebe Entschlafene in die Hölle hinunterblicken und den Teufel sehen, der Matt Bonner den lieben langen Tag unter höllischer Sonne im Pflug gehen ließ und ihm wieder und wieder mit der Peitsche eins überzog.

Unterdessen waren die Schwestern außer Rand und Band geraten und schrien und mußten von den Männern aufrecht gehalten werden. Alle amüsierten sich königlich, und dann wurde das Maultier schließlich den ungeduldig wartenden Rabengeiern überlassen. Diese hielten hoch oben über den Köpfen der Trauernden eine große Flugversammlung ab, und einige der näher stehenden Bäume waren bereits von den hängeschultrigen Gestalten bevölkert.

Sobald die Trauergemeinde außer Sicht war, rückten sie kreisförmig näher. Die Nahen kamen näher, und die Fernen kamen nah. Ein Kreisen, ein Herabstoßen und ein Hüpfen mit ausgebreiteten Flügeln. Näher heran und näher heran, bis einige der Hungrigsten oder Wagemutigsten auf dem Kadaver hockten. Sie hätten gern begonnen, aber der Pastor fehlte, daher wurde ein Bote zu dem Baum geschickt, auf dem der Herrscher saß.

Der Schwarm mußte auf den weißköpfigen Anführer warten, aber es fiel ihnen schwer. Sie rempelten einander und hackten in hungriger Gereiztheit um sich. Einige wanderten auf dem Tierkadaver auf und ab, vom Kopf zum Schwanz, vom Schwanz zum Kopf. Der Pastor hockte reglos ungefähr drei Kilometer entfernt auf einer abgestorbenen Kiefer. Er hatte die Sache so rasch wie alle anderen gewittert, aber die Etikette verlangte, daß er teilnahmslos dasaß, bis er unterrichtet wurde. Dann hob er in gewichtigem Flug ab und kreiste und senkte sich, kreiste und senkte sich, bis die anderen vor Hunger und vor Freude über seine Ankunft zu tanzen begannen.

Schließlich landete er auf dem Boden und wanderte um den Tierkörper herum, um sich zu vergewissern, ob er auch wirklich tot war. Spähte in Nüstern und Maul. Untersuchte ihn gründlich von einem Ende bis zum anderen, hüpfte hinauf und verneigte sich, und die anderen tanzten eine Antwort. Als das vorüber war, wippte er und fragte:

»Was hat diesen Mann da getötet?«

Der Chor antwortete: »Das schiere, schiere Fett.«

»Was hat diesen Mann da getötet?«

»Das schiere, schiere Fett.«

»Was hat diesen Mann da getötet?«

»Das schiere, schiere Fett.«

»Wer wird sein Begräbnis besorgen?«

»Wir!!!!!«

»Nun denn.«

Da hackte er dem Maultier in aller Feierlichkeit die Augen aus, und das Fest nahm seinen Lauf. Abgesehen von den Verandagesprächen und den Spielen der Kinder, die hin und wieder aus Abenteuerlust seine bleichenden Gebeine besuchten, verschwand der gelbe Esel aus der Stadt.

Als Joe in den Laden zurückkehrte, war er vergnügt und guter Dinge, aber er wollte nicht, daß Janie es merkte, weil er sah, daß sie mißmutig war, und das ärgerte ihn. Sie hatte kein Recht dazu, so wie er die Dinge anging. Sie wußte seine Bemühungen nicht einmal zu schätzen, wo sie doch allen Grund dazu hatte. Da überhäufte er sie nur so mit Ehren; errichtete ihr einen Thron, von dem aus sie die Welt überschauen konnte, und sie saß da und schmollte! Nicht daß er eine andere gewollt hätte, aber wie viele Frauen hätten freudig mit ihr getauscht! Ohrfeigen sollte er sie! Aber heute war ihm nicht nach Streit zumute, daher wischte er ihr lieber hinterrücks eins aus.

»Wat hab ich über die Leute da draußen im Wald lachen müssen heut morgen, Janie. Über die Schwänke, wat die bring, da mußde einfach lachen. Aber trotzdem wär ich froh, meine Leute hätten mehr Ehrgeiz im Leib un täten nich so viel Zeit auf Unfuch verplempern.«

»Könn ja nich alle so sein wie du, Jody. Irgendwer muß auch ma lachen un Spaß machen könn.«

»Wer tät nich gern lachen un Spaß machen?«

»Du wills uns jedenfalls weismachen, du hätts dat nich gern.«

»Ei Gott, ich werd doch niemand son Quatsch weismachen! Aber alles zu seine Zeit. Is doch furchbar, wemman mit ansehn muß, dat so viele Leute nix weiter wollen als wie sichn Bauch vollschlagen unnen Plätzchen für zum Hinlegen un zum Penn hinterher. Macht mich traurich manchmal, un dann macht mich dat auch wieder böse. Manchmal bring die Sachen, dattich mich könnt totlachen, aber ich lach extra nich, dattichse ent-ermutichen tu.« Janie wich geschickt einem Streit aus. Sie änderte ihre Meinung nicht, aber mit den Lippen stimmte sie zu. Ihr Herz sagte: »Un selbs wenn, bräuchsde nich son Geschrei machen.«

Mitunter jedoch erschütterten Sam Watson und Lige Moss sogar Joes Zwerchfell mit ihren ewigen Wortplänkeleien. Sie fanden nie ein Ende, weil es keines zu finden gab. Es war ein Wettstreit im Hochstapeln, nur um seiner selbst willen, nichts weiter.

Sam mochte zum Beispiel auf der Veranda sitzen, und Lige kam dazu. Wenn niemand da war, über den man reden konnte, geschah nichts. Aber wenn die ganze Stadt versammelt war wie an den Samstagabenden, dann näherte sich Lige mit tiefernster Miene. Nicht einmal einen guten Tag konnte er dann wünschen, so sehr war er in Gedanken. Wurde er, um ihm die Zunge zu lösen, gefragt, was denn los sei, sagte er: »Da is ne Sache, die hat mich bald ummen Verstand gebrung. Aber der Sam, der hat doch immer so viel Ahnung, un da hätt ich gern ma paar Information über dat Thema.«

Nun ist es an Walter Thomas, sich zu Wort zu melden, um das Spiel voranzutreiben. »Genau, der Sam, der hat immer so viel Ahnung, datter gar nich weiß, watter damit anfang soll. Der kann dir bestimmt alles erzähln, wattu wissen wills.«

Sam ziert sich nach allen Regeln der Kunst. Das zieht alle Anwesenden erst recht in den Bann.

»Wie komms du drauf un wills von *mir* wat wissen? Du tus doch immer, als hätt sich der liebe Gott gleich um die Ecke mit dir getroffen un dich Sein Intimkram erzählt. Hat kein Zweck, dattu *mich* nix frächs. Ich hab *dich* wat zu fragen.«

»Wie willsde dat denn machen, Sam, wo ich doch dat Gespräch selber aufgebrung hab? Ich bin *dich* wat am Fragen.«

»Mich am Fragen? Wat denn? Du has mich ja noch nichma nich dat Thema gesacht.«

»Sach ich dir auch nich! Ich wer dich schön im dunkeln lassen. Wennsde so schlau bis, wiede immer machs, wirsde dat schon selber rauskriegen.«

»Du traus dich nich un sachs dein Thema, du weiß nämlich, dattich dir dat zerpflücken tu. Du brauchsn Thema für zum Drüberreden, oder du kanns gar nich reden. Wenn ein Mensch keine Grenzen nich kennt, dann weißer nich, wo ern Punkt machen muß.«

Inzwischen sind sie der Mittelpunkt der Welt.

»Also gut. Wennsde schon zugibs, du bis nich schlau genuch un krichs raus, von wat ich am Reden bin, dann wer ich dir dat ebent sagen. Wat hält ein Mensch davon ab, datter sich an ein bullich heißen Ofen verbrennt – Vorsicht oder Natur?«

»Au weia! Ich dacht, du hätts mich wat Schweres zum Fragen. Sowat kann der Walter dir sagen.«

»Wenn dat Gespräch zu tief is für dich, warum sachsdes dann nich un schweichs stille? Von sone Sachen hat der Walter kein blassen Duns. Ich bin ein gebildeten Mann, mich kann keiner wat vormachen, un wenn ich die ganze Nacht lang wat am Überlegen bin, dann kann mir der Walter ganz bestimmt nich helfen. Ich brauch nen Mann wie dich.«

»Nu denn, Lige, dann sach ich dir dat ebent. Auf dat i-Tüpfelchen genau wer ich dir dat erzählen. Dat is Natur, wat ein Mensch von ein bullich heißen Ofen abhält.«

»Aaahaa! Hab ich mir doch gedacht, du komms auf dat schiefe Brett! Aber ich wer dir schon Feuer untern Hintern machen un dich direkt wieder da runterholn. Dat is ebent keine Natur nich, dat is Vorsicht, Sam.«

»Gibdet doch nich! Deine Natur sach dir, dat man mit kein bullich heißen Ofen nich spaßen darf, un dann läßt du dat auch schön bleiben.«

»Hörma, Sam, wenn dat Natur wär, dann bräucht ja auch keiner auf Babies aufpassen, datse kein Ofen anfassen, oder? Tätense von ganz von selber nich machen. Machense aber, hunderprozentich. Also is dat Vorsicht.«

»Nee, isses nich, dat is Natur, weil die Natur, die macht die Vorsicht. Dat is nämlich dat Dollste, wat Gott jemals gemacht hat. Tatsache dat einzichste, watter überhaupt gemacht hat. Er hat die Natur gemacht, un die Natur hat alles andre gemacht.«

»Nee, hatse ebent nich. N ganzer Haufen Sachen sin ja noch gar noch nich gemacht geworden.«

»Sach mir eine Sache, wat die Natur nich gemacht hat.«

»Se hat noch nich gemacht, dat man auf ne Kuh mitn bludden Kopp reiten un sich an keine Hörner nich festhalten kann.«

»Ja, aber dat is doch gar nich dein Punkt.«

»Doch, isses wohl.«

»Nee, isses nich.«

»Ja, wat is denn dann mein Punkt?«

»Hasde noch gar kein bis jetz.«

»Hatter wohl«, warf Walter ein. »Der bullich heiße Ofen is sein Punkt.«

»Er weiß ja ne ganze Menge, aber bewiesen hatter dat noch nich.«

»Sam, ich sach, dat is Vorsicht un nich Natur, wat die Leute von ein bullich heißen Ofen abhält.«

»Wie soll dat angehn, dat der Sohn vor den Papa da is? Die Natur kommt vor alles andre. Seitdem dat Grips Grips is, hat die Natur die Leute von bullich heiße Öfen abgehalten. Die Vorsicht, wo du von am Reden bis, dat is nix als wie Humbuch. Ein Inseck mit hinten un vorne nix Eignes dran. Mit Augen von wat andres; mit Flügel von wat andres – alles! Sogar sein Summ is dat Geräusch von wat andres.«

»Mensch, wat reds du da? Vorsicht is doch dat Größte auf der Welt. Wenn dat keine Vorsicht nich gäb –«

»Zeich mir eine Sache, wat deine Vorsicht gemacht hat! Kuckma, wat die Natur hingegang is un gemacht hat. Die Natur is so allmächtich geworn in schwarze Hühners, datse weiße Eier legen müssen. Jetzt sach mir ma, wie komm dat denn, wat is in ein Mann gefahrn, datter Haare um sein Mund rum zu wachsen hat? Die Natur!«

»Dat is keine –«

Nun brodelt die Veranda. Starks überläßt den Laden Hezekiah Potts, dem Laufjungen, und nimmt auf seinem angestammten Stuhl Platz.

»Kuck doch bloß ma dat riesiche olle Mistviech

oben in Halls Tankstelle an – n olles Riesenbiest. Frißt erst alle Leute im Haus un dann dat ganze Haus.«

»Och, son Viech gibt dat ja gar nich, wat'n Haus fressen kann! Dat is gelogen. Ich war gestern dagewesen, un ich hab nix von die Sorte gesehn. Wo soll dat Biest denn sein?«

»Ich habs nich gesehn, aber ich nehm an, dat is irngwo in Hinterhof. Aber se ham n Bild davon vorm Haus zu häng. Warnse grade am Annageln, wie ich heut abend vorbeigekomm bin.«

»Schön un gut, un wenn dat Viech Häuser frißt, wieso dann nich die Tankstelle?«

»Hamse angebunden, deswegen. Die ham n Riesenschild, da steht drauf, wieviel Liter Sinclair-Benzin dattat Biest auf ein Schlag saufen kann und von wegen dattet über ne Million Jahre alt is.«

»Gibt *nix un niemand,* wat keine Million Jahre alt is!«

»Hängt aber direkt da, dat Bild, für jeden zum Ankucken. Könn ja bloßn Bild von wat machen, watse sehn, oder?«

»Woher wolln dien wissen, dattat ne Million Jahre alt is? Is doch keiner vor so lange Zeit geborn geworden.«

»Von die Ringe auf dem sein Schwanz, nehm ich an. Mann, die Weißen, die ham nen Dreh, wiese alles rauskriegen, watse wissen wolln.«

»Ja un wo war dat Biest dann die ganze Zeit gewesen?«

»Dat hamse da drüben in Ägypten gefang. Da hat sich dat scheinz rumgetrieben un war die Grabsteine von diese Pharaos am Fressen. Hamse sogar n Bild von, wie dat grade am Fressen is. Die Natur is allmächtich in sone Viecher. Natur un Salz. Da draus is ein starken Mann wie Big John de Conquer gemacht. Dat war ein Mann mit Salz im Blut. Der hat *alle* Sachen Würze geben könn.«

»Schon, aber dat warn Mann, wat mehr war wien Mensch. Sowat wie den gib dat nich nochma. Der is nich hingegang un hat Kartoffeln gebuddelt un Heu geharkt. Der hat sich nich auspeitschen gelassen, un der is vor nix un niemand nich weggelaufen.«

»Mensch, dat könn andre auch, wennse wirklich wolln. Ich für mein Teil, ich hab Salz in *mir* drin. Wenn ich gern Menschnfleisch essen tät, ich könnt jeden Tach ein fressen, manche von den sin so verkomm, die täten sich glatt vommir fressen lassn.«

»Gott, macht mir dat Spaß, über Big John reden. Los, erzählnwer uns Lügenmärchen über Olle John.«

Aber da kommen Bootsie und Teadi und Big 'oman die Straße entlang und gebärden sich, als seien sie wunder wie hübsch. Sie haben die Frische und Knackigkeit von jungen Senfkohlblättern im Frühling, und die jungen Männer auf der Veranda müssen ihnen das einfach sagen und ihnen dies und das spendieren.

»Da kommt eben meine Bestellung«, verkündet Charlie Jones und klabastert von der Veranda herunter, den Mädchen entgegen. Aber er hat reichlich Mitbewerber. Galantes Getue und Gedrängel. Alle laden die Mädchen ein, sich zu wünschen, was ihnen in den Sinn kommt. Sie sollen doch bitte die Männer bezahlen lassen. Joe wird geheißen, alle Bonbons im Laden einzuwickeln und neue nachzubestellen. Alle Erdnüsse, die er hat, und Mineralwasser – alles!

»Mädchen, ich bin verrückt nach dir«, fährt Charlie zum Ergötzen aller fort. »Ich tu alles für dich, bloß nich für dich arbeiten und dir mein Geld geben.«

Die Mädchen und alle anderen lachen mit. Sie wissen, daß es kein Liebeswerben ist. Es ist eine einzige Liebesposse, und alle spielen mit in dem Stück. Die drei Mädchen beherrschen die Szene, bis Daisy Blunt im Mondschein auf der Straße daherkommt.

Ihre Füße vollführen eine Trommelmelodie. Sieht man sie gehen, meint man schon, sie zu hören. Daisy ist schwarz, und sie weiß ganz genau, daß ihr weiße Kleider gut stehen, und die trägt sie, wenn sie ausgeht. Sie hat große schwarze Augen mit viel schimmerndem Weiß darin, das sie funkeln läßt wie nagelneue Münzen, und sie weiß obendrein, wofür der liebe Gott den Frauen Wimpern gab. Ihre Haare sind nicht, was man glatt nennen könnte. Es sind Negerhaare, aber sie haben eine Art weißes Aroma. Wie das Stück Bindfaden aus einem Schinken. Es ist alles andere als Schinken, aber es war mit Schinken in Berührung und schmeckt danach. Ihre Haare breiten sich dicht und schwer über ihre Schultern und sehen unter einem großen weißen Hut goldrichtig aus.

»Gott, Gott, Gott«, ruft der nämliche Charlie aus und läuft zu Daisy hinüber. »Müssen ja Ferien sein im Himmel, wenn die Engel vom heilichen Petrus Ausgang kriegen. Drei Mann sin schon am Sterben für dich, un hier is noch so ein Trottel, wat willens is un tät in dein Gefolge Diens schieben.«

Die übrigen Junggesellen haben sich inzwischen um Daisy geschart, die sich errötend vor ihnen in Positur wirft.

»Wenn ihr ein kennt, wat für mich sterben will, dann wißt ihr mehr wie ich«, sagt Daisy schnippisch. »Wüßt ja gern, wer dat is.«

»Also komm, Daisy, du weiß doch, dat Jim un Dave un Lum sich gegenseitich fast am Umbring sin wegen dir. Komm uns nich mit die ewiche Masche von wegen dat-hab-icha-ganz-falsch-verstanden.«

»Sin aber schöne Heimlichtuer, wenn dat stimmt. Mich hamse jedenfalls nie wat gesacht.«

»Mm-hmmm, da hasde eben zu schnell gequasselt. Da, Jim un Dave, die sin direkt hier auf der Veranda, un Lum is im Laden drinne.«

Großes Gelächter über Daisys konsternierte Miene. Die jungen Burschen mußten ihre Rivalität einfach vor den anderen austragen. Nur wußten diesmal alle, daß ein wenig davon ernst gemeint war. Dennoch genoß das Verandavolk das Schauspiel, und jeder sprang notfalls bereitwillig als Statist ein.

David sagte: »Jim liebt Daisy gar nich. Der liebt dich nich so wie ich.«

Jim bellte unwillig: »Wer soll Daisy nich lieben? Du reds ganz bestimmt nich von mir.«

Dave: »Na, dat wollnwer doch gleich ma überprüfen. Jetz wollnwer ma beweisen, wer dat Mädchen am dollsten liebt. Wie viele Jahre täts du für Daisy brumm?«

Jim: »Zwanßich Jahre!«

Dave: »Siehste, Daisy? Ich habs dir ja gesagt, der

Nigger, der liebt dich nich. Ich, ich tät den Richter sagen, er kann mich aufhäng, unter leemslänglich tu ichs nich.«

Lautes, langanhaltendes Gelächter erscholl von der Veranda. Dann mußte Jim die Gegenprobe verlangen.

»Dave, wat würds du für Daisy tun, wennse auf eima so blöd wär un tät dich heiraten?«

»Hamwer alles schon besprochen, Daisy un ich, aber wennsdes unbedingt wissen wills, ich tät Daisy n Personzuch kaufen un se schenken.«

»Hach! Is dat alles? Ich tätsen Damfschiff kaufen, un dann tät ich paar Mann anheuern, wat dat Dingen fürse fahren.«

»Daisy, laß dich von Jim nich für dumm verkaufen. Der denkt doch nich dran un tut wat für dich. N mickriches olles Damfschiff! Daisy, ich geh jederzeit hin und wisch den Atlantik für dich aus, wenn dat dein Wunsch un Wille is.« Fröhliches Gelächter, dann schwiegen wieder alle, um nichts zu verpassen.

»Daisy«, hob Jim an, »du kenns mein Herz un meine Gedanken bis im hintersten Winkel. Un du weiß auch, wenn ich hoch oben am Himmel in ein Fliechzeuch am Fliegen wär, un ich tät runterkucken un tät dich sehn, wie du zu Fuß unterwechs wärs, un ich wüßt, du has fuffzehn Kilometer bis nach Hause, ich tät aus dat Fliechzeuch aussteigen un dich nach Hause begleiten.«

Wieder brach schallendes Gelächter aus, und Janie schwelgte darin. Dann verdarb Jodie ihr alles.

Mrs. Bogle kam die Straße herunter auf die Veranda zu. Mrs. Bogle, die mehrfache Großmutter war und dennoch ein kokettes errötendes Gehabe an sich hatte, das ihre eingesunkenen Wangen umhüllte. Bei ihrem Anblick meinte man einen zitternden Fächer vor ihrem Gesicht zu sehen und Magnolienblüten und verschlafene Seen im Mondlicht. Es gab keinen sichtbaren Grund dafür, es war einfach so. Ihr erster Ehemann war Kutscher gewesen, hatte jedoch »Geschworener studiert«, um sie zu gewinnen. Schließlich war er Prediger geworden, um sie bis zu seinem Tode zu halten. Ihr zweiter Mann arbeitete auf Fohnes Orangenplantage – aber er verfiel ins Predigen, sobald er ihrem Blick begegnete. Er hatte es nie weitergebracht als zum Klassenleiter in der Methodistengemeinde, aber das konnte er ihr immerhin bieten. Es bewies seine Liebe und seine Selbstachtung. Sie war eine Meeresbrise. Sie brachte die Männer in Bewegung, aber das Ruder bestimmte den Hafen. An diesem Abend nun erklomm sie die Stufen zum Laden, und die Männer sahen ihr nach, bis sie durch die Tür verschwunden war.

»Ei Gott, Janie«, sagte Starks ungehalten, »warum gehsde nich ma nachsehn, wat Mrs. Bogle will? Wat wartsde noch?«

Janie hätte gern gehört, wie das Possenspiel weiterging. Sie stand verdrossen auf und ging hinein und kam mit gesträubtem Gefieder wieder heraus auf die Veranda. Der Mißmut stand ihr ins Gesicht geschrieben. Joe sah es und stellte auch seine Nakkenfedern ein wenig auf.

Jim Weston hatte sich verstohlen einen Zehner geliehen und beschwor Daisy lautstark, sich etwas von ihm spendieren zu lassen. Schließlich willigte sie ein, sich von ihm zu einem gepökelten Schweinsfuß einladen zu lassen. Janie nahm gerade draußen eine große Bestellung entgegen, als die beiden den Laden betraten, daher wurden sie von Lum bedient. Das heißt, Lum ging nach hinten ans Faß, kam aber ohne Schweinsfuß zurück.

»Mist' Starks, die Schweinsfüße sin alle!« rief er aus.

»Och, nö, sinse nich, Lum. Hab grade erst n Faß voll gekauft mit der letzten Bestellung aus Jacksonville. Is gestern angekomm.«

Joe kam und half Lum nachsehen, aber auch er konnte das neue Faß nicht finden, daher ging er zu dem Nagel über seinem Schreibtisch, den er als Ablage benutzte, um nach der Bestellung zu suchen.

»Janie, wosn der letzte Lieferschein?«

»Da isser doch, an dem Nagel, oder nich?«

»Nee, isser ebent nich. Du hasdn nich dahin getan, wo ich gesacht hab. Wenn du mit deine Gedanken weniger auf der Straße zugange wärs un mehr bei deine Arbeit, dann könnsde vielleicht manchma wat richtich machen.«

»Ach, kuck dich doch ma bißchen um, Jody. Der Zettel kann doch nich verschwunn sein. Wenner nich am Nagel hängt, dann isser auf dein Schreibtisch. Du finsdn bestimmt, wennsden suchs.«

»Wenn du im Laden bis, solltich nich die ganze Sucherei un Schererei haben. Ich hab dir zichma gesacht, du solls alle Papier auf den Nagel pieksen! Du brauchs nix machen als wie bloß auf mich hörn. Warum tus du nich, wattich dir sach?«

»Tus du ja nur zu gern, mir sagen, wattich machen solln, aber ich darf *dir* nie sagen, wat mir im Sinn kommt.«

»Dat kommt, weil man dir immer alles sagen muß«, entgegnete er hitzig. »Wär ne einziche Pleite, wenn ich dat nich mach. Einer muß dat Denken besorgen für Fraun un für Kinners un Hühner un Kühe. Ei Gott, die tun doch wahaftich kein bißchen von selber nachdenken.«

»Ich weiß auch paar Sachen, un Fraunsleute tun sich manchma auch wat denken!«

»Nee, nee, tunse ebent nich. Die mein bloß, datse am Denken sin. Wenn ich eine einziche Sache seh, kapier ich zehn. Ihr könnt zehn Sachen sehn un kapiert nichma eine.«

Augenblicke und Szenen wie diese ließen Janie über die innere Verfassung ihrer Ehe nachdenken. Mit der Zeit begann sie, sich mit der Zunge zu wehren, so gut sie konnte. Aber es half nichts. Jody trieb es dann nur noch schlimmer. Er wollte ihre Unterwerfung, und er würde so lange kämpfen, bis er sich ihrer sicher wähnte.

Daher begann sie, die Zähne zusammenzubeißen, und lernte schweigen. Der Geist der Ehe verließ das Schlafzimmer und zog in die gute Stube. Er war zur Stelle zum Händeschütteln, wenn Besuch kam, aber er kehrte nie wieder ins Schlafzimmer zurück. Deshalb stellte Janie etwas darin auf, das diesen Geist verkörperte wie ein Marienbild in einer Kirche. Das Bett war keine Gänseblümchenwiese mehr, auf der sie und Joe sich miteinander tummelten. Es war ein Ort, an dem sie sich schlafen legte, wenn sie müde war.

Sie war nicht mehr blütenblattoffen für Joe. Als sie es merkte, war sie vierundzwanzig Jahre alt und seit sieben Jahren verheiratet. Es ging ihr eines Tages auf, als er sie in der Küche ins Gesicht schlug. Das geschah bei einer jener Mahlzeiten, die alle Frauen hin und wieder beschämen. Sie planen und machen und tun, und dann mogelt ihnen irgendein Küchenunhold eine angebrannte, klitschige, geschmacklose Masse in Töpfe und Pfannen. Janie war eine gute Köchin, und Joe hatte sich auf sein Abendessen gefreut, um sich über andere Dinge hinwegzutrösten. Als daher der Brotteig nicht aufgegangen und der Fisch um die Gräten herum nicht ganz gar und der Reis angebrannt war, ohrfeigte er Janie, bis ihr die Ohren dröhnten, und sagte ihr die Meinung über ihren Verstand, bevor er zum Laden zurückstelzte.

Janie blieb eine kleine Ewigkeit da stehen, wo er sie verlassen hatte, und dachte nach. Sie blieb stehen, bis etwas in ihr herunterfiel. Da ging sie in sich und sah nach, was es war. Es war ihr Bild von Joe, das in ihr drinnen vom Regal gepurzelt und zersprungen war. Aber während sie es anschaute, merkte sie, daß es nie die fleischgewordene Gestalt ihrer Träume gewesen war. Bloß etwas, wonach sie gegriffen hatte, um es mit ihren Träumen zu schmücken. Sie ließ das Bild liegen, wandte ihm den Rücken und schaute weiter. Sie besaß keine Blütenkelche mehr, die Pollen über ihren Mann stäubten, noch, anstelle der Blütenblätter, irgendeine schimmernde junge Frucht. Sie stellte fest, daß es in ihr eine Fülle von Gedanken gab, die sie Jody gegenüber nie ausgesprochen hatte, und viele Gefühle, die sie ihm nie mitgeteilt hatte. Dinge, die fest verpackt in Winkeln ihres Herzens verwahrt waren, wo er sie niemals finden konnte. Sie sparte Gefühle für irgendeinen anderen Mann auf, dem sie noch nie begegnet war. Auf einmal besaß sie eine Innen- und eine Außenwelt und wußte, wie sie es anstellen mußte, um sie nicht mehr durcheinander zu bringen.

Sie badete, zog ein frisches Kleid an, band sich ein neues Tuch um den Kopf und ging in den Laden, bevor Jody Zeit hatte, nach ihr zu schicken. Das war eine Verneigung vor der Außenwelt.

Jody saß auf der Veranda, und die Veranda war, wie gewöhnlich um diese Tageszeit, voller Eatonville. Er hänselte Mrs. Robbins, wie er es immer tat, wenn sie in den Laden kam. Janie merkte, daß Jody sie aus den Augenwinkeln beobachtete, während er derb mit Mrs. Robbins scherzte. Er wollte sich wieder gutstellen mit Janie. Seine dicke, fette Lache galt ihr ebenso wie den Frotzeleien. Er sehnte sich nach Frieden, aber zu seinen Bedingungen.

»Ei Gott, Mrs. Robbins, wat fällt Sie ein, hier herkomm un mich plagen, wo Sie doch sehn, dattich Zeitung am Lesen bin?« In gespielter Verärgerung ließ Bürgermeister Starks die Zeitung sinken.

Mrs. Robbins setzte ihre Leidensmiene auf und schlug die dazu passende Stimme an.

»Weil ich hungrich bin, Mist' Starks. Bin ich,

Tatsache. Ich un meine Kinners, wir ham so Hunger. Mein Tony, der tut mich nich ernää-äährn!«

Darauf hatte das Verandavolk nur gewartet. Alle brachen in Gelächter aus.

»Mrs. Robbins, wie könn Sie so tun, wie wenn Sie Hunger hätten, wo der Tony jeden Samstach hier ankommt un Lebensmittel einkaufen tut wie ein Mann? Sie sollten sich wat schäm.«

»Wenner alles kauft, wat Sie sagen, Mist' Starks, dann weiß der Himmel, watter damit anstellt. Nach Hause bringter die Sachen jedenfalls nich, un ich un meine aame Kinners, wir ham *so* Hunger! Mist' Starks, gehm Se mir doch bitte n klein Stückchen Fleisch für mich un meine Kinners.«

»Ich weiß, Sie ham dat nich nötich, aber komm Se ma immer rein. Sie lassen mich ja doch nich lesen, bis ich Sie wat geb.«

Mrs. Tonys Entzücken war göttlich. »Danke, Mist' Starks. Sie sin aber ma nobel! Sie sin den schäntelmännlichsten Mann, wattich je gesehn hab. Sie sin ein Könich!«

Die Pökelfleischkiste stand hinten im Laden, und auf dem Weg dorthin gebärdete sich Mrs. Tony so eilfertig, daß sie Joe mal auf die Fersen trat und mal ein Stückchen vor ihm herlief. Etwa wie eine hungrige Katze, wenn jemand sich ihrem Freßnapf mit Fleisch nähert. Rannte ein paar Schritte, schmeichelte ein bißchen und gab die ganze Zeit kleine drängelnde Schreie von sich.

»Doch, wirklich, Mist' Starks, Sie sin ma nobel. Sie ham Mitleid mit mir un mit meine aame Kinners. Der

Tony, der gibt uns nie nix zu essen, un wir, wir ham *so* Hunger. Der Tony, der tut mich nich ernää-äährn!«

Unterdessen waren sie an der Fleischkiste angelangt. Joe ergriff das große Fleischermesser und wählte eine Seite Salzfleisch aus, um ein Stück abzuschneiden. Mrs. Tony tanzte fast um ihn herum.

»So isses richtich, Mist' Starks! Gehm Se mirn Stückchen, etwa so lang.« Dabei zeigte sie ihm ihre Hand samt Handgelenk als Längenmaß. »Ich un meine Kinner, wir ham ja *so* Hunger!«

Starks beobachtete ihre Maßangaben kaum. Er hatte sie schon zu oft gesehen. Er markierte ein viel kleineres Stück und senkte die Schneide hinein. Fast wäre Mrs. Tony in ihrer Schmach zu Boden gesunken.

»Allmächticher! Mist' Starks, Sie wolln mir doch nich dat fitzelkleine Stückchen Fleisch für mich un alle meine Kinners geben, oder? Gott im Himmel, wir ham doch *so* Hunger!«

Starks schnitt ungerührt weiter und griff nach einem Stück Einwickelpapier. Mrs. Tony sprang vor der dargebotenen Fleischportion zurück wie vor einer Klapperschlange.

»Dat rühr ich nich an! Son klein Zahnvoll Fleisch für mich un alle meine Kinners! Herr im Himmel, manche Leute ham alles un sin so knickerich un gemein!«

Starks tat, als wolle er das Fleisch wieder in die Kiste zurückwerfen und den Deckel schließen. Wie der Blitz fiel Mrs. Tony darüber her, schnappte es sich und strebte zur Tür.

»Manche Leute ham kein Herz in ihre Brust. Kukken einfach zu, wie ne aame Frau un ihre hilflose Kinners am Verhungern sin. Die wird der liebe Gott ein schön Tach alle hinter Schloß un Riegel bring für ihre geiziche, knickriche Art.«

Sie stieg die Verandastufen vor dem Laden hinunter und schritt in höchster Empörung von dannen! Manche lachten, und manche wurden böse.

»Die, wenn die meine wär«, sagte Walter Thomas, »tät ichse kirchhoftot schlagen.«

»Speziell wenn ichse alles gekauft hätt, wat meine Lohntüte hergibt, wie der Tony«, sagte Coker. »Aber ich tät von vornerein für *keine* Frau nich ausgeben, wat der Tony für *die* ausgibt.«

Starks kam wieder heraus und nahm seinen Platz ein. Er hatte sich noch damit aufhalten müssen, das Fleisch für Tony anzuschreiben.

»Tja, der Tony sach, ich sollse zu Willen sein. Er is von weiter oben im Norden nach hier runtergezogen, weil er gehofft hat, se tät sich ändern, aber is nich. Er sacht, er bringts nich über sich un verläßtse, un umbring kannerse schon gar nich, un da bleibt ihn nix übrich als wie se ertragen.«

»Dat kommt, weil der Tony zu doll an der Frau hängt«, sagte Coker. »Ich tätse schon kleinkriegen, wennse meine wär. Kleinkriegen oder umbring. Mich vor alle Welt zum Hampelmann machen.«

»Der Tony tutse nie verprügeln. Er sach, ne Frau verprügeln is wie auf kleine Kükens drauftreten. Er behauptet, is nix dran anner Frau für zum Draufhaun«, höhnte John Lindsay, »aber ich, ich könnt n

Baby umbring, wat frisch geboren is, wegen sone Sache. Is doch nix wie elendiche Tücke, datse ihrn Mann dat antun tut.«

»Dat is aber ma wirklich wahr«, pflichtete Jim Stone bei. »Dat is der einzichste Grund.«

Janie tat, was sie noch nie zuvor getan hatte. Sie mischte sich unvermittelt ins Gespräch.

»Manchmal tut sich der liebe Gott auch uns Weibsleute anvertraun un uns Sein Herz ausschütten. Mir hat Er gesacht, Er kann bloß staun, dat ihr auf eima so schlau tut, nachdem dat Er euch verschieden gemacht hat von uns; un wie ihr alle staun werdt, wenn ihr erstma merkt, dat ihr nich halb so viel über uns wißt, wie ihr meint. Is keine Kunst, sich als der Allmächtige aufspieln, wemman seine Kräfte bloß an Fraun un an Hühners messen tut.«

»Du nimms den Mund zu voll, Janie«, wies Joe sie zurecht. »Geh un hol mir dat Damebrett *un* die Steine. Sam Watson, nu bis du dran.«

7

Die Jahre nahmen Janies Gesicht allen Schneid. Eine Zeitlang war ihr, als sei er auch ihrer Seele abhanden gekommen. Was Joe auch tat, sie sagte nichts. Sie hatte gelernt, hier ein bißchen zu reden, da ein bißchen zu schweigen. Wie eine Karrenspur auf einem Weg, unter der Oberfläche reichlich Leben, das jedoch ständig von den Rädern der Fahrzeuge niedergewalzt wurde. Manchmal reckte sie sich in die Zukunft und stellte sich ihr Leben anders vor. Aber die meiste Zeit lebte sie in sich gekehrt, sah sie ihre Gefühlsregungen wie Schattenspiele im Wald – die mit der Sonne kamen und gingen. Von Joe bekam sie nur, was man mit Geld kaufen konnte, und sie selber gab nur, was ihr nicht am Herzen lag.

Hin und wieder stellte sie sich eine Landstraße bei Sonnenaufgang vor und erwog Flucht. Wohin? Wozu? Dann wieder überlegte sie, daß fünfunddreißig zweimal siebzehn sind, und nichts war mehr wie früher.

»Vielleicht isser ja nich der Rede wert«, gab sie sich selber zu bedenken, »aber ich nehm sein Namen im Mund, also isser doch wat. Musser sein, sons hab ich nix, für wattich leb. Ich werd so tun, wie wenner wat is. Sons is mein Leben nix als wie bloß n Laden un n Haus.«

Sie las keine Bücher, daher wußte sie nicht, daß sie selber Welt und Himmel war, zum Tropfen verdichtet. Ein Erdenmensch, bemüht, von seinem Misthaufen in schmerzfreie Höhen aufzusteigen.

Eines Tages saß sie da und sah dem eigenen Schatten zu, wie er hin- und herging und den Laden versah und sich vor Jody erniedrigte, während sie selber unter einem Baum saß und sich den Wind durch Haare und Kleider wehen ließ. Jemand, der im Begriff war, aus Einsamkeit Sommerfreuden zu machen.

Es geschah zum ersten Mal, aber nach einer Weile wurde es ihr so selbstverständlich, daß sie aufhörte, sich darüber zu wundern. Es war wie eine Droge. Aber das Gute war, daß es sie mit den Dingen versöhnte. Sie gewöhnte sich an, alles mit demselben Gleichmut entgegenzunehmen wie die Erde, welche Urin und Parfum gleich teilnahmslos aufsaugt.

Eines Tages fiel ihr auf, daß Joe sich nicht hinsetzte. Er stand bloß vor einem Stuhl und ließ sich darauf fallen. Da musterte sie ihn aufmerksam von Kopf bis Fuß. Joe war nicht mehr der junge Mann von einst. Etwas an ihm war schon tot. Er richtete sich nicht mehr aus den Knien auf. Beim Gehen hockte er über den Fußgelenken. Diese Reglosigkeit hinten in seinem Nacken. Sein stattlicher Bauch, der so dreist vorzustehen pflegte und die Leute immer eingeschüchtert hatte, war heruntergesackt wie eine Last, die an seinen Lenden aufgehängt war. Schien nicht mehr ihm zu gehören. Auch die Augen ein bißchen abwesend.

Jody mußte es selber bemerkt haben. Vielleicht

hatte er es lange vor Janie festgestellt und befürchtet, daß sie es sehen könnte. Denn er begann, fortwährend über ihr Alter zu sprechen, als wolle er nicht, daß sie jung blieb, während er alterte. Immer hieß es: »Du solltes dich lieber wat über die Schultern werfen, eh du rausgehs. Du bis kein Kücken nich mehr. Du bis inzwischen ne olle Henne.« An einem anderen Tag rief er sie vom Krocketplatz herunter: »Dat is wat für die jung Leute, Janie, un wenn du da draußen am Rumhopsen bis, dann kommsde morgn früh nich ausn Bett.« Wenn er meinte, sie täuschen zu können, dann irrte er. Zum ersten Mal sah sie das Hirn eines Menschen ungeschützt, ohne Schädeldecke. Sah die berechnenden Gedanken durch die Höhlen und um die Knochenvorsprünge flitzen, lange bevor sie aus dem Tunnel seines Mundes hervorschossen. Sie merkte, daß er innerlich litt, daher überging sie es wortlos. Sie maß Jody einfach ein bißchen Zeit zu und legte es für ihn beiseite.

Im Laden wurde es immer schlimmer. Je mehr sein Rücken schmerzte und seine Muskeln sich in Fett auflösten und das Fett seine Knochen einschmolz, desto zänkischer wurde er zu Janie. Besonders im Laden. Je mehr Leute da waren, desto mehr Häme goß er über ihren Körper, um von seinem eigenen abzulenken. Eines Tages wünschte Steve Mixon ein Stück Kautabak, und Janie schnitt es ungeschickt ab. Sie konnte das Tabakmesser sowieso nicht ausstehen. Es war so unhandlich. Sie fuhrwerkte mit dem Ding herum und schnitt daneben, weit ab von der Markierung. Mixon nahm es nicht krumm. Er hielt das Stück zum Spaß hoch, um Janie ein wenig zu necken.

»Kumma da, Bruder Bürgermeister, wat deine Frau hingegang is un gemacht hat.« Der Priem war ulkig geschnitten, und so lachten alle darüber. »Eine Frau un ein Messer – egal wat für eins –, dat paßt nich zusamm.« Wieder erscholl gutmütiges Gelächter auf Kosten der Frauen.

Jody lachte nicht. Er kam aus der Poststellenecke herbeigeeilt, nahm Mixon den Priem ab und schnitt ihn zurecht. Schnitt exakt an der Markierung entlang und warf Janie einen bitterbösen Blick zu.

»Jemine! Ammächticher! Sone Frau steht innem Laden rum, bis datse alt is wie Methusalem, un kann noch nichman mickrichen Tabakpriem abschneiden! Steh nich da un roll mit deine Stielaugen, du mit dein Hinterteil, wat dich bald bis inne Kniekehln runterhängt!«

Im Laden brach schallendes Gelächter aus, aber dann wurden die Leute nachdenklich und hörten auf zu lachen. Es war komisch, wenn man ganz kurz hinguckte, aber es wurde erbärmlich, wenn man eine Weile darüber nachdachte. Es war, als hätte jemand einer Frau, die gerade nicht aufpaßte, auf einer belebten Straße ein Kleidungsstück heruntergerissen. Aber da baute Janie sich mitten im Laden auf und sagte Jody die Meinung ins Gesicht, und das war etwas, das noch nie vorgekommen war.

»Hör auf un werf nich immer, wat ich mach un wie ich ausseh, in ein Pott, Jody. Wennsde fertich bis mit

Vorschriftenmachen, wie ichn Tabakpriem schneiden soll, dann kannsde mir erzähln, ob mein Hintern richtich dran sitzt oder nich.«

»Waa – wat sachs du da, Janie? Du bis wohl übergeschnappt.«

»Nee, ich bin 'berhaupt nich übergeschnappt.«

»Bis du wohl. Sone Wörter im Mund nehm.«

»Du bis derjenige, wat angefang hat, die Leute mit Wörter anne Wäsche gehn. Nich ich.«

»Wat is eindlich in dich gefahrn? Du bis kein junges Mädchen nich mehr, dat du gleich beleidicht sein brauchs wegen dein Aussehn. Du bis kein junges Ding nich mehr, wat die Männer am Schöntun is. Du bis ne alte Frau, bald vierzich.«

»Genau, ich bin fast vierzich, und du bis schon fuffzich. Wieso kannsde *da* nich mal drüber reden anstatt immer mich bloßstelln?«

»Hat kein Zweck, dattu dich aufregs, Janie, bloß weil ich ma erwähn, du wärs kein junges Ding nich mehr. Hats eh keiner hier drinne auf dich abgesehn als Frau, so alt wie du bis.«

»Nee, ich bin kein junges Ding nich mehr, aber ich bin auch noch keine alte Frau. Ich schätz, man sieht mir mein Alter auch an. Aber ich bin ne Frau, jeden Zentimeter von mir, un dat weiß ich auch. Dat is viel mehr, als wat du sagen kanns. Du bis dich hier am Dicketun un große Töne am Spucken, aber is nix dahinter als wie deine laute Stimme. Pfff! Du meins, ich seh alt aus! Wenn du die Hosen runterziehs, dann siehs du aus, als wärsde jenseits von Gut un Böse.«

»Großer Gott im Himmel!« Sam Watson rang nach

Luft. »Ihr zwei beide seid euch ja echt um die Wette am Verkackeiern heut abend.«

»Waa – wat has du gesacht?« stellte Joe sie zur Rede, in der Hoffnung, seine Ohren hätten ihn genarrt.

»Du hasdse gehört, du bis ja nich blind«, höhnte Walter.

»Ich tät mich lieber mit Schusterzwecken erschießen lassen als sowat über mich anhörn«, meinte Lige Moss mitfühlend.

Da ging Joe Starks die ganze Tragweite von allem auf, und seine Eitelkeit lief aus wie ein Sturzbach. Janie hatte ihn der Illusion von unwiderstehlicher Männlichkeit beraubt, die alle Männer hegen. Das war furchtbar. Das gleiche, was Sauls Tochter David angetan hatte. Aber Janie hatte noch Schlimmeres getan, sie hatte ihm seine leere Rüstung vor den Augen anderer Männer vor die Füße geworfen, und die hatten gelacht und würden nicht aufhören zu lachen. In Zukunft würden er und seine Besitztümer, wenn er sich damit zur Schau stellte, für sie nicht mehr eins sein. Sie würden neidvoll die Dinge betrachten und den Mann bemitleiden, dem sie gehörten. Und wenn er Gericht hielt, würde es ebenso sein. Nicht mal Taugenichtse wie Dave und Lum und Jim würden noch mit ihm tauschen wollen. Denn was konnte einen Mann in den Augen anderer Männer rechtfertigen, wenn es ihm an Stärke fehlte? Nichtsnutzige Dreckspatzen von sechzehn und siebzehn würden ihn erbarmungslos mit den Blicken bemitleiden, während ihre Münder Ehrerbietigkeit heuchelten. Das Leben hatte keinen Zweck mehr. Jeder Ehrgeiz war sinnlos. Und

Janies grausamer Verrat! Die Demütige zu spielen und ihn die ganze Zeit so zu verachten! Ihn auszulachen und nun noch die ganze Stadt dazu anzustiften. Joe Starks fand keine Worte für das alles, aber er wußte, wie ihm zumute war. Da schlug er Janie mit aller Wucht und jagte sie aus dem Laden.

8

Nach jenem Abend zog Joe mit seinen Sachen um und schlief in einem Zimmer im Erdgeschoß. Nicht daß er Janie gehaßt hätte, aber er wollte sie in dem Glauben lassen, daß es so war. Er verkroch sich, um seine Wunden zu lecken. Auch im Laden wechselten die beiden nicht mehr allzuviele Worte miteinander. Jeder Uneingeweihte hätte gedacht, es sei Gras über die Dinge gewachsen, so ruhig und friedlich wirkte alles. Aber die Stille war der Schlaf der Schwerter. Neue Gedanken mußten gedacht und neue Worte gesagt werden. So wollte Janie nicht leben. Warum nahm Joe es ihr aber auch dermaßen übel, daß sie ihn erniedrigt hatte, wo er das mit ihr die ganze Zeit tat? Nun, wenn ihr das Leben vergällt werden sollte, dann mußte es wohl so sein. Jody konnte seinen Koller jederzeit überwinden und sich ihr gegenüber wieder wie ein Mensch benehmen.

Aber dann fiel ihr auch auf, wie ausgeleiert Joe allmählich am ganzen Körper wirkte. Er sah aus wie ein Plättbrett, von dem lauter Wäschebeutel herunterhingen. Unter jedem Augenwinkel hing ein kleines Säckchen, das auf dem Backenknochen auflag; ein lose gefülltes Federbeutelchen baumelte ihm von jedem seiner Ohren auf den Hals. Ein Sack wabbliges Irgendwas hing ihm von den Hüften herunter und ruhte, wenn er sich setzte, auf seinen Oberschenkeln.

Und selbst diese Körperteile troffen mit der Zeit herab wie Kerzentalg.

Er ging auch neue Bündnisse ein. Leute, mit denen er sich bislang nicht im geringsten abgegeben hatte, schienen nun bei ihm Gehör zu finden. Für Wurzelheiler und ihresgleichen hatte er früher immer nur Hohn übriggehabt, aber nun empfing er bei sich einen Quacksalber aus der Gegend von Altamonte Springs, der fast täglich im Haus herumhockte, immer mit gedämpfter Stimme sprach, sobald Janie in die Nähe kam, oder ganz und gar schwieg. Janie wußte nicht, daß Jody von der verzweifelten Hoffnung getrieben wurde, in ihren Augen wieder als der Mann von einst dazustehen. Sie bedauerte die Anwesenheit des Wurzelheilers, weil sie fürchtete, daß Joe sich darauf verließ, von dem Halunken wieder gesund gemacht zu werden, während er eigentlich einen Arzt brauchte, und zwar einen guten. Sie sorgte sich, weil er seine Mahlzeiten nicht aß, bis sie dahinterkam, daß er die alte Davis für sich kochen ließ. Janie wußte, daß sie eine viel bessere Köchin war als die alte Frau und obendrein in der Küche reinlicher. Daher kaufte sie einen Rinderknochen und bereitete Joe eine Suppe.

»Nee, danke«, sagte er schroff. »Ich hab dat auch so schon schwer genuch, dattich wieder gesund wer.«

Im ersten Augenblick war sie verdutzt, dann gekränkt. Sie ging geradewegs zu ihrer Busenfreundin Pheoby Watson und erzählte es ihr.

»Ich tät lieber sterben, als dat Jody denkt, ich

könnt ihn wat zuleide tun«, schluchzte sie. »War alles nich immer so lustich gewesen, weil, du weiß ja, wie Joe seine eigne Werke immer am Verherrlichen is, aber der liebe Gott im Himmel weiß, dattich niemals kein Mensch wat zuleide tun könnt. Wär zu heimtükkisch un gemein.«

»Janie, ich hab gedacht, die Sache tät einschlafen, un du täts nie nix davon erfahren, aber seit den großen Krach im Laden geht dat Gerücht, Joe wär ›verhext‹ un du wärs dat gewesen.«

»Pheoby, mir war schon die ganze Zeit, wie wenn irngwat im Busch wär, aber dat hier, dat is – is – ach, Pheoby! Wat soll ich bloß machen?«

»Du kanns gar nix machen, bloß so tun, wie wennsde nix davon weiß. Is zu spät jetz, dat ihr zwei beide ausnandergeht un Scheidung einreichen tut. Du gehs einfach wieder nach Hause un setz dich auf dein bommforzionösn Allerwertestn un sachs garnix. Glaubt dir wieso keiner.«

»Wemman bedenkt, dattich zwanzich Jahre mit Jody zusammengelebt hab, un jetz muß ich mir nachsagen lassn, ich tätn vergiften! Dat bringt mich noch um, Pheoby. In mein Herz is nix als wie Kummer un nochmal Kummer.«

»Alles Schwindel, wat diesen hergelaufnen Nigger, wat sich'n zweimal schlauen Doktor schimpft, wat der Jody weismachen will, bloß datter sich lieb Kind machen kann bei ihn. Der hat gemerkt, dat Jody krank is – hamwer ja alle schon ne halbe Ewichkeit gewußt, un dann hatter wahrscheins gehört, dat ihr zwei beide, dat ihr irngwie überzwerch seid mitnander, un dat war seine Schangse. Letzten Sommer, da war diese dreima vermaledeite Filslaus hier in unsre Gegend Landschildkröten am Verkaufen!«

»Pheoby, ich glaub nichma, dat Jody dat Lügenmaul glaubt. Hat ja nie nix auf den Quatsch gegeem. Er tut bloß so, datter mir eins auswischen kann. Immer bloß stillhalten un lächeln, dat macht mich fix un fertich.«

Janie weinte oft in den Wochen, die nun folgten. Joe wurde allmählich so schwach, daß er sich um nichts mehr kümmern konnte und im Bett bleiben mußte. Aber er weigerte sich beharrlich, Janie ins Krankenzimmer zu lassen. Leute kamen und gingen. Diese und jene kamen mit Kraftbrühe und anderen Stärkungsmitteln in zugedeckten Schüsseln ins Haus, ohne ihr als Jodys Frau auch nur die geringste Beachtung zu schenken. Leute, die nie erfahren hatten, was es hieß, das Grundstück des Bürgermeisters zu betreten, es sei denn, um irgendwelche niederen Dienste zu verrichten, spazierten nun als seine Vertrauten ein und aus. Sie kamen in den Laden und begutachteten wichtigtuerisch, was Janie gerade tat, und gingen Jody Bericht erstatten. Sagten Dinge wie: »Mr. Starks muß doch *irngwen* haben, wat bißchen nachen Rechten kuckt für ihn, bis datter wieder auffe Beine kommt un sich wieder selbs kann kümmern.«

Aber Jody sollte nie wieder auf die Beine kommen. Janie ließ sich von Sam Watson aus dem Krankenzimmer berichten, und als er ihr sagte, wie es um Jody stand, beauftragte sie ihn, einen Arzt aus Orlando zu holen, ohne Joe Gelegenheit zur Weigerung zu geben und ohne ihn wissen zu lassen, daß sie nach dem Arzt geschickt hatte.

»Nur eine Frage der Zeit«, teilte der Arzt ihr mit. »Wenn die Nieren eines Menschen ihm ganz und gar den Dienst versagen, überlebt er das nicht. Er hätte schon vor zwei Jahren ärztliche Behandlung gebraucht. Jetzt ist es zu spät.«

Da begann Janie, an den Tod zu denken. Der Tod, dies sonderbare Wesen mit den Quadratzehen, das weit weg im Westen lebte. Der Gewaltige, der in dem langgestreckten Haus lebte, das wie eine Plattform war, ohne Seitenwände und ohne Dach. Was braucht der Tod eine Decke über dem Kopf, und welche Winde können ihm etwas anhaben? Er steht in seinem hoch gelegenen Haus, das die Welt überschaut. Den ganzen Tag lang steht er dort, aufmerksam und reglos mit gezogenem Schwert, und wartet darauf, daß der Bote ihn ruft. Stand schon so da, bevor es ein Wo oder ein Wann oder ein Dann gab. Janie mußte täglich damit rechnen, eine Feder aus seinen Flügeln in ihrem Garten zu finden. Sie war traurig, und sie hatte Angst. Armer Jody! Er hätte sich nicht so allein da drinnen abplagen sollen. Sie schickte Sam hinein, um Jody ihren Besuch anzubieten. Aber Jody sagte nein. Diese studierten Ärzte seien in Ordnung für Leute mit gottgegebenen Krankheiten, aber sie hätten keine Ahnung von einem Fall wie dem seinen. Ihm werde es wieder gutgehen, sobald der Zweimalkluge herausgefunden habe, was vergraben worden war, um ihm zu schaden. Er werde keineswegs sterben. Dachte er. Aber Sam sagte ihr etwas ganz anderes, daher wußte sie Bescheid. Und selbst wenn er es ihr nicht gesagt hätte, hätte sie es am nächsten Morgen erfahren, denn die Leute begannen, sich im großen Garten unter den Palmen und Paradiesbäumen zu versammeln. Leute, die früher nicht gewagt hätten, den Fuß auf das Grundstück zu setzen, stahlen sich herbei, ohne ins Haus zu kommen. Hockten nur unter den Bäumen und warteten. Todesmunkeln, der flügellose Vogel, überschattete die Stadt.

An diesem Morgen stand sie mit dem festen Entschluß auf, hineinzugehen und Jody gründlich die Meinung zu sagen. Aber lange Zeit saß sie nur da, während die Wände sie zu erdrücken drohten. Vier Wände, die ihr die Luft abpreßten. Die Angst, er könnte davongehen, während sie zitternd da oben saß, beflügelte sie schließlich, und ehe sie sich's versah, war sie in seinem Zimmer. Sie machte nicht die muntere, unverfängliche Eröffnung, die sie sich ausgedacht hatte. Etwas stand auf ihrer Zunge wie ein Rinderhuf, und obendrein starrte Jody, nein Joe, sie voller Ingrimm an. Ein Blick, erfüllt von der unermeßlichen Kälte des Weltraums. Sie mußte mit einem Mann sprechen, der zehn Unendlichkeiten weit weg war.

Er lag auf der Seite mit dem Blick zur Tür, als erwarte er irgendwen oder irgendwas. Mit merkwürdig wechselhaftem Gesichtsausdruck. Etwas Mattes und doch Stechendes um die Augen. Durch die dünne Tagesdecke sah sie die Überbleibsel seines Bauchs, ein schutzsuchendes Etwas, das vor ihm auf dem Bett lag und sich hilflos an ihn schmiegte.

Die schlecht gewaschene Bettwäsche verletzte ihren Stolz. Er war immer so gepflegt gewesen.

»Was has du hier drinne zu suchen, Janie?«

»Wollt ma nach dir kucken un sehn, wies dir geht.«

Er gab einen tiefen Grunzlaut von sich, wie ein verendendes Schwein im Sumpf, das Störenfriede verscheuchen will. »Ich bin hier rein, dattich von dir verschont bleib, aber hat scheinds nich genützt. Geh bloß wieder raus. Ich brauch meine Ruhe.«

»Nee, Jody, ich bin gekomm, weil ich mit dir reden muß, un dat werd ich auch tun. Uns zwei beide zuliebe will ich reden.« Er gab noch ein abgründiges Grollen von sich und wälzte sich auf den Rücken.

»Jody, kann sein, dattich dir nich sone gute Frau gewesen bin, aber Jody –«

»Dat kommt, weil du kein Herz nich has, für niemand. Du sollts bißchen Selbsachtung haben. Du bis doch kein wildgewornes Schwein.«

»Aber Jody, ich hab dat immer schrecklich gut gemeint.«

»Wat ich alles für dich getan hab. Mich zum Gespött machen. Kein Herz.«

»Nee, Jody, dat war nich, weil ich kein Herz nich gehabt hab. Da hatt ich die Hülle un Fülle davon. Ich hab bloß keine Schangse gekriegt, dattich wat davon zeig. Du has mich ja nich gelassen.«

»So isses richtich, tu du mir immer die Schuld geben für alles. Ich hab dich kein Gefühl nich zeigen lassen! Janie, dabei war dat dat einzichste, wattich gewollt oder ersehnt hab. Jetz komms du un sachs, ich bin schuld!«

»Da drum gehts nich, Jody. Ich bin nich hier, dat ich niemand keine Schuld nich geb. Ich möcht dich bloß gern wissen lassen, wat für ne Sorte Mensch dat ich bin, eh dat zu spät is.«

»Zu spät?« flüsterte er.

Seine Augen weiteten sich entgeistert. Janie sah die Bestürzung in seinem Gesicht und hielt ihr stand.

»Ja, Jody, egal wat die dreimal vermaledeite Filslaus dir gesacht hat, datse an dein Geld rankommt, du muß sterben, du kanns nich weiterleben.«

Ein tiefes Schluchzen entrang sich Jodys geschwächter Gestalt. Es klang, als werde eine Baßtrommel in einem Hühnerstall angeschlagen. Dann stieg der Ton an wie ein Posaunenglissando.

»Janie! Janie! Sach mir nich, dattich sterben muß, wo ich mich noch nichma nich an den Gedanken gewöhnt hab.«

»Du hätts eigentlich nich sterben brauchen, Jody, wennsde bloß – der Arzt – aber hat kein Zweck, jetz damit anfang. Dat wolltich dir ja die ganze Zeit sagen, Jody. Aber du has nich hörn wolln. Zwanzich Jahre has du mit mir zusammgelebt, un du kenns mich noch kein bißchen. Dabei hättsdes könn, aber du wars immer bloß deine eigne Taten am Verherrlichen un die Leute am Zurechtstauchen, un da has du ne Menge Sachen nich gesehn, wattu hätts sehn könn.«

»Raus hier, Janie. Komm nich hierher –!«

»Ich habs ja gewußt, du wills nich hören. Du wills alles verändern, aber dich kann nix kein bißchen verändern – nichma der Tod. Aber ich wer nich rausgehn, un ich wer nich schweigen. Nee, du hörs mir ein einziches Mal zu, eh du sterben muß. Dein Leben lang dein Willen haben, alles niedertrampeln un niederwalzen un dann lieber sterben als wie dir einmal wat sagen lassen. Hömma, Jody, du bis nich der Jody, wo ich mit auf un davon bin. Du bis, wat übrich war, wie er gestorben is. Ich bin von zu Hause wechgelaufen, weil ich mit dir herrlich un in Freuden hab zusammenleben wolln. Aber du wars nie zufrieden gewesen mit mir, so wie ich bin. Nee! Meine Ideen hasde abwürgen un rausdrängeln müssen, dattu Platz krichs in mir drinne für die deinigen.«

»Halt den Mund! Donner un Blitz solln dich erschlagen!«

»Ich weiß. Aber jetz, wos am Sterben geht, wirs du schon merken, dat du auchma auf jemand anders eingehn muß außer immer bloß auf dich selber, wennsden bißchen Liebe unnen bißchen Mitgefühl auf diese Welt abhaben wills. Du has nie versucht un bis auf irngjemand eingegangen außer auf dich selber. Bloß immer auf die eigne großmächtige Stimme am Horchen.«

»Dat ganze niederträchtiche Gerede!« flüsterte Jody, während sich überall auf seinem Gesicht und seinen Armen Schweißtröpfchen bildeten. »Raus hier!«

»Die ganze Katzbuckelei, die ganze Unterwürfichkeit auf ein einzichen Mucks von dir – dat hätt ich nich von dir gedacht, wie ich mit dir über alle Berge bin.«

Ein Laut der Empörung entrang sich Jodys Kehle, aber seine Augen starrten unwillkürlich in eine Ecke des Zimmers, und da wußte Janie, daß der vergebliche Kampf nicht ihr galt. Das Schwert des Plattfüßigen hatte ihm den Atem abgeschnitten und seine Hände in einer Gebärde gequälten Sträubens erstarren lassen. Janie gab ihnen Frieden auf seiner Brust, dann betrachtete sie lange Zeit sein totes Gesicht.

»Immer aufm Herrschersessel sitzen, dat hat Jody nich gut getan«, sprach sie laut vor sich hin. Zum ersten Mal seit Jahren war sie von Mitleid erfüllt. Jody war mit ihr und mit anderen grob umgesprungen, aber das Leben hatte auch ihn unsanft behandelt. Armer Joe! Wenn sie einen anderen Zugang zu ihm gefunden hätte, wäre es ihr vielleicht gelungen, seinen Gesichtsausdruck zu ändern. Aber wie hätte das zugehen sollen? Sie hatte keine Ahnung. Sie grübelte hin und her, was wohl bei der Wandlung eines Mannes zum Wortführer geschehen sein mochte. Grübelte dann über sich selber nach. Vor Jahren hatte sie ihrem Mädchenbild aufgetragen, im Spiegel auf sie zu warten. Es war lange her, seitdem sie zuletzt daran gedacht hatte. Sie ging zur Spiegelkommode und musterte aufmerksam ihre Haut und ihre Züge. Das junge Mädchen war verschwunden, aber an ihre Stelle war eine anziehende Frau getreten. Ungeduldig zerrte sie sich das Tuch vom Kopf und ließ die üppige Mähne herunterfallen. Das Gewicht, die Länge, die Pracht, alles war noch da. Sie musterte sich sorgfältig von Kopf bis Fuß, dann kämmte sie ihre Haare und band sie wieder hoch. Schließlich räumte sie ihr Gesicht auf, machte es genau so zurecht, wie die Leute es sehen wollten, dann öffnete sie das Fenster und rief: »Kommt her Leute! Jody is tot. Mein Mann is von mir gegangen.«

9

Joes Beerdigung war das Feinste, was Orange County je mit Negeraugen erlebt hatte. Der Leichenwagen, die Cadillac- und Buick-Karossen; Dr. Henderson in seinem Lincoln; die Gäste von nah und fern. Und dann Prunk und Gepränge der geheimen Gesellschaften in Gold, Rot und Purpur, eine jede mit ihren Macht- und Hoheitszeichen, von denen sich Uneingeweihte nicht hätten träumen lassen. Leute auf Ackergäulen und Maultieren; Kleinkinder rittlings auf den Rücken von Brüdern und Schwestern. Das Orchester der Elks, das am Kirchenportal aufgereiht stand und »Safe in the Arms of Jesus« mit einem so beherrschenden Trommelrhythmus spielte, daß er den Trauernden, die in einer langen Schlange hineindefilierten, in die Füße fuhr. Der Kleine Kramladenkaiser verließ Orange County, wie er gekommen war – mit herrischer Gebärde.

Janie machte sich makellos zurecht und kam vollkommen gefaßt hinter ihrem Schleier zur Trauerfeier. Der Schleier war wie eine Wand aus Stein und Stahl. Die Beerdigung ging draußen vonstatten. Alles, was mit Tod und Bestattung zu tun hatte, wurde gesagt und getan. Schluß. Ende. Nie mehr wieder. Dunkelheit. Tiefe Grube. Auflösung. Ewigkeit. Draußen Weinen und Wehklagen. Drinnen, hinter den kostbaren schwarzen Falten, Wiederauferstehung und Leben. Weder streckte sie die Fühler nach draußen, noch konnten die Dinge des Todes hereindringen und ihre Ruhe stören. Sie schickte ihr Gesicht zu Joes Beerdigung, und sie selber tollte mit dem Frühling durch die Welt. Nach einer Weile beendeten die Leute ihre Feier, und Janie ging wieder nach Hause.

Bevor sie an diesem Abend schlafen ging, verbrannte sie alle ihre Kopftücher, eines nach dem anderen, und als sie am nächsten Morgen im Haus umherging, ließ sie ihre Haare in einem dicken Zopf bis weit über die Taille hinunterbaumeln. Das war die einzige Veränderung, die die Leute an ihr wahrnahmen. Sie führte den Laden wie immer, nur daß sie sich an den Abenden auf die Veranda setzte und zuhörte und es Hezekiah überließ, sich um späte Kundschaft zu kümmern. Sie sah keinen Grund, Dinge überstürzt zu verändern. Sie hatte den Rest ihres Lebens vor sich, um zu tun, was ihr beliebte.

Tagsüber war sie die meiste Zeit im Laden, aber abends war sie drüben im großen Haus, das manchmal die ganze Nacht unter der Last der Einsamkeit knarrte und klagte. Dann lag sie wach und stellte der Einsamkeit Fragen. Sie fragte, ob sie weggehen und dahin zurückkehren sollte, wo sie hergekommen war. Ihre Mutter ausfindig machen. Vielleicht das Grab der Großmutter pflegen. Sich überhaupt wieder an ihrem alten Tummelplatz umsehen. Wie sie so in ihrem Innern umherforschte, stellte sie fest, daß sie gar kein Interesse an dieser selten gesehenen Mutter hatte. Sie haßte ihre Großmutter und hatte diese Tatsache all die Jahre unter einem Mantel des Mitleids vor sich selber verborgen. Sie hatte sich auf die große Reise zum Horizont aufgemacht, weil sie auf der Suche nach *Menschen* war; es war von weltbewegender Bedeutung, daß sie diese Menschen fand und daß diese sie fanden. Aber sie war geprügelt worden wie ein Straßenköter und war auf irgendwelchen Abwegen hinter den *Dingen* hergelaufen. Es kam darauf an, wie man die Dinge sah. Manche Menschen konnten in eine Dreckpfütze schauen und erblickten einen Ozean mit Schiffen. Aber Nanny hatte zu der anderen Sorte gehört, die sich lieber mit Schnipseln abgab. Nanny hatte den Horizont, das Gewaltigste, das Gott je geschaffen hatte – denn wie weit jemand auch gehen mag, der Horizont liegt noch immer weit vor ihm –, den hatte Nanny genommen und zu einem so kleinen, mickrigen Etwas zusammenschnurren lassen, daß sie es ihrer Enkelin gerade noch um den Hals binden und sie damit ersticken konnte. Janie haßte die alte Frau, die sie im Namen der Liebe so eingeengt hatte. Die meisten Menschen liebten einander sowieso nicht, und diese Mißliebe war so stark, daß selbst gleiches Blut sie nicht immer überwinden konnte. Janie hatte tief in sich drinnen einen Juwel gefunden und dahin gehen wollen, wo die Leute sie sehen würden und wo sie ihn leuchten lassen konnte. Aber sie war auf dem Markt feilgeboten worden. Als Köder ausgesetzt. Als Gott den Menschen schuf, hatte er ihn aus einem Stoff gemacht, der unablässig sang und über und über funkelte. Dann waren ein paar Engel neidisch geworden und hatten ihn in Millionen Stücke zerhackt, aber noch immer funkelte und summte er. Da zerschlugen sie ihn zu lauter Fünkchen, aber jedes Fünkchen barg einen Schimmer und ein Lied. Da bedeckten sie ein jedes mit Schlamm. Vor lauter Einsamkeit begannen die Fünkchen, einander sehnsüchtig zu suchen, aber Schlamm ist taub und stumm. Wie all die anderen durcheinanderpurzelnden Schlammklümpchen hatte Janie versucht, ihren Schimmer zu zeigen.

Schon bald stellte Janie fest, daß ihre Witwenschaft und ihr Besitz in Süd-Florida eine große Versuchung darstellten. Noch ehe Jody einen Monat tot war, fiel ihr auf, daß Männer, die nie zu seinen Vertrauten gehört hatten, beträchtliche Entfernungen zurücklegten, um sich nach ihrem Wohlergehen zu erkundigen und ihr ihre Dienste als Berater anzubieten.

»Ne alleinige Frau is ja ne trauriche Angelegenheit«, bekam sie wieder und wieder zu hören. »Fraun brauchen Hilfe un Unterstützung. Der liebe Gott hat nie vorgehabt, dat sie mal allein auf ihre zwei Beine stehn solln. Sie sin dat nich gewöhnt, Mis' Starks, sich allein durchschlagen un alles selber machen. Sie warn immer schön behütet gewesen, Sie brauchen nen Mann.«

Janie lachte über all diese Wohlmeinenden, weil sie wußte, daß sie mit etlichen alleinstehenden Frauen bekannt waren; daß sie nicht die erste war, die ihnen begegnete. Nur daß die meisten anderen Frauen arm waren. Außerdem gefiel es ihr, zur Abwechslung einmal allein zu sein. Das Gefühl von

Freiheit war großartig. Und diese Männer verkörperten nichts, worauf sie neugierig war. Mit denen hatte sie in Gestalt von Logan und Joe ihre Erfahrungen gemacht. Manche hätte sie am liebsten geohrfeigt, weil sie herumhockten und sie wie die Honigkuchenpferde angrienten und verliebt taten.

Eines Abends nahm sich Ike Green, als es ihm geglückt war, Janie auf der Veranda vor dem Laden allein anzutreffen, mit großem Ernst ihres Falles an.

»Sie sollten sich vorsehn, wen Se heiraten tun, Mis' Starks. Diese ganze fremde Mannsbilder, wat hier angelaufen komm un wolln von Ihre Umstände profitiern.«

»Heiraten!« Fast schrie Janie es. »Joe is ja noch nichma nich kalt. Ich denk nich im Schlaf an Heiraten.«

»Wernse aber noch. Sie sin zu jung für zum Alleinebleiben, un Sie sin zu hübsch, dat die Mannsbilder Sie in Ruhe lassen. Sie wern ganz bestimmt wieder heiraten.«

»Ich hoff nich. Ich mein, im Moment hab ich dat nich vor. Joe is nichma zwei Monate tot. Hat sich noch nich in sein Grab eingerichtet.«

»Dat sagen Sie jetz, aber noch zwei Monate, un Sie wern n andres Lied sing. Aber dann müssen Sie aufpassn. Fraunsleute lassen sich leicht ausnützen. Sie wern doch nich so dumm sein, un sich auf sone hergelaufne Niggers einlassen, wat hier am Rumhocken sin. Benehm sich doch bloß wiene Horde Schweine, wennsen volln Trog sehn. Wat Sie brauchen, isn Mann, wat Sie schon ne Weile näher kenn un wo Se genau wissen, datter praktisch Ihre Angelegnheiten für Sie regeln kann un sich überhaupt bißchen nützlich macht.«

Janie sprang auf. »Herrgott, Ike Green, Sie sin mir einer! Wat Sie da aufbring, dat is überhaupt noch kein Thema! Ich geh besser rein un helf Hezekiah dat Faß Zucker auswiegen, wat eben angekomm is.« Sie eilte in den Laden und flüsterte Hezekiah zu: »Ich geh nach Haus. Sachsde mich Bescheid, wenn der olle Piesepampel wech is, dann bin ich gleich wieder da.«

Sechs Wochen trug sie schon Schwarz, und noch kein einziger Verehrer war auch nur bis zur Veranda des Wohnhauses vorgedrungen. Mitunter redete und lachte Janie im Laden mit ihnen, aber weiter schien sie nie gehen zu wollen. Ohne den Laden wäre sie glücklich gewesen. Ihr Kopf sagte ihr, daß sie die uneingeschränkte Besitzerin war, aber ihr war, als arbeite sie noch immer für Joe als Verkäuferin und als könne er jederzeit hereinkommen und etwas mißbilligen, das sie getan hatte. Fast hätte sie sich bei den Pächtern entschuldigt, als sie das erste Mal die Pacht einziehen ging. Kam sich wie eine Hochstaplerin vor. Aber sie verdrängte das Gefühl, indem sie Hezekiah losschickte, der mit seinen siebzehn Jahren den denkbar besten Abklatsch von Joe abgab. Er hatte nach Joes Tod sogar begonnen zu rauchen, auch Zigarren, und sie, so gut er konnte, im Mundwinkel festzubeißen wie Joe. Sooft er nur konnte, saß er weit zurückgelehnt auf Joes Drehsessel und versuchte, seinen flachen Bauch zu einem Schmerbauch vorzustrecken. Janie lachte dann immer stillvergnügt über seine harmlose Angeberei und tat, als habe sie nichts gesehen. Eines Tages, als sie durch die Hintertür in den Laden kam, hörte sie, wie er Tripp Crawford anbölkte: »Also wirklich, kommt 'berhaupt nich in Frage! Ei Gott, du has ja noch nichma nich für die letzte Ware gezahlt, wattu schon aufgegessen has. Ei Gott, du krichs doch nich mehr aus diesen Laden raus, als wie du Geld has zum Bezahlen. Mensch, dat is hier nich Habm-Habm, Florida, dat is Eatonville.« Ein anderes Mal bekam sie zufällig mit, wie er die Lieblingsfloskel verwendete, mit der Joe immer den Unterschied zwischen sich und den leichtfertigen, großmäuligen Ortseinwohnern hervorgehoben hatte. »Ich bin ein gebildeten Mann, ich laß mir von niemand in meine Angelegenheiten reinreden.« Darüber lachte sie rundheraus. Hezekiahs Verhalten schadete niemand, und ohne ihn hätte sie sich nicht zu helfen gewußt. Er spürte das und begann, sie wie seine kleine Schwester zu behandeln, als wolle er sagen: »Armes kleines Ding, überlaß dat mal lieber dein großen Bruder. Der machdat schon für dich.« Seine Besitzergefühle machten ihn überdies ehrlich, abgesehen von einer Krachkaramelle oder einem Päckchen Sen-Sen hier und da. Speziell das Sen-Sen sollte den anderen jungen Burschen und den kükenkleinen Mädchen bedeuten, daß er eine Alkoholfahne zu verdecken hatte. Die Aufgabe, Läden und Ladeninhaberinnen zu betreuen, kostete einen Mann Nerven. Um das durchzustehen, brauchte man ab und zu einen Schluck Alkohol.

Als Janie Schwarz ablegte und anfing, sich in weißer Trauerkleidung zu zeigen, umschwärmten sie unzählige Bewunderer von nah und fern. In aller Öffentlichkeit. Darunter auch Männer mit Grundbesitz, aber niemand schien es weiter als bis in den Laden zu schaffen. Janie hatte immer zu viel zu tun, um sie mit nach Hause zu nehmen und zu bewirten. Sie hätte die Kaiserin von Japan sein können, so respektvoll und steif gingen sie alle mit ihr um. Sie hätten es unschicklich gefunden, jemand wie der Witwe von Joseph Starks mit Begehren zu kommen. Da sprach man von Ehre und Achtung. Was sie auch sagten und taten, prallte an Janies Unaufmerksamkeit ab und zerstob zu nichts. Sie und Pheoby Watson besuchten einander oft und setzten sich hin und wieder an einen der Seen und angelten. Die meiste Zeit genoß Janie einfach die Freiheit und hatte kein Bedürfnis, sich Gedanken zu machen. Ein Bestattungsunternehmer aus Sanford bedrängte sie durch Pheoby mit seinen Anträgen, und Janie lauschte liebenswürdig, aber unbeteiligt. Es mochte durchaus angenehm sein, ihn zu heiraten. Keine Eile. Derlei wollte reiflich überlegt sein, oder zumindest tat sie Pheoby gegenüber, als denke sie darüber nach.

»Nich dattich Gewissensbisse hätt, weil Joe tot is, Pheoby. Ich genieß einfach meine Freiheit.«

»Sch-sch-sch! Laß dat bloß niemand hören, Janie. Die Leute wern sagen, es tut dir nich leid, datter nich mehr is.«

»Laß die doch sagen, watse wolln, Pheoby. Meine Ansicht nach sollt man nich länger trauern, als wie man traurich is.«

10

Eines Tages bat Hezekiah um einen freien Tag, er wolle die Baseballmannschaft zu einem Spiel begleiten. Janie sagte ihm, er brauche sich mit der Rückkehr nicht zu beeilen. Sie könne den Laden dies eine Mal auch alleine abschließen. Er erinnerte sie nachdrücklich an die Riegel an Türen und Fenstern und scharwenzelte los nach Winter Park.

Das Geschäft lief den ganzen Tag nur schleppend, weil die Leute in Scharen zum Baseballspiel gegangen waren. Janie beschloß, früh zuzumachen, da es kaum der Mühe wert war, den Laden an einem Nachmittag wie diesem offenzulassen. Sie hatte sich sechs Uhr als Grenze gesetzt.

Um halb sechs betrat ein großer Mann den Laden. Janie lehnte an der Theke und malte absichtslose Bleistiftkrakel auf ein Stück Einwickelpapier. Sie wußte nicht, wie er hieß, aber er kam ihr bekannt vor.

»Gutn Abnd, Mis' Starks«, sagte er mit verschwörerischem Grinsen, als müsse er ihr einen guten Witz erzählen. Janie war gleich für die Geschichte eingenommen, die ihn zum Lachen brachte, noch bevor er sie zum besten gegeben hatte.

»Gutn Abnd«, antwortete sie liebenswürdig. »Sie sin im Vorteil, ich weiß *Ihrn* Nam nämlich nich.«

»Mich kenn die Leute nich so gut wie *Sie.*«

»Ich nehm an, wemman in ein Laden steht, macht

ein dat ziemlich bekannt in der Nachbarschaft. Kommt mir vor, wie wenn ich Sie schomma irngwo gesehn hab.«

»Och, ich wohn gleich nebenan in Orlandah. Mich kamman bald jeden Tach oder jeden Abend um die Church Street rum sehn. Ham Sie bißchen Rauchtabak da?«

Sie öffnete die Glasvitrine. »Wat fürne Sorte?«

»Camels.«

Sie reichte ihm die Zigaretten und nahm das Geld entgegen. Er brach die Packung an und steckte sich eine zwischen die vollen, leuchtend roten Lippen.

»Ham Sie ma n winz bißchen Feuer da, Gnädichste?«

Sie lachten beide, und Janie reichte ihm zwei Küchenstreichhölzer aus einer Schachtel, in der sie sie aufbewahrte. Es wäre für ihn an der Zeit gewesen zu gehen, aber er ging nicht. Er lehnte sich mit einem Ellbogen auf den Tresen und warf ihr einen spitzbübischen Blick zu.

»Wieso sin *Sie* eigentlich nich beim Spiel? Alle andern sin doch da.«

»Na, soviel ich seh, is noch wer anders außer mir nich da. Hab doch eben paar Zigaretten verkauft.« Wieder lachten sie.

»Dat kommt, weil ich dämlich bin. Hab dat ganz durchnander gebracht. Ich dacht, dat Spiel is draußen in Hungerford. Deswegen hab ich mich mitnehm lassen bis an die Kreuzung, wo eure Straße vom Dixie Highway abgeht, un dann bin ich hier rüber, un da erfahr ich, dat Spiel is in Winter Park.«

Auch das fanden beide lustig.

»Na, un wat wolln Se nu machen? Die Autos von Eatonville sin alle wech.«

»Wie wärs mit ne kleine Runde Dame gegen *Sie*? Sieht aus, als wärn Sie schwer zu schlagn.«

»Bin ich auch, ich hab nämlich nich die Bohne Ahnung.«

»Dann machen Sie sich nix aus dem Spiel?«

»Doch, schon, aber dann weiß ich auch wieder nich, ob oder ob nich, hat mich ja noch nie einer gezeicht, wies geht.«

»Dat is die letzte Schangse für *die* Ausrede. Ham Sie ma n Brett da?«

»Ja sicher. Die Mannsleute hier sin ganz versessen auf dat Spiel. Ich hab bloß noch nie gelernt, wies geht.«

Er baute die Figuren auf und begann, ihr das Spiel zu erklären, und sie merkte, daß sie innerlich glühte. Jemand wollte, daß sie mitspielte. Jemand fand es natürlich, daß sie mitspielte. Nicht übel! Sie musterte ihn, und jeder seiner Vorzüge versetzte ihr einen kleinen Schauder. Diese vollen, unbekümmerten Augen mit Wimpern, die sich rasant aufwärts bogen wie gezogene Krummsäbel. Die schmalen muskelgepolsterten Schultern und die schlanke Taille. Nicht übel!

Da wollte er ihren König überspringen! Sie verwahrte sich schreiend dagegen, den König aufzugeben, den sie mit soviel Mühe ergattert hatte. Sie ergriff unwillkürlich seine Hand, um ihn von seinem Tun abzuhalten. Er mühte sich galant, wieder freizukommen. Das heißt, er bemühte sich, aber nicht so heftig, daß er riskiert hätte, einer Dame die Finger zu verrenken.

»Is mein gutes Recht, dattichn nehm. Sie ham mir den ja direkt im Wech gestellt.«

»Ja, aber ich hab grade weggekuckt, wie Sie hingegang sin un ham ihre Männer direkt neben meine hingestellt. Gildet nich!«

»Sie solln aber nich wechkucken, Mis' Starks. Dat is ja die Hauptsache, dat man aufpassen tut! Lassn Sie ma meine Hand wieder los.«

»Nee, mein Herr! Nich mit mein Könich. Sie könn ne andre Figur nehm, aber nich die.«

Sie balgten sich und brachten das Brett durcheinander und mußten lachen.

»Is wieso Zeit für ne Coca-Cola«, sagte er. »Ich komm'n ander Mal wieder un bring Sie noch ein bißchen mehr bei.«

»Sie könn ruich komm un mir Damespieln beibring, aber komm Se nich mich reinlegen.«

»Ne Frau kamman nich schlagen. Die lassen sich dat einfach nich gefallen. Aber ich komm wieder und bring Sie dat bei. Nochen Weilchen, un Sie sin ne prima Spielerin.«

»Mein Sie? Jody hat immer gesacht, ich lern dat nie. Wär zu schwer für mein Hirn.«

»Leute mit Grips sin Dame am Spieln un Leute mit ohne Grips. Aber Sie ham wat aufn Kasten. Sie wern dat schon lern. Ich spendier Sie wat Kühles zu trinken.«

»Na gut, schön Dank auch. Ich hab heut ne Menge

kalte Getränke da. War ja keiner hier un hat nix gekauft. Sin alle fort, dat Spiel kucken.«

»Sie solltn beim nächsten Spiel auch dabeisein. Hat doch kein Zweck, dat *Sie* hierbleiben, wenn alle andern wech sin. Sie wern doch nich bei sich selber einkaufn, oder?«

»Sie verrücktes Stück! Türlich nich. Aber ich mach mir bißchen Sorgen um Sie.«

»Wieso dat? Hamse Angs, ich tu die Zeche nich bezahln?«

»Iwo! Aber wie wolln Sien wieder nach Hause komm?«

»Ich wart aufn Wagen. Un wenn keiner kommt – ich hab gute Ledersohln. Sin eh bloß fuffzehn Kilometer. Kann ich in Nullkommanix zu Fuß gehn. Leicht.«

»Wenn ich Sie wär, tät ich aufn Zuch warten. Fuffzehn Kilometer isn ganz schön langen Fußmarsch.«

»Wär dat für Sie, weil Sie nich dran gewöhnt sin. Aber ich hab Fraun schon weiter gehn sehn wie dat. Könnten Sie auch, wenn Se müßten.«

»Kann schon sein, aber ich fahr lieber mitn Zuch, solange, wie ich Fahrgeld hab.«

»Ich brauch nich die Taschn voll Geld für zum Zugfahrn wie ne Frau. Wenn mir dat einfällt, fahr ich sowieso – Geld oder kein Geld.«

»Sie sin mir ja einer! Mr. äh – äh – Sie ham mir gar nich erzählt, wie Sie heißen.«

»Hab ich auch nich. Dacht ja nich, dat mein Name gebraucht wird. Der Name, wat meine Mama mir gegeben hat, is Vergible Woods. Die Leute nenn mich einfach Tea Cake.«

»Tea Cake! So ein ganz ein Süßen sin Sie also?« Sie lachte, und er warf ihr unter gesenkten Augenlidern einen kleinen Seitenblick zu, um zu sehen, wie sie es meinte.

»Vielleicht muß ich mich schuldich bekenn. Müssen Sie selber ausprobiern.«

Sie schwankte zwischen Lachen und Stirnrunzeln, und er rückte seinen Hut gerade.

»Ich glaub, jetz hab ichn Bock geschossen, da mach ich mich wohl besser ausm Staub.« Er tat gestenreich, als stehle er sich auf Zehenspitzen zur Tür. Guckte dann mit einem unwiderstehlichen Grinsen im Gesicht über die Schulter. Wider Willen brach Janie in Gelächter aus. »Sie verrücktes Stück!«

Er wandte sich um und warf ihr den Hut vor die Füße. »Wennsen nich nach mir schmeißt, dann riskier ichs un komm wieder«, verkündete er und tat, als ducke er sich hinter einen Laternenpfahl. Janie hob den Hut auf und warf ihn mit einem Lachen hinter ihm her. »Un wennsen Backstein hätt, könntse dir damit nich weh tun«, bemerkte er zu einem unsichtbaren Begleiter. »Die Dame kann nich werfen.« Er winkte seinem Begleiter, trat hinter dem eingebildeten Laternenpfahl hervor, rückte Jacke und Hut zurecht, schlenderte wieder zu Janie zurück, als sei er soeben erst in den Laden gekommen.

»N Abend, Mis' Starks. Könn Sie mirn Pfund Kopfnüsse anschreiben bis Samstach? Dann komm ich ganz bestimmt bezahlen.«

»Sie brauchen zehn Pfund, Mr. Tea Cake. Sie kriegen alle, die ich hab, un um die Bezahlung brauchen Se sich keine Sorgen machen.«

So scherzten sie miteinander, bis die Leute nach und nach wieder zurückkehrten. Er setzte sich dazu und redete und lachte mit den anderen bis zum Ladenschluß. Als alle wieder gegangen waren, sagte er: »Ich nehm an, ich hab meine Zeit überzogen, aber ich hab überlecht, Sie brauchen wen, wo Sie helfen tut, den Laden dichtmachen. Wenn sons keiner da is, kann ich den Job vielleicht übernehm.«

»Danke auch, Mr. Tea Cake. Is ganz schön anstrengend für mich.«

»Wo gibts denn dat, dat man ein Teekuchen Mister nennt! Wenn Sie ganz vornehm tun wolln un mich Mr. Woods nenn, dann könn Sie dat halten, wie Sie wolln. Wenn Sie bißchen nett sein wollen un Tea Cake für mich sagen, dann wär dat wirklich schön.« Die ganze Zeit, während er sprach, verschloß und verriegelte er Fenster.

»Also gut. Schön Dank, Tea Cake. Wie hört sich dat an?«

»Wien klein Mädchen mitn Sonntachskleid an. Gar nich übel!« Er schloß die Tür und rüttelte sicherheitshalber daran, dann reichte er ihr den Schlüssel. »Komm Sie, ich begleit Sie an Ihre Haustür un mach mich aufn Wech, den Dixie runter.«

Janie hatte den palmengesäumten Aufgang zum Haus schon halbwegs hinter sich, bevor sie sich um ihre Sicherheit sorgte. Vielleicht führte dieser fremde Mann irgend etwas im Schilde! Aber dies war nicht der Ort, Furcht zu zeigen, hier in der Dunkelheit, mitten zwischen Haus und Laden. Obendrein hielt er ihren Arm. Im nächsten Augenblick war die Sorge verflogen. Tea Cake war kein Fremder. Ihr war, als habe sie ihn schon zeit ihres Lebens gekannt. Wenn man bedachte, wie sie auf Anhieb mit ihm hatte reden können! An der Tür faßte er kurz an seinen Hut und war mit dem knappsten Gutenachtgruß auf und davon.

Da setzte sie sich auf die Veranda und sah zu, wie der Mond aufging. Bald tränkte sein flüssiges Bernstein die Erde und stillte den Durst des Tages.

11

Janie hätte Hezekiah gern über Tea Cake ausgefragt, aber sie fürchtete, er könnte sie mißverstehen und meinen, sie habe Absichten. Vor allem sah er zu jung aus für sie. Mußte um die Fünfundzwanzig sein, und sie ging schon auf die Vierzig. Und dann sah er nicht aus, als besitze er allzu viel. Vielleicht trieb er sich nur in der Gegend herum, um sich bei ihr einzuschmeicheln und sie um alles zu bringen, was sie besaß. Besser, sie sah ihn nie wieder. Vermutlich gehörte er zu der Sorte Männer, die mit mehreren Frauen zusammen waren, aber nie heirateten. Also beschloß sie, ihn, sollte er jemals wieder den Fuß in den Laden setzen, so kühl zu behandeln, daß er bestimmt nie wieder hier aufkreuzen würde. Genau eine Woche ließ er sich Zeit, um wiederzukommen und sich Janies Abfuhr zu holen. Es war früh am Nachmittag, und Janie und Hezekiah waren allein. Janie hörte jemanden summen, als suche er nach einer bestimmten Tonhöhe. Sie blickte zur Tür. Da stand Tea Cake und ahmte das Stimmen einer Gitarre nach. Er runzelte die Stirn und mühte sich mit den Wirbeln seines eingebildeten Instruments ab, derweil er Janie aus den Augenwinkeln beobachtete und jener verschwörerische Schalk um seine Lippen spielte. Endlich lächelte sie, und er sang das eingestrichene »C«, klemmte sich die Gitarre unter den Arm und kam zu ihr nach hinten.

»Naamd, Leutchen. Dacht, Ihr habt velleich Lust auf bißchen Musike heut aamd, un da hab ich mein Klimperkasten mitgebrung.«

»Verrücktes Stück!« bemerkte Janie strahlend.

Er nahm das Kompliment mit einem Lächeln zur Kenntnis und ließ sich auf einer Kiste nieder. »Will jemand ne Coca-Cola mit mir trinkn?«

»Hab eben erst eine getrunken«, kungelte Janie mit ihrem Gewissen.

»Da müssen Se eem nochma von vorne anfang, Mis' Starks.«

»Warum denn?«

»War noch nich dat Wahre vorhin. 'Kiah, bring uns zwei Flaschen von ganz von unten aus eure Eiskiste.«

»Wie isses Sie denn so ergang, seitdem ich Sie zuletzt gesehn hab, Tea Cake?«

»Kann mich nich beschwern. Könnt schlimmer sein. War die Woche vier Tage am Malochen un hab den Lohn in meine Tasche.«

»Da hamwer ja n reichen Mann hier unter uns. Sin Sie die Woche Personenzüge am Kaufen oder Schlachtschiffe?«

»Wat hättn *Sie* denn gern? Kommt ganz auf Sie an.«

»Och, wenn Sie mir ein schenken, dann nehm ich, glaub ich, den Personzuch. Wenn der in die Luft fliecht, hab ich wenichstens noch Boden untern Füßen.«

»Nehm Se ruich dat Schlachtschiff, wenn Se dat lieber hätten. Ich weiß, wo eins is. Hab neulich eins gesehn, nich weit von Key West.«

»Wie wolln Sie da denn rankomm?«

»Och, is n Klacks, sone Admiräle sin ja immer alte Leutchen. Mich kann doch kein alten Mann nich abhalten, dattich für Sien Schiff auftreib, wenn Sie eins wolln. Ich hol dem dat Schiff so geschickt untern Hintern wech, datter aufn Wasser am Laufen is, eh er kapiert, wat los is, wie damals Olle Petrus.«

Wieder verspielten sie den lieben langen Abend. Alle, die nach und nach dazugekommen waren, zeigten sich überrascht, Janie Dame spielen zu sehen, aber es gefiel ihnen. Drei oder vier standen hinter ihr, kommentierten ihre Züge fachmännisch und frohlockten diskret mit ihr. Schließlich gingen alle nach Hause, alle außer Tea Cake.

»Du kanns dichtmachen, 'Kiah«, sagte Janie. »Ich denk, ich geh auch nach Haus.«

Tea Cake ging neben ihr her und stieg diesmal mit ihr die Stufen zur Veranda hinauf. Da bot sie ihm einen Stuhl an, und sie hatten viel zu lachen über nichts und wieder nichts. Gegen elf Uhr erinnerte sie sich an ein Stück Früchtekuchen, das sie aufgehoben hatte. Tea Cake ging hinaus zum Zitronenbaum an der Hausecke vor der Küche, pflückte ein paar Zitronen und preßte sie aus. Da hatten sie auch Limonade.

»Der Mond is zu schön zum Verschlafen«, stellte Tea Cake fest, nachdem sie Teller und Gläser abgewaschen hatten. »Gehnwer bißchen angeln.«

»Angeln? Mitten in der Nacht?«

»Mmm-hmm, angeln. Ich weiß, wo die Brassen stehn. Habse gesehn, wie ich heut abend ummen See rumgekomm bin. Wo ham Sie Ihre Angeln? Gehnwer un setzenwer uns bißchen am See.«

Es war so verrückt, bei Lampenlicht nach Würmern zu buddeln und nach Mitternacht zum Lake Sabelia aufzubrechen, daß Janie sich vorkam wie ein Kind, das Geboten zuwiderhandelte. Das gefiel ihr. Sie fingen zwei oder drei Fische und kamen kurz vor Tagesanbruch wieder nach Hause. Dann mußte sie Tea Cake zur Hintertür hinausschmuggeln, und das machte alles zu einem großen Geheimnis, das sie der Stadt vorenthielt.

»Mis' Janie«, hob Hezekiah am nächsten Tag mißmutig an, »Sie sollten diesen Tea Cake nich 'laubm, datter Sie nach Hause begleiten tut. In Zukumf komm ich selber mit Sie mit, wenn Se Anx ham.«

»Wat is denn los mit Tea Cake, 'Kiah? Isser n Dieb oder wat?«

»Ich hab nie wen sagen hörn, datter gestohln hätt.«

»Hatter die Unart, datter Pistoln un Messer mit sich rumschleppt und Leute wat mit antun tut?«

»Hat keiner gesacht, datter schomma wen erstochn hat noch datter niemand erschossn hat.«

»Na, hatter – hatter – hatter ne Frau oder sowat? Nich dat mich dat wat angeht.« Mit angehaltenem Aten wartete sie auf die Antwort.

»Nö, Ma'm. Tät auch keine den Tea Cake nich nehm, un wennse am Verhungern wär, höchzens eine, wat genau so is wie er – weilse nix Beßres nich gewöhnt is. Tut zwar auf sich halten un zieht immer frische Sachen an, dat Langbein, aber der hat doch hinten un vorne nix. Der hat kein Recht, datter sich an jemand wie Sie ranmachen tut. Ich dacht, ich sach Sie dat lieber, dat Ses wissen.«

»Ach, is schon gut, Hezekiah. Ich dank dir schön.«

Als sie am nächsten Abend die Stufen zu ihrem Haus hinaufstieg, war Tea Cake schon da. Er saß im Dunkeln und hatte mehrere auf einer Schnur aufgereihte, frisch gefangene Forellen als Mitbringsel dabei.

»Ich nehmse aus, Sie tunse braten, un dann könnwer essen«, sagte er mit der Gewißheit, nicht abgewiesen zu werden. Sie gingen in die Küche und bereiteten den Fisch und Maisbrot zu und aßen. Dann ging Tea Cake, ohne auch nur zu fragen, ans Klavier und begann, Blues zu spielen und zu singen, und warf verschmitzte Blicke über die Schulter. Die Klänge versetzten Janie in sanften Schlummer, und als sie aufwachte, war Tea Cake dabei, ihre Haare zu kämmen und ihr die Schuppen von der Kopfhaut zu kratzen. Da wurde ihr noch wohliger und schläfriger zumute.

»Tea Cake, wo ham Sie denn nen Kamm her, dat Sie meine Haare am Kämm sin?«

»Hab ich mitgebrung. Hab mir vorgenomm, dat ich da heut aamd ma Hand anlegen tu.«

»Warum, Tea Cake? Wat ham *Sie* davon, dat Sie meine Haare kämm? Is doch mein Spaßvergnügen un nich dat Ihrige.«

»Dat meinige auch. Hab über ne Woche nich mehr richtich schlafen könn, weil ich mir so doll gewünscht hab, dattich Ihre Haare ma in die Finger krich. Sin ja sowat von hübsch. In mein Gesicht fühln die sich an wie der Flaum unter nem Taubenflügel.«

»Tsss! Sie sin wirklich leicht zu begeistern. Diese

selbe Haare hab ich um mein Gesicht rum gehabt, seit ich denken kann, un habse nie aufregend gefunn.«

»Un Sie sin wirklich nich leicht zu begeistern, dat müssen Sie sich nu aber auch gesagt sein lassen. Wetten, Sie sin mit Ihre Lippen auch nich zufrieden.«

»Stimmt, Tea Cake. Die sin eben da, un ich tuse benützen, wenn nötich, aber sin doch nix Besondres für mich.«

»Tsss! Tsss! Tsss! Ich wett, Sie kucken nie im Spiegel un tun sich selber an Ihre Augen erfreun. Sie gönn andre Leute dat ganze Vergnügen un ham selber nix davon.«

»Nö, ich kuck mir die nie im Spiegel an. Un wenn sich sons wer dran erfreun tut, hab ich jedenfalls noch nix davon gesagt gekricht.«

»Sehn Se? Sie ham die Welt im klein Finger un tun grade so, wie wenn Se nix davon wissen. Aber ich bin froh, dattich derjenige welche bin, wat Sie Bescheid sacht.«

»Ich nehm an, Sie ham dat alles schon ne Menge Fraun gesacht.«

»Ich bin wie der Apostel Paulus mit die Heiden. Ich sach die dat, un dann tu ichse dat auch beweisen.«

»Hab ichs mir doch gedacht.« Sie gähnte und machte Anstalten, sich vom Sofa zu erheben. »Sie ham mich so müde gemacht mit die Koppkratzerei, dat ich kaum noch den Weg ins Bett schaff.« Sie erhob sich sogleich und nahm ihre Haare zusammen. Er blieb sitzen.

»Nee, Sie sin nich müde, Mis' Janie. Sie wolln bloß, dattich geh. Sie mein, ich bin n Schlawiner unnen

Pussierstengel, un Sie ham schon zu viel Zeit mit mir verplempert.«

»Also, Tea Cake! Wie komm Sie denn auf die Idee?«

»Die Art, wie Sie mich angekuckt ham, wie ich gesacht hab, wattich grade tu. Ihr Gesicht hat mir son Schreck eingejacht, dat mir die Barthaare zu Berge stehn.«

»Wie komm ich dazu un soll böse sein auf wat Sie tun un sagen? Sie ham dat ganz falsch verstanden. Ich bin gar nich böse.«

»Weiß ich, un dat isses ja, wat mich so belemmern tut. Ich bin Sie einfach unsympathisch. Ihr Gesicht is grade eben von hier wechgegang nach woandershin. Nee, Sie sin nich böse auf mich. Ich wär ja froh, wenn Se dat wärn, weil, dann könnt ich Sie irngwat zu Gefallen tun. Aber so –«

»Mein Geschmack kann Sie doch egal sein, Tea Cake. Dat is Sache von Ihre Herzensdame. Ich bin bloß ne Freundin für ab un zu.«

Janie ging langsam auf die Treppe zu, und Tea Cake blieb wie angefroren auf seinem Stuhl sitzen, als hätte er Angst, er käme nie wieder darauf zu sitzen, wenn er erst einmal aufgestanden war. Er schluckte mühsam und sah ihr nach.

»Ich hab Sie dat noch nich verraten wollen, jeenfalls noch nich jetz, aber ich tät mich lieber mit Schusterzwecken erschießen lassen, als dat Sie mich so behandeln wie grade eben. Sie ham mich am Bändel.«

Janie, die am Geländerpfosten angekommen war, drehte sich ruckartig um und erstrahlte einen Gedanken lang wie verklärt. Der nächste Gedanke brachte sie schlagartig wieder auf den Boden. Er sagt im Augenblick nur irgendwas, weil er meint, er hat mich soweit, daß ich ihm glaub. Der nächste Gedanke begrub sie unter Zentnern kalter Ernüchterung. Er nutzt bloß aus, daß er jünger is wie ich. Wird mich bald auslachen als alte Närrin. Aber, ach, was gäb ich nich dafür, wenn ich zwölf Jahre jünger wär un könnt ihm glauben!

»Ach, Tea Cake, dat sagen Sie bloß heut abend, weil der Fisch un dat Maisbrot ganz gut geschmeckt ham. Morgen wern Sie Ihre Meinung wieder ändern.«

»Nee, tu ich nich. Ich denk nich dran.«

»Jedenfalls, nach allem, wat Sie mir erzählt ham, wie wir hinten in der Küche gewesen warn, bin ich fast zwölf Jahre älter wie Sie.«

»Da drüber hab ich auch schon ganz genau nachgedacht un mich damit rumgeschlagen, aber hilft alles nich. Der Gedanke, dat ich so jung bin, tut mir nich halb so gut wie ihre Nähe.«

»Die meisten Leute is dat ganz un gar nich egal, Tea Cake.«

»Sowat hat ne Menge mit liebe Gewohnheiten zu tun, aber mit Liebe hat dat überhaupt nix zu tun.«

»Na, ich tät ja gerne wissen, wat Sie morgen, nach Sonnaufgang, denken. Dat sin jetz bloß Ihre Nachtgedanken.«

»Sie ham Ihre Gedanken, un ich hab die meinigen. Ich hab nen Dollar, der sacht mir, Sie ham nich recht. Aber ich nehm an, Sie tun auch nich um Geld wetten.«

»Hab ich bisher noch nie gemacht. Aber wie die alten Leute immer sagen, ich bin geborn, aber ich bin nich tot. Wer weiß, wat mir noch alles einfällt.«

Er stand unvermittelt auf und nahm seinen Hut. »Gut Nacht, Mis' Janie. Sieht so aus, dattwer dat Feld lange genuch beackert ham. Wiedersehn.« Fast rannte er zur Tür hinaus.

Janie hing so lange grübelnd überm Treppenpfosten, daß sie um ein Haar eingeschlafen wäre. Immerhin unterzog sie, bevor sie ins Bett ging, Mund, Augen und Haare einer eingehenden Musterung.

Den ganzen folgenden Tag hegte sie abweisende Gedanken gegen Tea Cake. Sie verhöhnte ihn sogar und schämte sich ein wenig für die Bekanntschaft. Aber alle paar Stunden mußte sie den Kampf wieder von vorn beginnen. Sie konnte ihn nicht als einen beliebigen Mann betrachten. Er sah so aus, wie Frauen sich die Liebe vorstellen. Er konnte eine Biene sein für eine Blüte – eine Birnenblüte im Frühling. Er schien mit seinen Füßen Duft aus der Erde zu treten. Als zertrete er mit jedem Schritt würzige Kräuter. Köstliche Düfte umgaben ihn. Er war ein Abglanz Gottes.

An diesem Abend kam er nicht, und Janie lag im Bett und redete sich verächtliche Gedanken über ihn ein. »Bestimmt treibt er sich in irngson Bumslokal rum. Ein Glück, dattich ihn die kalte Schulter gezeicht hab. Wat soll ich mit so ein hergelaufnen Nigger? Bestimmt lebt er mit irngne Frau zusamm un hält mich für ne dumme Pute. Ein Glück, dattich mich rechtzeitich wieder eingekricht hab.« So versuchte sie, sich zu trösten.

Am nächsten Morgen erwachte sie von einem Klopfen und fand Tea Cake vor der Haustür.

»Hallo, Mis' Janie, ich hoff, ich hab Sie aufgeweckt.«

»Ham Sie allerdings, Tea Cake. Komm Se rein un legen Se Ihrn Hut ab. Wat ham Sie vor, dat Sie schon so früh am Morgen unterwechs sin?«

»Dacht, ich seh zu, dattich früh genuch herkomm un Sie meine Taggedanken erzähl. Ich merk schon, Sie müssen meine Taggefühle kennlern. Abends kann ich Sie nich dafür erwärm.«

»Sie verrücktes Stück! Sin Sie deshalb im Morgengraun hergekomm?«

»Sicher dat. Ihn muß man ja alles sagen un beweisen, un dat tu ich auch. Hab auch paar Erdbeern geflückt, dacht, die könnten Ihn vielleicht schmecken.«

»Tea Cake, ich sachs ja, ich wer nich schlau aus Ihn. Sie sin ja sowat von verrückt. Ich mach Sie besser erstma bißchen Frühstück.«

»Keine Zeit. Hab zu tun. Muß um acht wieder in Orlandah sein. Bis später, dann sehnwer weiter.«

Er stürmte den Gartenweg hinunter und war verschwunden. Aber als sie an diesem Abend den Laden verließ, lag er längelang in der Hängematte auf ihrer Veranda, den Hut überm Gesicht, als schlafe er tief und fest. Sie rief ihn. Er tat, als höre er nicht. Schnarchte nur lauter. Sie ging zur Hängematte, um ihn zu schütteln, da griff er nach ihr und zog sie zu sich in die Hängematte. Nach einem kleinen Zaudern ließ sie sich von ihm in seinen Armen zurechtrücken und blieb ein Weilchen so liegen.

»Tea Cake, ich weiß nich, wie Sie dat geht, aber ich hab Hunger, komm Se mit, bißchen wat zu Abend essen.«

Sie gingen hinein, und ihr Gelächter erklang zuerst in der Küche und dann überall im Haus.

Janie erwachte am nächsten Morgen von einem Gefühl, als küsse Tea Cake ihr fast den Atem weg. Er hielt sie umarmt und liebkoste sie, als fürchte er, sie könne seinem Zugriff entwischen und wegfliegen. Dann mußte er sich schleunigst anziehen, um rechtzeitig bei der Arbeit zu sein. Er ließ nicht zu, daß sie ihm irgend etwas zum Frühstück machte. Er wollte, daß sie sich ausruhte. Sie mußte bleiben, wo sie war. Dabei hätte sie von Herzen gern etwas für ihn gemacht. Doch lange, nachdem er gegangen war, lag sie noch im Bett.

So viel war durch die Poren ausgeatmet worden, daß Tea Cake noch immer da war. Sie konnte ihn spüren und beinah sehen, wie er in den oberen Luftschichten durchs Zimmer tollte. Nach einer langen Zeit untätiger Glückseligkeit stand sie auf, öffnete das Fenster und ließ Tea Cake hinausspringen und auf einem Luftzug in den Himmel aufsteigen. So fing alles an.

In der nachmittäglichen Kühle gelangte das Höllengelichter, das besonders die Liebenden heimsucht, an Janies Ohr. Der Zweifel. Sämtliche Ängste, die die Umstände hergaben und die das Herz barg, überfielen sie von allen Seiten. Das war ein neues Gefühl für sie, aber darum nicht weniger peinigend. Wenn Tea Cake ihr doch Gewißheit gäbe! Er kam weder an diesem Abend noch am nächsten, und da stürzte sie ins Bodenlose und stieg hinunter in die neunte Dunkelheit, wohin noch nie ein Lichtstrahl gelangt ist.

Aber am Nachmittag des vierten Tages kam er in einem klapprigen Auto angefahren. Sprang heraus wie eine Gazelle und tat, als binde er das Gefährt an einen Verandapfosten. Mit diesem entwaffnenden Grinsen! Sie liebte ihn abgöttisch und haßte ihn zugleich. Wie konnte er sie so leiden lassen und dann grinsend daherkommen mit dieser goldigen Art, die er an sich hatte? Er kniff sie in den Arm, als er zur Tür hereinspaziert kam.

»Hab wat mitgebrung, wo ich dich drin abschleppen kann«, erklärte er ihr mit seinem verschwörerischen Glucksen. »Geh dein Hut holen, wennsde ein aufsetzen wills. Wer müssen Lebensmittel kaufen gehn.«

»Ich verkauf doch Lebensmittel, hier in diesen Laden, Tea Cake, falls du dat zufällich noch nich gemerkt has.« Sie bemühte sich, kühl dreinzublicken, mußte aber wider Willen lächeln.

»Nich die Sorte, wat wir für den Anlaß brauchen. Du verkaufs Lebensmittel für gewöhnliche Leute. Wir wolln aber für *dich* einkaufen gehn. Morgen is dat große Sonntagsschulpicknick – hasde bestimmt vergessen –, un da müssenwer dabeisein mit ein dolln Picknickkorb un mit uns zwei beide.«

»Weiß nich, Tea Cake. Ich sach dir wat. Geh schomma rüber nachen Haus, un wart auf mich. Ich bin gleich da.«

Sobald sie meinte, es würde nicht weiter auffallen, schlüpfte sie zur Hintertür hinaus und gesellte sich zu

Tea Cake. Sie wollte sich lieber nichts vormachen. Vielleicht tat er es bloß aus Höflichkeit.

»Tea Cake, bis du sicher, du wills, dattich ich mit dir nach dat Picknick mitgeh?«

»Da racker ich mich ab un kratz dat Geld zusamm, dattich dich ausführn kann – war zwei volle Wochen lang wie ein Ochse am Arbeiten –, un da kommt die un fräch mich, ob ich will, datse mitkommt! Ich mach den ganzen Haufen Ärger mit un beschaff den Wagen, dat du nach Winter Park oder Orlandah rüberfahrn kanns und alles kaufen, wat du brauchs, und die Frau sitz da un frächt mich, ob ich will, datse mitkommt!«

»Nich böse sein, Tea Cake, ich will bloß nich, dat du irngwat aus Höflichkeit tus. Wennsde wen anders has, wat du lieber mitnehm wills, dann soll mir dat recht sein.«

»Nee, dat is dir gar nich recht. Wenn dat so wär, tätsde dat nich sagen. Trau dich un sach, wat du wirklich meins.«

»Also gut, Tea Cake, ich möcht furchtbar gern mit dir mitgehn, aber – ach, Tea Cake, mach mir nix vor!«

»Janie, Gott soll mich erschlagen, wenn ich lüch. Niemand auf der Welt kann dir dat Wasser reichn, Baby. Du has die Schlüssel zum Könichreich.«

12

Nach dem Fest fiel es den Leuten in der Stadt allmählich auf, und sie wurden böse. Tea Cake und Frau Bürgermeister Starks! Die Männer, die sie kriegen konnte, und sich mit so einem wie Tea Cake abzugeben! Und außerdem, Joe Starks war erst neun Monate tot, und die walzte in rosa Leinen zu einem Picknick. Hatte aufgehört, wie früher regelmäßig in die Kiche zu gehen. War in einem Automobil mit Tea Cake nach Sanford gegondelt, sie ganz in Blau! Eine Schande. Ließ sich doch wahrhaftig einfallen, hochhackige Schuhe und einen Zehn-Dollar-Hut zu tragen! Sah aus wie ein junges Mädchen, immer in Blau, weil Tea Cake ihr gesagt hatte, sie solle Blau tragen. Armer Joe Starks. Wetten, der drehte sich jeden Tag im Grabe um. Tea Cake und Janie unterwegs zur Jagd. Tea Cake und Janie unterwegs zum Angeln. Tea Cake und Janie unterwegs nach Orlando ins Kino. Tea Cake und Janie unterwegs zu einer Tanzerei. Tea Cake in Janies Garten, dabei, Blumenbeete für sie anzulegen und einzusäen. Dabei, den Baum vorm Eßzimmerfenster zu fällen, den sie nie gemocht hatte. All diese Anzeichen von Besitzergreifung. Tea Cake in einem geliehenen Wagen, dabei, Janie Autofahren beizubringen. Tea Cake und Janie den ganzen Nachmittag auf der Ladenveranda ins Spiel vertieft, Dame oder Coon Can oder Florida Flip, als gäbe es außer ihnen niemand auf der Welt. Tag um Tag und Woche um Woche.

»Pheoby«, sagte Sam Watson eines Abends, als er ins Bett stieg, »ich glaub, deine Busenfreundin hat ernslich mit diesen Tea Cake angebändelt. Habs zuers nich glauben wolln.«

»Ach, hat doch nix zu bedeuten. Ich glaub, se hat sich eher in den Bestattungsunternehmer oben in Sanford verguckt.«

»Irngwer muß da sein, die sieht dieser Tage nämlich mächtich gut aus. Neue Kleider und fast jeden Tag ne andre Frisur. Irngwen muß man haben für zum Schönmachen. Wennsde ne Frau siehs, wat so viel an sein Kopp rum am Friemeln is, dann isse sich den ein oder andern Mann zuliebe am Kämm.«

»Sie kann ja tun un lassen, watse will, aber da hatse ne gute Partie in Aussicht, da oben in Sanford. Dem Mann seine Frau is gestorben, un er hat Janie n schön Haus zum Bieten – fix un fertich möbliert. Besser wie dat Haus, wat Joe se vermacht hat.«

»Da tus duse aber besser ma ins Gebet nehm, weil der Tea Cake, der kann doch nix als wiese ausgeben helfen, watse hat. Ich nehm an, dat isses, wo der drauf aus is. Alles verjubeln, wat Joe Starks mit harte Arbeit zusammgekratzt hat.«

»Sieht so aus. Trotz un alledem, se is ihre eigne Herrin. Wird schon selber wissen, watse will.«

»Auf der Plantage die Männer warn heut davon am Reden un hamse alle beide ihr Fett gegeben. Sie mein, der Tea Cake spendiertse jetz alles möchliche, datse ihn später ma aushalten muß.«

»Pfff! Pfff! Pfff!«

»Hach, die könn doch bis zwei zähln. Vielleicht is alles nich so schlimm, wiese machen, aber die Leute sin am Reden, un sie kommt ganz schön schlecht weg dabei.«

»Nix wie Eifersucht un Gehässichkeit. Manche von diese Männer täten ja am liebsten selber machen, watse so besorgt tun, dat Tea Cake jetzt macht.«

»Der Paster meint, Tea Cake erlaubtse nichma, datse wenichstens ab un zu ma in die Kirche geht, weil er dat Kleingeld braucht für Benzin für zum Kaufen. Tutse einfach die Kirche abspenstich machen. Aber schließlich isse deine Busenfreundin, da gehsde besser ma rüber, nachn Rechten sehn. Gibsdese hier un da n klein Wink, dann weiß se schomma Bescheid, wenn Tea Cake ankommt un willse ausnehm. Ich kann die Frau gut leidn, un wär mir wirklich gar nich recht, datse ma sollt enden wie Mis' Tyler.«

»Ach Gott, bloß nich! Ich nehm an, ich mach morgen besser ma nach drüben rüber aufn klein Schwatz mit Janie. Die denkt sich einfach nix dabei, dat is alles.«

Am nächsten Morgen spazierte Pheoby zu Janies Haus hinüber wie ein Huhn zu Nachbars Garten. Blieb hier und da stehen, schwatzte ein wenig mit jedem, der ihr begegnete, wandte sich kurz zur Seite, um an der einen oder anderen Veranda innezuhalten – ging geradeaus, indem sie zickzack lief. Auf diese Weise wirkte ihre feste Absicht wie ein Zufall, und sie brauchte den Leuten unterwegs nicht ihre Meinung zu sagen.

Janie schien froh, sie zu sehen, und nach einer Weile kam Pheoby zur Sache. »Janie, alle sin am Reden, der Tea Cake tät dich zu Sachen mitschleppn, wat du nicht gewöhnt bis. Baseball un Jagen un Angeln. Der weiß nich, dat du n andern Umgang gewöhnt bis. Du wars immer wat Beßres gewesen.«

»Da hat Jody mich dazu gemacht. Nich ich. Nee, Pheoby, Tea Cake tut mich nirngwo hinschleppen, wo ich nich hinwill. Ich hab immer gern viel rumkomm wolln, aber Jody hat mich nich gelassen. Wenn ich nich im Laden war, dann wollter, dattich bloß dasitz un die Hände im Schoß lech. Un ich bin dagesessen, und die Decke is mir aufm Kopp gefallen un hat dat ganze Leben aus mir rausgequetscht. Pheoby, diese gebildete Fraun, die ham ne Menge für zum Hinsetzen un zum Drübernachdenken. Die hat nämlich wer gesacht, für watse sich hinsetzen sollen. Mich arm Wurm hat dat keiner gesacht, un deshalb werd ich immer ganz rappelich, wenn ich stillsitzen muß. Ich will mein Leben mit Haut un Haare auskosten.«

»Aber Janie, der Tea Cake, obzwar er kein Bandit nich is, der hat doch kein lausigen Dime. Has du nich Anx, datter bloß hinter dein Geld her is – so viel jünger wie der is?«

»Der hat noch nie kein einzichen Penny von mir wolln, un wenner scharf is auf Eigentum, dann isser auch nich anders wie wir alle. Die ganzen ollen Mannsbilder, wat mich am Belagern sin, die ham alle datselbe im Sinn. Sin doch noch drei andre Wittfraun im Ort, wie kommts denn, datse sich nach die nich die Hälse verrenken? Weil die nix haben, dat isses.«

»Die Leute ham dich in bunte Kleider ausgehn gesehn, un se mein, du tus dein toten Gatte nich die nötiche Ehre erweisen.«

»Ich bin nich traurich, wat soll ich dann trauern? Ich gefall Tea Cake in Blau, also trach ich blau. Jody hat sein Lebtach keine Farbe für mich ausgesucht. Die Welt hat schwarz un weiß für Trauer ausgesucht, nich Joe. Drum hab ich auch nich ihn zuliebe Trauer getragen. Dat hab ich euch zuliebe getan.«

»Trotzdem, Janie, paß auf dich auf, un laß dich nich ausnützen. Du weiß doch, wie diese junge Mannsbilder mit ältere Fraun sin. Die meiste Zeit nehmse, watse kriegen könn, un dann gehnse verschütt wie n Truthahn im Maisfeld.«

»Tea Cake is nich so. Der hat wat auf Dauer mit mir im Sinn. Wir wollen heiraten.«

»Janie, du bis deine eigne Herrin, un ich hoff, du weiß, wat du tus. Ich hoff sehr, du bis nich wie ein 'Possum – je älter, desto wenicher Verstand. Mir wär viel wohler, wennsde den Mann da oben in Sanford täts heiraten. Der hat noch wat zum Dazutun zu dein Hab un Gut, un dat is um so besser. Dat is wat Handfestes.«

»Trotz un alledem, ich bleib lieber bei Tea Cake.«

»Na gut, wennsde weißt, wat de wills, dann kann keiner wat dran ändern. Aber du tus fruchtbar viel riskiern.«

»Auch nich mehr, wie ich früher riskiert hab un wie alle andern riskiern, wennse heiraten. Dat tut die Leute immer verändern, un manchmal bringt dat Schmutz un Gemeinheit zum Vorschein, wo nichma derjenige selber wat von geahnt hat. Dat weiß du auch. Möchlich, dat Tea Cake sich so entpuppt. Vielleicht auch nich. Jedenfalls bin ich bereit un wills mit ihm versuchen.«

»Ja, un wann wollter den Schritt wagen?«

»Wissenwer noch nich. Der Laden muß verkauft wern, un dann fahrnwer irngwohin zum Heiraten.«

»Wieso willsde denn den Laden verkaufen?«

»Weil Tea Cake kein Jody Starks nich is, un selbs wenner sich anstreng tät, wärs kompletten Kokelores. Un die Minute, wo ichn heirat, wernse alle am Vergleichen fang. Drum wollnwer irgendwohin fahrn un noch mal von ganz von vorne anfang, auf Tea Cake seine Art. Dat is kein Geschäft und kein Wettrenn um Besitz und Titel. Hier steht Liebe aufm Spiel. Bisher hab ich nach Grandma ihre Wünsche gelebt, un jetz will ich *mein* Leben leben.«

»Wie meinsde dat, Janie?«

»Grandma is geboren gewordn, wie noch Sklaverei war, un da konnten sich die Leute, dat heißt die schwarzn Leute, konntense sich nich einfach hinsetzn, wannse lustich warn. Un drum kam Nanny dat wunder wie schön vor, auf ne Veranda sitzen wie die weiße Madam. Dat hatse für mich wollen – egal um welchn Preis. Auf ein Thron zu sitzen komm. Se hat nichma nich Zeit gehabt zum Drübernachdenken, wat man machen soll, wemman erstma auf den Thron oben angekomm is, oder ob man gar nix machen soll. Hauptsache, man kommt hin. also bin ich rauf auf den Thron, wiese mich dat gesacht hat, aber Pheoby, ich war fast am Verschmachten da oom. Mir war, wie wenn die Welt ›Extrablatt‹ am Schrein is, un ich hab noch nichma nich die Nachrichten vom Tach gelesen.«

»Mag ja sein, Janie. Trotz un alledem tät ich dat zu gern auch ma erleben, bloß ein Jahr lang. Sieht aus wiet Paradies von da, wo ich bin.«

»Kannich mir denken.«

»Aber jedenfalls, Janie, sieh du dich vor mit ausverkaufen un mit fremde Männer auf un davongehn. Siehma, wat mit Annie Tyler gepassiert is. Die hat ihre paar Habselichkeiten genomm un is ab nach Tampa mit diesen jung Mann, wat sich Who Flung nennt. Gibt ein doch zu denken.«

»Stimmt schon. Trotzdem bin ich nich Mis' Tyler, un Tea Cake ist kein Who Flung nich, un er is kein Fremder für mich. Wir sin schon so gut wie verheirat. Aber dat werd ich nich überall rumposaun. Dat erzähl ich *dir*.«

»Ich bin wie ein Huhn. Ein Huhn tut Wasser trinken, aber nich Pipi machen.«

»Ach, ich weiß, du bis kein Klatschmaul. Nich datwer uns schäm bräuchten. Wir wolln bloß noch kein groß Bohei machen.«

»Da hasde aber recht, wennsde nix rumerzähls, aber Janie, du läß dich da auf ne mordsriskante Sache ein.«

»Is gar nich sone riskante Sache, wie dat vielleicht aussieht, Pheoby. Ich bin älter wie Tea Cake, stimmt. Aber er hat mir gezeigt, dattat die Denkweise is, wat den Altersunterschied ausmacht. Wenn die Leute datselbe denken, könnse gut mitnander auskomm.

Am Anfang, da mußtenwer schon neue Gedanken denken un neue Wörter finden. Aber seitdem ich mich da dran gewöhnt hab, verstehnwer uns prima. Er hat mir die Mädchensprache nochma von ganz von vorne beigebrung. Du wirs staun, wennsde dat neue blaue Satinkleid siehs, wat Tea Cake für mich ausgesucht hat für zum Jawortgeben. Hochhackige Schuhe, Halskette, Ohrringe, *alles*, watter an mir sehn will. Ein schön Morgen, nich mehr lange, da wirs du aufwachen und mich rufen, un ich wer nich mehr da sein.«

13

Jacksonville. In Tea Cakes Brief hatte Jacksonville gestanden. Er habe schon früher im Betriebsbahnhof da oben gearbeitet, und sein ehemaliger Chef habe ihm vom nächsten Zahltag an eine Stelle versprochen. Janie brauche nicht länger zu warten. Sie solle das neue blaue Kleid anziehen, denn er beabsichtige, sie direkt vom Zug weg zu heiraten. Sie solle sich beeilen und kommen, weil er drauf und dran sei, sich in schieren Zucker zu verwandeln, wenn er nur an sie denke. Komm, Baby, Papa Tea Cake könnt dir nie böse sein!

Janies Zug verließ die Stadt so früh am Tag, daß kaum jemand etwas davon mitbekam, aber die wenigen, die sie sahen, legten reichlich Zeugnis ab. Sie sah gut aus, das mußte man ihr lassen, aber sie hatte kein Recht, so was zu tun. Es war nicht leicht, eine Frau zu mögen, die so viele Sehnsüchte in einem weckte.

Der Zug trieb sich selber an und tanzte Kilometer um Kilometer über die schimmernden Stahlschienen. Hin und wieder trillerte der Lokomotivführer für die Leute in den Städten, durch die er fuhr, auf seiner Pfeife. Und der Zug stampfte weiter nach Jacksonville, einer Menge von Dingen entgegen, die Janie sehen und erleben wollte.

Und da, in dem großen alten Bahnhof, war Tea Cake, im neuen blauen Anzug und mit Strohhut, und schleppte sie als erstes zum Hause eines Predigers. Und dann geradewegs in das Zimmer, in dem er zwei Wochen lang ganz alleine geschlafen und auf ihr Kommen gewartet hatte. Und wieder ein Liebkosen und ein Küssen und ein Treiben, wie es noch nie dagewesen war. Es machte sie so froh, daß sie Angst vor sich selber bekam. Diesen Abend blieben sie zu Hause und ruhten sich aus, aber am nächsten Abend gingen sie ins Kino, und danach fuhren sie mit der Elektrischen spazieren und sahen sich ein bißchen um. Tea Cake bestritt alles aus der eigenen Tasche, daher sagte Janie ihm nichts von den zweihundert Dollar, die sie mit einer Nadel an der Innenseite ihres Unterhemds befestigt hatte und unmittelbar auf der Haut bei sich trug. Pheoby hatte sie beschworen, das Geld mitzunehmen, aber heimlich, für alle Fälle. Im Portemonnaie hatte Janie zusätzlich zum Fahrgeld zehn Dollar. Mochte Tea Cake denken, das sei alles, was sie dabeihatte. Die Dinge entwickelten sich womöglich nicht so, wie sie hoffte. Seit sie aus dem Zug gestiegen war, hatte sie über Pheobys Rat nur gelacht. Sie nahm sich vor, Tea Cake den Scherz irgendwann zu erzählen, wenn sie sicher sein konnte, ihn nicht zu kränken. Schon bald war sie eine Woche lang verheiratet und schickte Pheoby eine Postkarte mit einem Bild auf der Rückseite.

Am nächsten Morgen stand Tea Cake vor Janie auf. Sie war noch müde und bat ihn, ein wenig Fisch zu kaufen, um ihn zum Frühstück zu braten. Bis er wiederkäme, würde sie ausgeschlafen haben. Er willigte ein, und sie drehte sich um und schlief wieder ein. Als sie aufwachte, war Tea Cake noch nicht wieder da, und die Uhr sagte, daß es schon spät war, daher stand sie auf und machte Katzenwäsche. Vielleicht war er unten und werkelte in der Küche herum, um sie schlafen zu lassen. Janie ging hinunter, und die Vermieterin lud sie ein, mit ihr Kaffee zu trinken, weil ihr Mann schon tot sei, wie sie sagte, und es nicht guttue, seinen Morgenkaffee allein zu trinken.

»Is Ihr Mann heut morgen auf Ahbeit gegang, Mis' Woods? Ich habn vor ne ganze Weile ausgehn gesehn. Ich un Sie, wir könn uns doch geengseitich wat Gesellschaft leisten, nichwah?«

»O ja, sicher, Mis' Samuels. Sie erinnern mich an meine Freundin zu Hause in Eatonville. Ja, Sie sin genauso nett un freundlich.«

Janie trank den Kaffee und trollte sich wieder in ihr Zimmer, ohne der Vermieterin irgendwelche Fragen zu stellen. Offenbar suchte Tea Cake die ganze Stadt nach dem Fisch ab. Diesen Gedanken hielt sie sich ständig vor Augen, um nicht zu viel zu grübeln. Als sie das Zwölf-Uhr-Pfeifen der Werkssirenen vernahm, beschloß sie aufzustehen und sich anzuziehen. Dabei stellte sie fest, daß ihre zweihundert Dollar verschwunden waren. Da lag das kleine Stofftäschchen mit der Sicherheitsnadel auf dem Stuhl unter ihren Kleidern, und das Geld war einfach nicht zu finden, nirgends. Sie wußte sofort, daß das Geld an keinem anderen ihr bekannten Ort sein konnte, wenn es nicht in dem Beutelchen war, das sie an ihr rosafarbenes Seidenunterhemd gesteckt hatte. Aber die Anstrengung, den Raum abzusuchen, beschäftigte sie, und es tat ihr gut, in Bewegung zu bleiben, obwohl sie nichts weiter tat, als sich um sich selber zu drehen.

Aber selbst wenn man noch so fest entschlossen ist, man kann sich doch nicht unentwegt auf der Stelle drehen wie ein Pferd, das eine Zuckerrohrmühle antreibt. Daher setzte Janie sich aufs Bett und schaute sich im Raum um. Saß und schaute. Der Raum hier drinnen sah aus wie der Rachen eines Alligators – sperrangelweit aufgerissen, um irgendwas zu verschlucken. Jacksonville draußen, vor den Fenstern, sah aus, als hätte es ringsherum einen Zaun nötig, um nicht himmelwärts auszulaufen. Die Stadt war zu groß, um Wärme auszustrahlen, geschweige denn, um jemanden wie Janie zu brauchen. Den ganzen Tag und die ganze Nacht haderte sie mit sich und ihrem Schicksal.

Spät am Vormittag hatte der Gedanke an Annie Tyler und Who Flung sie heimgesucht. Annie Tyler, die mit zweiundfünfzig Witwe geworden war, eine Witwe mit einem schönen Heim und Versicherungsansprüchen.

Mrs. Tyler mit dem gefärbten und frisch entkrausten Haar, mit dem schlecht sitzenden Gebiß, der ledrigen, puderfleckigen Haut und dem ewigen Gekicher. Mit ihren Liebesaffären, Geschichten mit jungen, noch nicht ganz oder gerade zwanzigjährigen Burschen, denen sie freigebig Anzüge, Schuhe, Uhren und derlei kaufte und die sie alle verließen, sobald ihre Wünsche befriedigt waren. Dann, als sie ihr Bargeld ausgegeben hatte, war Who Flung aufgetaucht, hatte seinen Vorgänger als Halunken angeprangert und sich selber bei ihr eingenistet. Er hatte sie überredet, ihr Haus zu verkaufen und mit ihm nach Tampa zu kommen. Die Leute in der Stadt hatten sie weghumpeln sehen. Die zu knappen Stöckelschuhe marterten ihre müden Füße, von denen jeder aussah wie ein einziger geschwollener Ballen. Ihr Körper war in ein enges Mieder gezwängt, das ihre Mitte zum Kinn nach oben verschob. Aber lachend und selbstgewiß war sie davongegangen. So selbstgewiß wie Janie.

Dann, zwei Wochen später, hatte ihr der Dienstmann und Schaffner des Regionalzugs aus dem Süden in Maitland aus dem Abteil geholfen. Ihre Haare ein Wust aus grauen und schwarzen und bläulichen und rötlichen Strähnen. Alle Streiche, die einem billige Färbemittel spielen konnten, waren an ihren Haaren abzulesen. Die Schuhe schief- und krummgetreten wie ihre geschundenen Füße. Das Korsett verschwunden und die zitternde alte Frau tief gebeugt. Was man sehen konnte, hing herunter. Das Kinn hing ihr von den Ohren herunter und schlug Falten über dem Hals wie eine Gardine. Busen, Bauch und Hinterteil hingen herunter, und die Waden bildeten Girlanden über ihren Fußgelenken. Sie ächzte nur noch und kicherte nie mehr.

Sie sei kaputt und ihr Stolz gebrochen, erzählte sie jedem, der sie fragte, was passiert sei. Who Flung habe sie in ein schäbiges Zimmer in einem schäbigen Haus in einer schäbigen Straße gebracht und versprochen, sie am nächsten Tag zu heiraten. Sie verbrachten zwei ganze Tage in dem Zimmer, und als sie danach aufwachte, waren Who Flung und ihr Geld weg. Sie stand auf, etwas zu unternehmen, ihn zu suchen, merkte aber, daß sie zu erschöpft war, um viel auszurichten. Sie mußte feststellen, daß sie ein zu altes Gefäß war für neuen Wein. Einen Tag später hatte der Hunger sie hinausgetrieben. Sie hatte sich auf die Straße gestellt und nur gelächelt und gelächelt, dann gelächelt und gebettelt und schließlich nur noch gebettelt. Nach einer Woche Lebensprügel war ihr ein junger Mann aus der Heimat begegnet, der sie erkannte. Sie brachte es nicht über sich, ihm zu sagen, wie es wirklich um sie stand. Sie erzählte ihm nur, sie sei aus dem Zug gestiegen und da habe ihr jemand das Portemonnaie gestohlen. Er hatte ihr natürlich geglaubt und sie mit zu sich nach Hause genommen, damit sie sich ein oder zwei Tage lang erholen konnte, dann hatte er ihr eine Fahrkarte nach Eatonville gekauft.

Sie hatten sie zu Bett gebracht und nach ihrer verheirateten Tochter, oben, in der Gegend von Ocala, geschickt. Die war gekommen, so schnell sie konnte, und hatte Annie Tyler zu sich genommen, um sie in Ruhe sterben zu lassen. Annie Tyler hatte ihr Leben lang auf etwas gewartet, und als sie es fand, hatte es sie umgebracht.

Die Geschichte verwandelte sich in Bilder, die die ganze Nacht nicht von Janies Bett wichen. Sie würde jedenfalls nicht nach Eatonville zurückkehren und sich auslachen und bemitleiden lassen. Sie hatte zehn Dollar in der Tasche und zwölfhundert auf der Bank. Aber, lieber Gott, laß Tea Cake bitte nicht irgendwo verletzt herumliegen, und ich weiß nichts davon.

Und lieber Gott, bitte Sir, laß ihn keine andre lieben außer mir. Vielleicht bin ich ja doch ne dumme Gans, Herr, wie die Leute sagen, aber, Herr, ich war ja so einsam, un ich hab so lange gewartet, Herr Jesus. Ich hab ja so lange gewartet.

Janie döste ein, aber sie wachte rechtzeitig auf, um zu sehen, wie die Sonne Kundschafter vor sich hersandte, um den Weg durch die Dunkelheit auszuspähen. Die Sonne schielte über die Schwelle der Welt und trieb kleine Gaukeleien mit Rot. Aber schon bald ließ sie das alles sein und ging ganz in Weiß ihrem Geschäft nach. Für Janie würde es jedoch immer dunkel bleiben, wenn Tea Cake nicht bald zurückkehrte. Sie stand auf, wollte sich setzen, aber es hielt sie nicht auf dem Stuhl. Sie sank zu Boden und legte den Kopf auf einen Schaukelstuhl.

Nach einer Weile hörte sie jemanden vor ihrer Tür Gitarre spielen. Ganz vortrefflich sogar. Es hörte sich wunderschön an. Aber so wehmütig, wie Janie ums Herz war, machte es sie erst recht traurig, Musik zu hören. Dann begann, wer immer es war, zu singen: »Ring de bells of mercy. Call de sinner man home.« Fast schnürte es ihr das Herz zusammen.

»Tea Cake, bis du dat?«

»Du weiß ganz genau, dat ich dat bin, Janie. Wieso machsde mir nich die Tür auf?«

Aber er wartete nicht darauf. Kam einfach mit einer Gitarre und einem Grinsen hereinspaziert. Die Gitarre hing ihm an einer roten Seidenkordel um den Hals, und das Grinsen hing ihm von den Ohren.

»Hat gar kein Zweck, dattu mich frächs, wo ich die

ganze Zeit gewesen war, is nämlich mein Ganztachsjob, dattich dir dat alles erzähl.«

»Tea Cake, ich –«

»Herrje, Janie, wat bis du da am Boden am Sitzen?« Er nahm ihren Kopf in die Hände und ließ sich behutsam auf dem Schaukelstuhl nieder. Sie sagte noch immer nichts. Er saß da und streichelte ihren Kopf und musterte ihr Gesicht.

»Ich weiß, wat los is. Du has am Zweifeln gefang wegen dein Geld. Has gedacht, ich hät alles genomm un wär damit durchgegang. Kann ich dir nich verdenken, aber dat war nich, wat du meins. Dat Mädchen, wat mich rumkricht, dattich unser Geld fürse rausschmeiß, dat is noch nich geborn geworden, un ihre Mama is schon tot. Ich hab dich dat schomma gesacht, du has die Schlüssel zum Könichreich. Kannsde dich drauf verlassen.«

»Trotz un alledem, du bist weggegang un has mich den ganzen Tach un die ganze Nacht allein gelassen.«

»Dat war nich, weil ich so lange hab wegbleiben wolln, un dat war bei Gott bestimmt keine Frau nich gewesen. Wenn du nich dat Zeug hätts, mich zu halten, un zwar richtich, dann tät ich dich ja nich Mis' Woods nenn. Ich hab ne Menge Fraun gekannt, eh ich dich näher kenngelernt hab. Du bis die einzichste Frau auf der Welt, wat ich jemals wat von wegen Heiraten gesacht hab. Dat du älter bis, spielt keine Musik. Da darfsde nie wiedern Gedanke drauf verschwenden. Wenn ich mich jemals mit ne andre Frau einlassen tu, dann is dat nich von wegen ihr Alter. Dann is dat, weilse mich auf die gleiche Art einfängt, wie du mich eingefang has – dattich mir nich helfen kann.«

Er setzte sich auf den Fußboden neben sie, küßte sie und schob zum Spaß ihre Mundwinkel nach oben, bis sie lächelte.

»Kuckt euch das ma an, Leutchen«, verkündete er einem gedachten Publikum, »Sister Woods is drauf un dran un will ihrn Ehemann verlassen.«

Darüber mußte Janie lachen, und sie ließ sich gegen ihn fallen. Dann verkündete sie dem gleichen Publikum: »Mis' Woods hat sich nen neun klein Gockel zugelegt, aber der war ausgeflogen un willse nich sagen, wohin.«

»Zuallererst müssen wir zwei beide aber ma wat essen, Janie. Dann könnwer mitnander reden.«

»Jedenfalls werd ich dich bestimmt nich wieder Fisch kaufen schicken.«

Er kniff sie in die Seite und überhörte, was sie gesagt hatte.

»Tut nich nötich, dat einer von uns heute morgen wat arbeit. Ruf Mis' Samuels, und laß se kochen, watdu lustich bist.«

»Tea Cake, wenn du dich nich tummels un mich alles erzähls, dann geh ich hin und klopp dir dein Schädel flach wien Zehner.«

Tea Cake blieb standhaft, bis er gefrühstückt hatte, dann gab er die Geschichte wort- und gestenreich zum besten.

Er hatte das Geld erspäht, während er sich die Krawatte band. Hatte es in die Hand genommen, hatte es sich aus Neugier angeguckt und in die Tasche gesteckt, um es unterwegs zu zählen, während er den Fisch kaufen ging. Als er festgestellt hatte, wieviel es war, wurde er ganz aufgeregt und bekam Lust, den Leuten zu zeigen, wer er war. Bevor er zum Fischmarkt gelangte, traf er einen Burschen, mit dem er früher im Lokomotivschuppen gearbeitet hatte. Ein Wort gab das andere, und schon bald faßte er den Entschluß, etwas davon auszugeben. Noch nie im Leben hatte er soviel Geld in den Fingern gehabt, daher mußte er einfach ausprobieren, was für ein Gefühl es war, Millionär zu sein. Sie fuhren hinaus nach Callahan Richtung Betriebsbahnhof, und Tea Cake verfiel auf den Gedanken, am Abend für alle ein großes Essen mit Hähnchen und Makkaroni zu geben.

Er kaufte die Zutaten ein, und sie trieben einen auf, der mit der Gitarre zum Tanzen aufspielen würde. Dann verbreiteten sie die Kunde, daß alle willkommen seien. Und wie sie alle kamen. Ein großer Tisch, zum Brechen voll mit Brathähnchen und Mürbteigbrötchen, und ein Waschzuber voll Makkaroni mit reichlich Käse dran. Wie der Bursche auf seinem Klimperkasten zu spielen anfing, strömten sie aus allen Himmelsrichtungen herbei. Und Tea Cake stand an der Tür und zahlte allen häßlichen Frauen zwei Dollar dafür, daß sie *nicht* hereinkamen. Eine dicke, wischiwaschifarbene Frau fand er so häßlich, daß es ihm fünf Dollar wert war, sie vom Kommen abzuhalten, und die gab er ihr auch.

Alle hatten einen Riesenspaß, bis ein Mann auftauchte, der sich wie der letzte Mensch aufführte. Er machte sich daran, alle Hähnchen zu sich herüberzuangeln und sich die Lebern und Mägen herauszupulen und zu verspeisen. Konnte keiner von den anderen ihn zur Vernunft bringen, und da riefen sie Tea Cake herbei, er solle zusehen, ob er ihn nicht davon abbringen könne. Also ging Tea Cake auf ihn zu und fragte ihn: »Sachma, wasn eindlich mit dir los?«

»Ich laß mich von niemand wat zuteiln. Schon gar kein Essen. Mit mir nich. Ich nehm mir immer selber meine Portion.« Er pflügte ungerührt weiter durch den Hähnchenberg. Da wurde Tea Cake böse.

»Du has ja mehr Nerven wien Lamettaaffe. Sachma, in welches Postamt has *du* schomma gepinkelt? Dat wüßt ich gerne ma.«

»Wat willstden damit sagen?« fragte der Kerl.

»Ich will damit sagen – kost genausoviel Nerven, sone Scherze in ein Postamt vonne Vereinigte Staaten bring, wiede brauchs, wennsde dich Hähnchen untern Nagel reißen wills, wat ich bezahlt hab. Putz die Platte. Soll mitn Teufel zugehn, wennich mir dich heut abend nich vorknöpf.«

Da gingen sie alle raus und wollten zusehen, ob Tea Cake mit dem Lümmel fertig würde. Tea Cake schlug ihm zwei Zähne aus, da verzog sich der Mann. Als zwei andere Männer eine Schlägerei anfangen wollten, sagte Tea Cake, sie sollten sich küssen und sich wieder vertragen. Wollten sie nicht. Lieber würden sie ins Gefängnis gehen. Aber alle anderen fanden den Gedanken lustig und nötigten sie, es zu tun. Danach spuckten und würgten beide und wischten sich mit den Handrücken die Lippen. Einer ging hinaus und kaute Gras wie ein kranker Hund, weil er sonst sterben müsse, wie er meinte.

Dann fingen alle an, wegen der Musik herumzupöbeln, weil der Mann nur drei Stücke spielen konnte. Da nahm Tea Cake die Gitarre und spielte selber. Er freute sich über die Gelegenheit, denn er hatte keine Klampfe mehr in den Händen gehabt, seit er seine ins Pfandhaus gebracht hatte, als er Geld brauchte, um für Janie, kurz nachdem er sie kennengelernt hatte, ein Auto zu leihen. Die Musik fehlte ihm. Das brachte ihn auf die Idee, daß er eine Gitarre brauchte. Er kaufte sie auf der Stelle und bezahlte fünfzehn Dollar, bar auf den Tisch. In Wirklichkeit war sie allemal ihre fünfundsechzig wert.

Kurz vor Tagesanbruch verliefen sich die Gäste. Da machte Tea Cake sich eilig auf den Rückweg zu seiner frischgebackenen Ehefrau. Er hatte erlebt, wie sich reiche Leute fühlen, und er hatte eine prima Gitarre und noch zwölf Dollar in der Tasche, und das einzige, was er jetzt brauchte, war eine richtig dicke tolle Umarmung und ein Kuß von Janie.

»Du muß ja denken, dat deine Frau mordsmäßich häßlich is. Die häßliche Fraun, wat du zwei Dollar gezahlt has, datse nich reinkomm, die hasde wenichstens bis an die Türe rangelassen. Mir hasde nichma dat erlaubt.« Sie schmollte.

»Janie, ich hätt Jacksonville un Tampa zusamm hergegeben fürn klein Sprung zurück zu dir, dattich dich hol un dich auch dabeigehabt hätt. Zwei- oder dreimal war ich drauf un dran un wollt dich holn gehn.«

»Ja, un warum bisde mich dann nich holn gekomm?«

»Janie, wärs du mitgegang, wennich gekomm wär?«

»Sicher dat. Ich tu mich genauso gern amüsiern wie du.«

»Janie, ich hätt gern gewollt, mordsmäßich gern, aber ich hatt Anx. Zuviel Anx, dattich dich verlier.«

»Warum denn?«

»Dat warn keine piekfeine Pinkels. Dat warn Bahnarbeiter un die ihr Weibervolk. Sone Leute bis du nich gewöhnt, un ich hatt Anx, du täts bloß böse wern un mich verlassen, wennich dich mittenmang sone Leute bring. Aber trotzdem hättich dich gern dabeigehabt. Eh wir geheirat ham, hab ich mir vorgenomm, du sollts ma keine schlechte Maniern bei mir erleben. Wennich 'n Rappel krich, wolltich wechgehn und dich damit verschon. Ich denk nich dran un zieh *dich* im Dreck mit runter.«

»Kuckma, Tea Cake, wenn du nochma von mir wechgehs und has so viel Spaß un komms zurück un erzähls mir, wie nett dattich bin, dann tu ich dich mausetot ermorden, da kennich nix. Hörs du?«

»Dann wills du also alles mit mir mitmachen, ja?«

»Genau, Tea Cake, egal wat.«

»Mehr brauch ich nich wissen. Von jetz an bis du meine Ehefrau un mein Mädchen un alles, wattich sons noch im Leben brauch.«

»Hoff ich doch.«

»Un Liebchen, mach dir keine Sorgen wegen deine olle lumpiche zweihundert Dollars. Diesen Samstach is großen Zahltach bei die Eisenbahner. Ich wer die zwölf Dollars hier in die Tasche steckn und alles wieder zurückgewinn un noch wat dazu.«

»Wie denn dat?«

»Liebchen, wennsde mir schon dein Segen geben tus, dattich dir alles über mich erzähl, dann sollsde dat auch erfahrn. Du has numa ein von die beste Spieler geheirat, wat der liebe Gott jemals gemacht hat. Karten oder Würfel, egal wat. Ich kann ein Schuhbändel nehm un gewinn dir ne Gerberei. Du sollts mich ma sehn, wenn ich in Fahrt bin. Aber diesma wird dat nix weiter sein als wie ruppiche Mannsbilder mit ihr loses Mundwerk, deshalb is dat nix für dich, aber du wirs mich schon bald beim Spieln erleben.«

Den Rest der Woche war Tea Cake damit beschäftigt, sich im Würfeln zu üben. Er ließ die Würfel auf dem nackten Fußboden schnellen, auf dem Teppich, auf dem Bett. Er ging in die Hocke und warf, setzte sich in einen Sessel und warf, stellte sich hin und warf. Für Janie, die noch nie im Leben einen Würfel angefaßt hatte, war es sehr aufregend. Dann nahm er seine Spielkarten und mischte und hob ab, mischte und hob ab und teilte aus, untersuchte dann jedes Blatt sorgfältig und fing wieder von vorn an. Dann kam der Samstag. Am Morgen ging er sich ein neues Schnappmesser und zwei Kartenspiele mit Sternchen auf der Rückseite kaufen, und gegen Mittag verließ er Janie.

»Jetz wernse ziemlich bald mit Auszahln anfang. Ich will einsteigen, wenn dat große Geld im Spiel is. Für Kleinvieh bin ich heut nich zu haben. Entweder ich komm mit dat Geld nach Hause oder auf ne Bahre.« Er schnitt neun Haare als Glücksbringer aus Janies Mähne und ging frohgemut davon.

Janie wartete bis Mitternacht, ohne sich zu sorgen, aber danach bekam sie es mit der Angst zu tun. Sie stand aus dem Bett auf und saß bangend und unglücklich herum. Malte sich alle möglichen Gefahren aus. Wunderte sich über sich selber, wie schon mehrmals in dieser Woche, daß Tea Cakes Hang zum Glücksspiel sie nicht schreckte. Es war ein Teil von ihm, und darum war es in Ordnung. Sie verspürte eher Ärger über Leute, die ihn womöglich schlechtmachen wollten. Sollten die alten Heuchler lieber lernen, sich um ihre eigenen Angelegenheiten zu kümmern und andere Leute in Ruhe lassen. Tea Cake richtete kein bißchen mehr Schaden an, wenn er versuchte, ein wenig Geld zu gewinnen, als die mit ihren scheinheiligen Zungen. Tea Cake hatte mehr Anstand unterm Zehennagel als die in ihren sogenannten christlichen Herzen. Die alten Lästermäuler sollten sich hüten, etwas über *ihren* Ehemann zu sagen! Bitte, Jesus, mach, daß diese gemeinen Nigger meim Mann nix antun. Wennses tun, Herr Jesus, dann beschaff mirn gutes Gewehr, un mach, daß ich se erwisch. Tea Cake hatte zwar ein Messer, aber bloß um sich selber zu schützen. Tea Cake würde weiß Gott keiner Fliege was zuleide tun.

Tageslicht kroch durch die Ritzen der Welt, als

Janie ein schwaches Klopfen vernahm. Sie stürzte zur Tür und riß sie auf. Tea Cake stand davor und sah aus, als schlafe er im Stehen. Es war unheimlich. Janie griff nach seinem Arm, um ihn zu wecken, und er taumelte ins Zimmer und fiel zu Boden.

»Tea Cake! Kindchen! Wat is passiert, Liebchen?«

»Paar Schnittwunden, dat is alles. Nich wein. Pell mich aus diese Jacke, so schnell, wie du kanns.«

Er sagte ihr, er habe nur zwei Schnittwunden, aber sie mußte ihn unbedingt ganz ausziehen und überall nachsehen und ihn notdürftig verbinden. Er bat sie, keinen Arzt zu holen, solange sein Zustand sich nicht sehr verschlimmerte. Es sei ja hauptsächlich Blutverlust.

»Ich hab dat Geld gewonn, wie ich dir versprochen hab. Um Mitternacht hatt ich deine zweihundert Dollars un wollt aufhörn, trotzdem dat noch massich Geld im Spiel war. Aber die wollten ne Schangse un dat Geld zurückgewinn, un da hab ich mich nochma dazugesetzt un bißchen weitergespielt. Ich wußt, der olle Double-Ugly war so gut wie pleite un wollt sich drum prügeln, un da hab ich mich hingesetzt, datter seine Schangse kricht un wieder an sein Geld rankommt, aber ich wolltn ruckzuck zur Hölle schicken, wenner versucht un zieht dat Rasiermesser, wattich in seine Tasche ausgespinxt hab. Liebchen, kein Mann, wat bei Trost ist, gibt sich mit kein Rasiermesser ab. Jeder Kerl mit n Schnappmesser hat dich längs abgestochen, währenddem dattu noch mit dein Rasiermesser rum am Murksen bis. Der Double-Ugly war am Protzen, datter zu fix damit is un selber nix abkricht, aber ich hab gewußt, wie der Hase läuft.

Na, so gegen vier hattichse alle total ausgenomm – alle bis auf zwei Männer, wat ausgestiegen un wechgegang sin, solange wiese noch Geld für Lebensmittel hatten, un ein Mann, wat Dusel gehabt hat. Dann bin ich aufgestanden un wollt mich wieder verabschieden. Hatse alle nich gepaßt, aber se wußten genau, die Sache war fair. Ich hattse alle ne faire Schangse gegeben. Wußtense alle außer Double-Ugly. Der mekkert, ich hätt die Würfel vertauscht. Ich dat Geld tief in die Tasche gesteckt un Hut un Jacke mit links genomm un die rechte Hand an mein Messer gelassen. War mir egal, watter *sacht*, solange wie er nix *macht*. Hatt schon den Hut auf un ein Arm in meine Jacke, wie ich an die Tür komm. Un da hatter sich auf mich gestürzt, wie ich mich nach draußen nach die Türschwelle umseh, un hatter mich zweima am Rücken erwischt.

Baby, ich den andern Arm in den Ärmel rein un den Nigger am Schlafittchen gepackt, eh der einma mit der Wimper zuckt, un dann drüber her wie Soße übern Reis. Hat sein Rasiermesser verloren, wie er sich aus mein Schwitzkasten freimachen wollt. War am Jaulen, ich solln loslassen, aber, Baby, ich hab erstma alles andre mit dem gemacht als wie loslassen. Dann habichn auf der Türschwelle liegenlassen un bin hastewaskannsde zu dir hierher. Ich weiß, die Schnitte sin nich so tief, der hat sich ja gar nich so nah an mich rangetraut vor lauter Schiß. Brauchs bloß die Haut mit Flaster bißchen zusammziehn. In ein Tag oder so bin ich wieder aufn Damm.«

Janie pinselte ihn mit Jod ein und weinte.

»Du brauchs doch nich wein, Janie. Dat kann dem seine alte Dame machen. Du has mir doch Glück gebrung. Kuckma in meine linke Hosentasche nach, wat dein Daddy für dich hat. Wenn ich sach, ich bring dir dat Geld wieder, dann is dat nich gelogen.«

Sie zählten es miteinander – dreihundertzweiundzwanzig Dollar. Es war fast, als hätte Tea Cake den Zahlmeister überfallen. Er gab ihr die zweihundert, und sie mußte sie wieder an dem geheimen Ort verwahren. Dann erzählte ihm Janie von dem anderen Geld, das sie auf der Bank hatte.

»Tu die zweihundert ma schön dazu, Janie. Ich hab meine Würfel. Ich brauch doch keine Hilfe, dattich meine Frau ernährn kann. Von jetz ab wirs du essen, wat du für mein Geld kaufen kanns, un ditto mit Anziehn. Wenn ich nix hab, krichs du auch nix.«

»Soll mir recht sein.«

Er wurde schläfrig, aber er kniff sie zum Spaß ins Bein, weil er froh war, daß sie die Dinge so nahm, wie er es sich gewünscht hatte. »Hömma, Mama, sobald wie die kleine Schramme wieder heile is, machenwer wat ganz Dolles.«

»Wat denn?«

»Wir gehn im Torf.«

»Wat is dat, Torf, un wo liech dat?«

»Och, da unten in n Everglades, um Clewiston un Belle Glade rum, wose dat ganze Zuckerrohr un

Buschbohn un Tomaten am Anbaun sin. Da unten treiben die Leute nix wie Geldverdien un Jubel un Trubel. Da müssenwer hin.«

Er schlief ein. Janie schaute auf ihn hinunter, und fast zersprang ihr das Herz vor Liebe. Da kroch ihre Seele wieder aus ihrem Versteck hervor.

14

In Janies fremden Augen war alles in den Everglades riesig und neu. Der riesige Lake Okeechobee, Riesenbohnen, Riesenschilf, Riesengräser, Riesenalles. Wildgräser, die weiter oben in Florida allenfalls hüfthoch wuchsen, ragten hier unten zweieinhalb und oft drei Meter empor. Eine Erde so fruchtbar, daß alles von allein wuchs. Röhricht machte sich einfach überall breit. Feldwege so fruchtbar und schwarz, daß ein Kilometer davon genügt hätte, ein ganzes Weizenfeld in Kansas zu düngen. Zu beiden Seiten der Feldwege wild wucherndes Riedgras, das die übrige Welt verbarg. Menschen auch wild.

»Saison fängt erst Ende September an, aber wer mußten schon vorher hiersein un uns n Zimmer besorgen«, erklärte Tea Cake. »In zwei Wochen sin so viele Leute da, datse gar nich erst Zimmer suchen, bloß nochn Platz für zum Schlafen. Jetz hamwer noch ne Schangse, datwern Zimmer abkriegen in dat Hotel, wose ne Badewanne ham. Du kanns nich im Torf leben, wennsde nich jeden Tach n Bad nimms. Sons kribbel dich der Dreck wie Ameisen. Gibt bloß ein Hotel hier rum mit Badewanne. Gib nichma halbwechs genuch Zimmer.«

»Wat wollnwern machen hier?«

»N Tach über flück ich Bohn. Am Abend tu ich auf mein Kasten klimpern un laß die Würfel rolln. Mit

Bohn und Würfel zusamm kann gar nix schiefgehn. Ich mach gleich ma los un such mir ne Stelle beim besten Mann weit un breit. Eh die andern hier ankomm. Arbeit krichsde hier immer, wenn Saison is, aber nich bein richtichen Leuten.«

»Wann fäng die Arbeit an, Tea Cake? Sehn eigentlich alle hier so aus, wie wennse am Warten wärn.«

»Stimmt. Die großen Herrn, die ham ihrn eignen Stremel, wannse die Saison anfang, wie mit alles andre. Mein Boßmann hat nich genuch Saatbohn besorgt. Jetzt isser unterwechs, noch paar Scheffel auftreiben. Dann fangwer los mit Pflanzen.«

»Ganze Scheffel?«

»Klar, ganze Scheffel. Dat geht nich um Pennies hier. Arme Schlucker ham bei der Partie nix verloren.«

Schon am nächsten Tag kam er in heller Aufregung ins Zimmer gestürzt. »Boß hat eem n andern aufgekauft un will mich unten am See ham. Er hat Hütten für die, wat zuerst komm. Nix wie hin!«

Sie ratterten fünfzehn Kilometer in einem Leihwagen zu der Hüttensiedlung der Feldarbeiter, die sich dicht an den großen, ausufernden Okeechobee duckte. Nur ein Deich trennte sie vom Wasser. Janie richtete sich in der Hütte häuslich ein, während Tea Cake Bohnen pflanzte. Nach Feierabend gingen sie angeln. Hin und wieder begegneten sie einer Gruppe von Indianern in ihren langen, schmalen Einbäumen, die still in der pfadlosen Wildnis der Glades ihrem Nahrungserwerb nachgingen. Endlich waren die Bohnen in der Erde. Es blieb nicht viel mehr zu tun, als abzuwarten, bis man sie pflücken konnte. Tea Cake zupfte derweil oft die Klampfe für Janie, aber das füllte ihn nicht aus. Glücksspiel lohnte noch nicht. Die Leute, die herbeiströmten, waren abgebrannt. Die brachten kein Geld mit, die kamen, um Geld zu verdienen.

»Weißde wat, Janie, wir kaufen uns paar Jagdwaffen, un dann gehnwer bißchen jagen.«

»Wär schön, Tea Cake, bloß, du weiß ja, ich kann nich schießen. Aber ich tät gerne einfach mit dir mitkomm.«

»Ach, du brauchs bloß lern, wie. Gibt kein Grund, warum du nich lern solls, mit Schußwaffen umgehn. Un selbs wennsde nie kein Stück Wild auftreibs, gibts immer irngson nixnutzichen Halunke, watne orndliche Ladung Blei verdient«, lachte er. »Komm, fahrnwer nach Palm Beach, bißchen Geld ausgebm.«

Sie übten jeden Tag. Tea Cake ließ sie auf kleine Gegenstände schießen, die gute Zielscheiben abgaben. Pistole und Schrotflinte und Gewehr. Schon bald standen die anderen um sie herum und guckten zu. Einige der Männer baten, selber einen Schuß auf das Ziel abgeben zu dürfen. Es war die aufregendste Sache da draußen in der Marsch. Besser als die Billardbude und die Musikpinte, wenn nicht gerade eine besondere Band zum Tanz spielte. Und alle staunten nur so, wie Janie lernte. Bald war sie soweit, daß sie einen Hühnerhabicht aus einer Kiefer schießen konnte, ohne ihn zu zerfetzen. Schoß ihm glatt den Kopf ab. Sie wurde treffsicherer als Tea Cake. Wenn sie am späten Nachmittag loszogen, kehrten sie über und über mit Wild beladen zurück. Eines Abends besorgten sie sich ein Boot und gingen Alligatoren jagen. Leuchteten ihnen in die phosphoreszierenden Augen und erlegten sie im Dunkeln. Die Haut und die Zähne konnten sie in Palm Beach verkaufen, und obendrein hatten sie einen unterhaltsamen Zeitvertreib, bis die Arbeit wieder drängte.

Täglich strömten nun Scharen von Saisonarbeitern herbei. Manche kamen nach dem langen Marsch auf wunden Füßen herbeigehumpelt. Es ist bitter, wenn einer sich abmühen muß, mit seinen Schuhen Schritt zu halten, statt daß die Schuhe mit ihm Schritt halten. Sie kamen in Fuhrwerken von hoch oben von Georgia, und sie kamen lastwagenweise aus Osten, Westen, Norden und Süden. Wanderarbeiter ständig auf der Walz. Müde aussehende Männer mit Kind und Kegel in alten Blechschleudern. Die ganze Nacht, den ganzen Tag schwärmten sie herbei zum Bohnenpflücken. Pfannen, Betten, geflickte Ersatzreifen, alles hing und baumelte draußen an den alten Vehikeln. Drinnen zusammengepfercht hoffnungsvolle Menschheit, die schaukelnd auf die Marsch tuckerte. Häßlich vor Unwissenheit und von Armut gebrochen.

Den ganzen Abend und bis weit in die Nacht hinein lärmten und plärrten jetzt die Nachtlokale. Klaviere, die für drei drauflosklimperten. Blues, aus dem Augenblick geboren und auf der Stelle verbraucht. Tanzen, Prügeln, Singen, Weinen, Lachen, Liebe gewinnen und wieder verlieren, eine Stunde um die andere. Den lieben langen Tag für Geld rackern, den ganzen Abend und die Nacht lang um Liebe raufen.

Und die fette schwarze Erde klebte an den Leibern und ziepte auf der Haut wie Ameisen.

Schließlich gingen die Schlafstellen aus. Die Männer entfachten große Feuer, und um jedes Feuer herum schliefen fünfzig bis sechzig Menschen. Aber dem Mann, auf dessen Grund und Boden sie schliefen, mußten sie trotzdem Geld dafür geben. Er unterhielt das Feuer ebenso wie seine Unterkünfte – gegen Bezahlung. Aber das scherte niemanden. Sie verdienten gutes Geld, sogar die Kinder. Da konnten sie auch gutes Geld ausgeben. Der nächste Monat, das nächste Jahr, das waren andere Zeiten. Wozu sie mit der Gegenwart vermischen?

Tea Cakes Hütte war ein Magnet, der heimliche Mittelpunkt der »Maloche«. Seine Art, auf der Türschwelle zu sitzen und Gitarre zu spielen, verlockte die Leute, stehenzubleiben und zuzuhören und vielleicht der Kneipe für diesen Abend untreu zu werden. Er lachte immer und war immer zu Späßen aufgelegt. Ständig brachte er die Leute auf den Bohnenfeldern zum Lachen.

Janie blieb zu Hause und kochte Augenbohnen und Reis. Buk manchmal auch große Kasserollen voll weißer Bohnen mit reichlich Zucker und großen Speckscheiben obendrauf. Das Gericht mochte Tea Cake so gern, daß sie, selbst wenn Janie es ihm schon zwei- oder dreimal in der Woche vorgesetzt hatte, auch am Sonntag noch mal gebackene Bohnen aßen. Obendrein hatte sie stets irgendeinen Nachtisch, weil das, wie Tea Cake zu sagen pflegte, für einen Mann genau das Richtige war, um sich langsam wieder zu berappeln. Manchmal räumte sie die Zweizimmerhütte auf, nahm das Gewehr und servierte Tea Cake nach der Arbeit Hasenbraten zum Abendessen. Sie sah auch zu, daß er die juckenden, kratzigen Arbeitsklamotten vom Leib bekam. Der Kessel mit heißem Wasser stand immer bereit für ihn, wenn er heimkam.

Nach einer Weile ging Tea Cake dazu über, unerwartet zur Küchentür hereinzuplatzen. Irgendwann zwischen Frühstück und Abendessen. Dann kam er gegen zwei Uhr nach Hause, alberte und rangelte eine halbe Stunde lang mit ihr herum und stahl sich wieder zur Arbeit zurück. Eines Tages sprach sie ihn darauf an.

»Tea Cake, wat treibs du hier inne Baracken, wenn alle andern noch am Arbeiten sin?«

»Wollt ma nach dir kucken. Sons schlepp dich noch der Nachtkrapp ab, währenddem ich weg bin.«

»Brauch sich kein Nachtkrapp keine Hoffnung machen auf mich. Vielleich finsde, ich tu dich nich anständich genuch behandeln, un du bis mich am Belauern.«

»Nö, nö, Janie. Ich *denk* ja nich dran. Aber wo du schon auf sone Ideen komms, werd ich dir wohl sagen müssn, wat wirklich Sache is, dattu Bescheid weiß. Janie, ich fühl mich langsam einsam da draußen, den ganzen Tach so ohne dich. Du komms in Zukumf besser mit un gehs auf Arbeit in die Bohn wie alle andre Fraun auch – dattich nich mehr soviel Zeit verlier, bis ich nach Hause komm.«

»Tea Cake, du bis mir ne Marke! Kanns nichma son klein Weilchen ohne mich auskomm.«

»Dat is kein klein Weilchen nich. Dat is fast schon den ganzen Tach.«

Und gleich am nächsten Morgen machte Janie sich bereit, mit Tea Cake zusammen Bohnen pflücken zu gehen. Es gab unterdrücktes Gemurmel, als sie einen Korb nahm und auf die Felder arbeiten ging. Sie galt allmählich schon als ein Fall für sich, da draußen in der Marsch. Es wurde allgemein vermutet, daß sie sich zu gut dünkte, um wie die anderen Frauen arbeiten zu gehen, und daß Tea Cake sie auch noch »dazu aufgekeschert« hatte. Aber die Katzbalgerei und das Geschäker, das die beiden den ganzen Tag lang hinterm Rücken des Vorarbeiters trieben, machte sie sofort überall beliebt. Mitunter steckten sie das ganze Feld damit an. Danach half Tea Cake ihr dann mit dem Abendessen.

»Du denks doch nich, ich will mich drücken un nich mehr für dich sorgen, oder, Janie, weil ich dich gefracht hab, obsde mit mir zusamm auf Arbeit gehs?« fragte Tea Cake Janie am Ende ihrer ersten Erntewoche.

»Och, nee, Liebchen. Macht mir doch Spaß. Gefällt mir besser, wie den ganzen Tach lang hier inne Baracken rumhocken. Verkäuferin spieln im Laden war schwer, aber hier brauchenwer ja nix machen als wie bloß unsre Arbeit tun un nach Hause komm un turteln.«

Jeden Abend drängten sich die Leute in ihrer Hütte. Das heißt, sie drängten sich um die Türschwelle. Die einen kamen, um Tea Cake Klampfe zupfen zu hören; andere kamen zum Klönen und Geschichtenerzählen, aber die meisten kamen, um das Spiel mitzuspielen, das gerade im Schwange oder angesagt war. Manchmal verlor Tea Cake haushoch, denn es hatten sich etliche gute Spieler am See eingefunden. Manchmal gewann er, und Janie war stolz auf sein Geschick. Abgesehen von den beiden Musiklokalen spielte sich nach Feierabend alles im Umkreis dieser beiden ab.

Manchmal mußte Janie an die alten Zeiten im großen, weiß getünchten Haus und im Laden denken, und dann lachte sie in sich hinein. Was würden die Leute von Eatonville wohl sagen, wenn sie sie jetzt in ihren blauen Jeans-Latzhosen und den derben Schuhen sehen könnten? Und dieser Pulk Menschen um sie herum und ein Würfelspiel auf ihrem Fußboden! Sie empfand Mitleid mit ihren alten Freunden und Verachtung für die anderen. Die Männer hier hielten große Wortgefechte ab wie damals die Männer auf der Veranda vorm Laden. Aber hier konnte sie zuhören und mitlachen und sogar selber mitreden, wenn ihr danach zumute war. Vom vielen Zuhören war sie schon bald imstande, selber tolle Geschichten zu erzählen. Weil sie ihnen so gern zuhörte und weil die Männer sich selber so gern reden hörten, schwafelten und schwindelten sie bei den Spielen, daß die Wände wackelten. Es mochte aber noch so ruppig zugehen, die Leute wurden selten böse, weil alles nur im Spaß gemeint war. Alle waren ganz verrückt darauf, Ed Dockery, Bootyny und Sop-de-Bottom beim Skin Game zuzuhören. Eines Abends war Ed Dockery dran mit Geben, er schaute auf Sop-de-Bottoms Blatt und merkte Sop an, daß er meinte, er werde gewinnen. Er grölte: »Den Zahn werd ich dir ziehn.« Sop guckte ihn an und sagte: »Na, denn mal ran an den Feind.« Bootyny fragte: »Wat has du vor? Mach schon!« Alle brannten darauf, die nächste Karte zu sehen. Ed machte Anstalten, eine Karte aufzudecken. »Ich freß n Besen un den Stiel dazu.« Er knallte noch einen Dollar hin. »Übernimm dich bloß nich, Ed«, reizte Bootyny ihn. »Has wohl die Hosen voll!« Ed faßte nach der oberen Ecke der Karte. Sop warf einen Dollar auf den Tisch. »Ich wer dir schon die Hölle heiß machen.« Ed sagte: »Seht ihr, wie der Mann mitn Feuer am Spieln is?« Tea Cake wollte Sop mit einem Rippenstoß warnen, daß er nicht mitgehen sollte. »Dir machense Feuer untern Arsch, wennsde nich aufpaßt.« Sop sagte: »Och, mir kann doch keinern Bär aufbinden. Ich seh doch, wie der Hase läuft.« Ed drehte die Karte um und brüllte: »Zachariah, jetz komm aber runter von deine Platane, un hilf mir, sach ich. Du has da oben eh nix zu holn.« Keiner verlor bei dieser Runde seinen Einsatz. Alle warteten bangend auf die nächste. Ed sah sich um und erblickte Gabe, der hinter seinem Stuhl stand, und rief: »Verzieh dich da hinten, Gabe! Du bis zu schwarz. Du ziehs Unglück an! Sop, willste dein Einsatz retten, solange wie de noch ne Schangse has?« »Nee, Mann, ich tät liebern Tausendfüßler drauflegen.« »Du wills also nich auf mich hörn, hm? Doofe Niggers bleim doofe Niggers, da helfen keine frein Schuln. Ich wers dir schon zeigen. Ich geh in die Vollen, ich laß mich von niemand aufhalten.« Ed warf die nächste Karte auf den Tisch, und Sop mußte dran glauben und verlor seinen Einsatz. Alle johlten und lachten. Ed lachte und sagte: »Geh nach Hause! Dat war ja wohl nix. Is doch wahr! Bei dir is Hopfen un Malz verlorn.« Ed hörte gar nicht wieder auf zu lachen, weil er zuvor so viel Angst geschwitzt hatte. »Sop, Bootyny, ihr alle, wattich euch euer Geld abgenomm hab: Ich schick den Reibach direkt zu Sears and Roebuck un bestell mir Klamotten, un wenn ich Weihnachten ausgeh, bin ich so dermaßen todschick, dat mir bloß nochn Arz helfm kann.«

15

Janie lernte, was es heißt, eifersüchtig zu sein. Ein kleines, stämmiges Mädchen fing an, Tea Cake auf den Feldern und in der Barackensiedlung zu Kabbeleien zu verleiten. Wenn er irgend etwas sagte, nahm sie den entgegengesetzten Standpunkt ein und schlug nach ihm oder schubste ihn und rannte weg, um sich von ihm fangen zu lassen. Janie wußte, was sie im Schilde führte – weglocken von den anderen wollte sie ihn. Das ging zwei oder drei Wochen so, wobei Nunkie von Mal zu Mal dreister wurde. Sie mochte im Spaß nach Tea Cake schlagen, und sobald er sie auch nur mit dem Finger stupste, ließ sie sich gegen ihn fallen oder sank zu Boden und mußte aufgehoben werden. Sie stellte sich völlig hilflos. Es bedurfte immer einiger Handgreiflichkeiten, um sie wieder auf die Füße zu bringen. Und obendrein schien Tea Cake nicht imstande, sie so prompt abzuschütteln, wie er es nach Janies Meinung hätte tun sollen. Janie wurde ein bißchen schnippisch. Ein Samenkörnchen Angst wuchs sich zu einem Baum aus. Vielleicht würde Tea Cake eines Tages schwach. Vielleicht hatte er Nunkie bereits insgeheim ermutigt, und dies war ihre Art, sich damit zu brüsten. Anderen fiel es auch auf, und das gab Janie noch mehr zu denken.

Einmal arbeitete sie am Ende des Bohnenfeldes,

nahe der Stelle, wo das Zuckerrohrfeld begann. Sie hatte sich zusammen mit einer anderen Frau ein Stück weit von Tea Cake entfernt, um mit ihr zu plaudern. Als sie sich umguckte, war Tea Cake verschwunden. Nunkie ebenfalls. Stellte Janie fest, weil sie vergeblich nach ihr Ausschau hielt.

»Wo is Tea Cake?« fragte sie Sop-de-Bottom.

Er wedelte mit der Hand in Richtung Zuckerrohrfeld und verzog sich hastig. Janie dachte keinen Augenblick lang nach. Sie handelte instinktiv. Sie stürzte ins Zuckerrohr, und nach etwa fünf Reihen fand sie Tea Cake und Nunkie, die miteinander rangen. Janie war über ihnen, bevor einer von beiden etwas davon merkte.

»Was isn hier los?« fragte Janie in eisigem Zorn. Sie fuhren auseinander.

»Nix is los«, sagte Tea Cake mit schuldbewußter Miene.

»Na, wat habter dann hier drinne zu suchen? Wieso seid ihr nich draußen bei den andern?«

»Sie hat mir die Lohnzettel aus meiner Hemdtasche geklaut, un ich bin hinterher, mir die Dinger zurückholen«, erklärte Tea Cake und zeigte ihr die Zettel, die bei der Rauferei ziemlich übel zugerichtet worden waren.

Janie machte eine Bewegung, als wolle sie nach Nunkie greifen, aber das Mädchen floh. Also setzte sie über die aufgeworfenen Zuckerrohrreihen hinter ihr her. Aber Nunkie dachte nicht daran, sich fangen zu lassen. Da ging Janie nach Hause. Der Anblick der Felder und der anderen vergnügten Leute war ihr an diesem Tag zu viel. Langsam und gedankenverloren ging sie zur Siedlung. Nicht lange danach entdeckte Tea Cake sie dort und wollte mit ihr reden. Janie schnitt ihm mit einem Fausthieb das Wort ab, und sie taumelten ringend von einem Zimmer ins andre, Janie nach Kräften bemüht, ihn zu schlagen, während Tea Cake sie an den Handgelenken und wo immer er konnte, festhielt, um zu verhindern, daß sie zu weit ging.

»Ich glaub, du has mit die Kleine rumpoussiert!« keuchte sie zornig.

»Nich die Bohne!« erwiderte Tea Cake.

»Has du wohl.«

»Egal, wat fürne Riesenlüge rumerzählt wird, einer glaubtse immer!«

Sie rangen weiter. »Du has mir in der Seele weh getan, jetz komms du mir mit Lügen, dat mir die Ohrn weh tun! Laß meine Hände los!« Janie kochte. Aber Tea Cake ließ sie nicht los. Sie rauften weiter, bis sie von den eigenen Dämpfen und Ausdünstungen betäubt waren; bis ihre Kleider heruntergerissen waren; bis er sie auf den Boden warf und dort festhielt und ihren Widerstand mit der Hitze seines Körpers zum Schmelzen brachte und ihre Körper zu Dingen hinriß, die das Unsagbare sagten; er küßte sie, bis ihr Körper sich ihm entgegenbäumte und sie vor süßer Erschöpfung einschliefen.

Am nächsten Morgen fragte Janie wie jede Frau: »Liebs du die olle Nunkie noch immer?«

»Nee, hab ich auch nie, un dat weiß du ganz genau. Ich habse nich habm wolln.«

»Hasde wohl.« Sie sagte es nicht, weil sie es glaubte. Sie wollte ihn beteuern hören, daß es nicht so war. Sie mußte sich über der unterlegenen Nunkie aufplustern.

»Wat soll ich mit den klein Klotz von Frau, wenn ich dich hab? Die taugt doch zu nix wie zum inne Ecke packen nebm Küchenherd und Kleinholz drauf machen. Du has wat an dir, wat ein Mann dazu bringt, datter Altwerden un Sterben vergißt.«

16

Die Saison war zu Ende, und die Leute gingen, wie sie gekommen waren – in Scharen. Tea Cake und Janie beschlossen zu bleiben und noch eine Saison in der Marsch dranzuhängen. Nachdem sie etliche Scheffel getrocknete Bohnen gesammelt hatten, um sie aufzubewahren und im Herbst den Pflanzern zu verkaufen, gab es eine Zeitlang nichts zu tun. Da begann Janie sich umzugucken und Menschen und Dinge wahrzunehmen, die sie während der Erntezeit nicht bemerkt hatte.

Wenn sie in diesem Sommer die sanften, aber mitreißenden Rhythmen der Trommler von den Bahamas hörte, ging sie oft hinüber und sah ihnen beim Tanzen zu. Sie höhnte nicht über die »Saws«, wie die anderen es die ganze Zeit getan hatten. Die Musik gefiel ihr immer besser, und sie und Tea Cake waren jeden Abend mit von der Partie, bis die anderen anfingen, sie damit aufzuziehen.

Dann lernte Janie Mrs. Turner kennen. Während der Erntezeit hatte sie sie mehrmals gesehen, aber sie hatten nie ein Wort miteinander gewechselt. Nun wurden sie so gute Freunde, daß sie sich gegenseitig besuchten.

Mrs. Turner war eine Frau mit einem milchigen Teint, der an Kindbett erinnerte. Ihre Schultern krümmten sich ein wenig, und sie mußte viel mit ihrem Becken beschäftigt sein, denn sie streckte es so weit vor, so daß sie es immer sehen konnte. Tea Cake machte sich hinter ihrem Rücken oft über ihre Figur lustig. Er behauptete, eine Kuh müsse sie mit einem Tritt von hinten so zugerichtet haben. Sie sehe aus wie ein Bügelbrett, an das alles mögliche drangeklatscht worden sei. Und die gleiche Kuh sei hingegangen und habe sie, als sie noch ein Wickelkind war, in den Unterkiefer getreten und ihren Mund so plattgedrückt, daß Kinn und Nase sich fast berührten.

Aber Mrs. Turners Gesichtszüge und Figur wurden von Mrs. Turner selber uneingeschränkt gutgeheißen. Ihre Nase war ein wenig spitz, und darauf war sie sogar stolz. Ihre dünnen Lippen waren ihr eine stete Augenweide. Selbst ihre flachen Pobacken waren für sie eine Quelle des Stolzes. Ihrer Ansicht nach hob das alles sie von den Negern ab. Deshalb freundete sie sich mit Janie an. Janies milchkaffeefarbene Haut und ihr üppiges Haar ließen es in Mrs. Turners Augen entschuldbar erscheinen, daß sie Latzhosen trug wie die übrigen Feldarbeiterinnen. Sie verzieh ihr nicht, daß sie einen so dunkelhäutigen Mann wie Tea Cake geheiratet hatte, aber da meinte sie, Abhilfe zu wissen. Dazu war ihr Bruder auf der Welt. Wenn sie Tea Cake zu Hause antraf, blieb sie selten länger, aber wenn sie Janie zufällig allein erwischte, verplauderte sie Stunden mit ihr. Ihr mißliebigstes Thema waren Neger.

»Mis' Woods, ich hab oft zu mein Gatte gesach, ich vasteh nich, wiene Dame wie Mis' Woods dat aushalten tut, die ganze odinäre Niggers die ganze Zeit in ihr Haus.«

»Die stören mich kein bißchen, Mis' Turner. Die Sache is nämlich die, ich könnt mich kringeln über den ihre Sprüche.«

»Da ham sien dickres Fell wie ich. Wie die mein Mann überredet ham, er soll nach hier unten komm unnen Eßlokal aufmachen, hab ich ja nich im Traum gedacht, dat so viele verschiedne Aatn von schwarze Leute sich auf ein Haufen ansammeln täten. Sons wär ich nie mitgekomm. Ich bin dat nich gewöhnt, mit schwarze Leute verkehrn. Mein Sohn sach, die ziehn Blitz un Donner an.« Sie lachten ein wenig, und nach mehreren solcher Gespräche sagte Mrs. Turner einmal: »Ihr Mann muß ja massich Geld gehabt ham, wie Sie zwei beide geheirat ham.«

»Wie komm Sien da drauf, Mis' Turner?«

»Datter ne Frau wie Sie abgekricht hat. Sie ham n dickres Fell wie ich. Ich könnt dat einfach nich aushalten, n schwarzn Mann als Ehemann. Gibt schon zu viele Schwarze. Wer müssen die Rasse bißchen aufhelln.«

»Nee, mein Mann, der hat nix gehabt als wie sich selber. Den muß man einfach liebhaben, wemman immer um ihn rum is. Ich hab ihn lieb.«

»Ach, Sie! Dat kann ich nich glauben. Sie sin bloß irngwie hypnotisiert, dat is alles.«

»Nee, dat is echt. Ich könnt nich ertragen, datter mich verläßt. Weiß nich, wattich dann machen tät. Der kann bald jedes lumpiche Ding nehm un Sonnschein draus machen, wenn die Zeiten trüb sin. Un dann lebenwer von dat Glück, watter gemacht hat, bis wieder neues Glück längskommt.«

»Da bin ich ganz anders. Ich kann schwarze Niggers nich ausstehn. Ich kann die Weißen nich verdenken, datsese verabscheun, ich kannse ja selber nich ausstehn. Außerdem kannich dat gar nich ab, wemman Leute wie mich un Sie mit sonige in ein Topp werfen tut. Wir sollten rauskehrn, dat wir wat Beßres sin.«

»*Könnwer* doch gar nich. Wir sin ne gemischte Rasse, un alle von uns ham schwarze Verwandte genauso gut wie weiße Verwandte. Wat ham Sie denn gegen Schwarze?«

»Och, die gehn mir aufn Wecker. Immer am Lachen! Lachen zu viel und lachen zu laut. Ewich olle Niggerlieder am Sing! Ewich den Hampelmann am Spieln für die Weißen. Wenn nich so viele Schwarze da wärn, hättenwer kein Rassenproblem. Dann täten uns die Weißen bei sich aufnehm. Die Schwarzen, die sin für uns bloß n Klotz am Bein.«

»Mein Sie? Ich hab da noch nich viel drüber nachgedacht. Aber ich schätz, die Weißen sin gar nich so scharf auf unsre Gesellschaft. Wir sin zu arm.«

»Dat geht nich um Armsein, dat geht um Farbe un Ausseln. Wer will schon irngson mickriches olles Negerbaby im Kinderwagen zu liegen ham, wat aussieht wiene Fliege in Buttermilch? Wer will schon mit son rostichbraun Mann wat zu tun haben oder mit ne schwarze Frau, wat in so schreinde Farben auf der Straße rummrennt un wegen nix un wieder nix am Juchzen un Kreischen un Lachen is? Ich weiß nich. Komm Se mir bloß nich mit kein Niggerdoktor an mein Krankenbett. Sechs Kinners hab ich gekricht –

hab leider nur dat eine großgezogen – un hat mich kein Nigger nichma mein Puls gefühlt. Ich geb mein Geld immer bloß weiße Dokters. Ich geh auch in kein Niggerladen für zum Einkaufen. Farbiche verstehn nix von kein Geschäft. Verschon Se mich bloß!«

Fast kreischte Mrs. Turner nun vor fanatischem Ernst. Janie war betäubt und befremdet und schnalzte mitfühlend mit der Zunge und wünschte, sie wüßte, was sie sagen sollte. Offenkundig betrachtete Mrs. Turner schwarze Menschen als persönliche Beleidigung.

»Sehn Se mich an! Ich hab keine platte Nase un keine wulstiche violette Lippen. Ich binne Frau mitn anständichn Gesichtsschnitt. Ich hab wat von Weiße in mein Gesicht. Trotz un alledem müssense mich in ein Klumpatsch mit alle andre tun. Dat is nich gerecht. Un wennse uns nich bei die Weißen aufnehm, dann könntense uns als Klasse für sich gelten lassen.«

»Da drüber tu ich mir überhaupt nich den Kopp zerbrechen, aber ich nehm an, ich hab kein richtichen Kopp für zum Nachdenken.«

»Sie solltn ma mein Bruder kennlern. Der hat wirklich wat aufn Kasten. Un tipptopp glatte Haare. Se hamn als Vertreter zum Sonntachschulkongreß geschickt, un da hatter ne Rede gehalten über Booker T. Washington un hat den in Stücke gerissen!«

»Booker T.? Aber dat war dochn großer Mann, oder nich?«

»Angeblich. Hat weiter nix gemacht als wie den Affen markiert für die Weißen. Da hamsen eben hochgejubelt. Aber Sie wissen ja, wat die alten Leute sagen, ›je höcher dat der Affe klettert, desto mehr zeichter sein Hintern‹, un so war dat auch mit Booker T. Mein Bruder hatn jedesma eins ausgewischt, wenner ne Schangse zum Reden gehabt hat.«

»Ich bin im Glauben erzogen geworn, er wärn ganz großer Mann gewesen«, war alles, was Janie herausbrachte.

»Der hat doch nix getan als wie uns bremsen – von Arbeit reden, wo die schwarze Rasse nie nix andres gemacht hat. Der war ein Feind von uns, dat war der. Ein Nigger für die Weißen war dat.«

Nach allem, was Janie gelernt hatte, war dies ein Sakrileg, und so saß sie da, ohne ein Wort zu sagen. Aber Mrs. Turner fuhr fort.

»Ich hab nach mein Bruder geschickt, datter runterkommt un Weilchen bei uns bleibt. Is mehr oder wenicher arbeitslos momentan. Ich hätt gern, dat ganz speziell Sie mal seine Bekanntschaft machen. Sie un er, Sie täten n tolles Paar abgeben, wenn Se nich schon verheirat wärn. Isn prima Tischler, wenner wat zu tun kricht.«

»Ja, kann schon sein. Aber ich *bin* numa verheirat, hat also kein Zweck, datwer davon anfang.«

Schließlich erhob sich Mrs. Turner, um sich zu verabschieden, nachdem sie sich sehr entschieden zu einigen anderen Gesichtspunkten, sie selbst oder ihren Sohn oder ihren Bruder betreffend, ausgelassen hatte. Sie lud Janie ein, jederzeit bei ihr vorbeizukommen, ohne Tea Cake mit einem einzigen Wort zu erwähnen. Endlich war sie weg, und Janie eilte in ihre Küche, um das Abendessen aufzusetzen, und da saß Tea Cake schon, den Kopf in die Hände gestützt.

»Tea Cake, ich hab ja gar nich gewußt, dattu da bis.«

»Weiß ich. Ich war schon ne ganze Weile da un hab mit angehört, wie die blöde Kuh mich im Dreck gezogen hat un dich mir hat ausspann wolln.«

»Du meins, da hatses drauf angelegt? Hab ich gar nich gewußt.«

»Klar doch. Die hat irngson nichtsnutzichen Bruder, watse dich mit verkuppeln will, dat dun später mal versorgen kanns, nehm ich an.«

»Ach du liebes bißchen! Wennse dat vorhat, dann isse aufn Holzwech. Ich hab schon alle Hände voll zu tun.«

»Schön Dank auch, Ma'am. Ich haß die Frau wie die Pest. Laß die bloß nich wieder hier rein. Die un wiene weiße Frau aussehn! Mit die ihre Wischiwaschihaut un Haare so dicht am Kopp dran, wie neunneunzich an hundert dran is! Wennse schwarze Leute so wenich leiden kann, dann brauchse unser Geld auch nich in ihre olle Freßpinte. Dat wer ich überall weitersagen. Wir könn auch gut in die Kneipe von den weißen Mann gehn un sin dort genausogut bedient. Die un ihr Mickermännchen! Un der Sohn ers! Der is doch bloß n üblen Streich, wat ihr Bauch se gespielt hat. Ich werd ihrn Mann sagen, er sollse daheimbehalten. Ich will die nich bei uns im Haus sehn.«

Eines Tages begegnete Tea Cake Turner und seinem Sohn auf der Straße. Der Vater wirkte abgezehrt, als hätte er einmal etwas an sich gehabt, das ihm Gestalt gegeben hatte, aber nun war nichts mehr an ihm dran, das nicht verkümmert und verwischt war. Als sei er mit Sandpapier zu einer langen, ovalen Masse geschliffen worden. Tea Cake empfand Mitleid für ihn, ohne zu wissen, warum. Deshalb platzte er nicht mit den beabsichtigten Beleidigungen hervor. Aber alles konnte er nicht für sich behalten. Eine Weile unterhielten sie sich über die Aussichten für die kommende Saison, dann sagte Tea Cake: »Ihre Frau hat ja scheinz nich grade viel zu tun, datse so viele Besuche machen kann. Meine hat zu viel zu tun für Besuche zum Machen oder zum Klöhn mit Leute, wat bei uns vorbeikomm.«

»Meine Frau, die nimmt sich Zeit für watse will. Die hat da ihr eignen Kopp. Wirklich wahr.« Er lachte ein hohes, lungenloses Lachen. »Die Gören haltense nich mehr im Haus fest, un da gehtse ebent Besuche machen, wannse lustich is.«

»Die Gören?« fragte Tea Cake überrascht. »Ham Se denn noch wat Kleinres wie den da?« Er deutete auf den Sohn, der um die Zweiundzwanzig sein mochte. »Ihre andern hab ich noch gar nich gesehn.«

»Vermutlich nich, weilse alle von uns gegang sin, eh der hier geborn geworden is. Wir ham kein Glück nich gehabt mit unsre Kinners. Könn froh sein, datwer den großgekricht ham. Der letzte Treffer von eine erschöpfte Natur.«

Wieder erklang sein kraftloses Lachen, und Tea Cake und der junge Mann fielen ein. Dann verabschiedete Tea Cake sich und ging nach Hause zu Janie.

»Der Mann hat bei dat dickbramsiche Weibsbild

nix zum Melden. Einzichste is, du zeichsdse die kalte Schulter, wennse wieder hier aufkreuzt.«

Janie versuchte es, aber außer Mrs. Turner unverblümt die Wahrheit ins Gesicht zu sagen, gab es nichts, was sie ernstlich abgeschreckt hätte. Mrs. Turner fühlte sich durch die Bekanntschaft mit Janie geehrt, und um sie zu erhalten, vergab und vergaß sie kleine Grobheiten immer sehr schnell. Jeder, der weißrassiger aussah als sie selber, war nach ihren Wertmaßstäben besser als sie, und daher war es in Ordnung, wenn solche Leute sie hin und wieder demütigten, ebenso wie sie selber alle diejenigen demütigte, die negroider aussahen als sie, je negroider, desto grausamer. Wie die Hackordnung auf einem Hühnerhof. Maßlose Grausamkeit gegenüber denjenigen, die man auspeitschen konnte, und kriecherische Unterwürfigkeit gegenüber denjenigen, mit denen man sich das nicht erlauben durfte. Wenn sie ihre Götzen einmal erkoren und ihnen Altäre errichtet hatte, war es unvermeidlich, daß sie ihnen dort huldigte. Ebenso unvermeidlich nahm sie, wie alle guten Götzendiener, von ihrer Gottheit jegliche Inkonsequenz und Grausamkeit hin. Alle Götter, die Huldigungen empfangen, sind grausam. Alle Götter fügen grundlos Leid zu. Wenn es anders wäre, würde ihnen nicht gehuldigt werden. Durch willkürliches Leid erfahren Menschen Furcht, und Furcht ist die göttlichste Regung. Sie gibt die Steine ab für die Altäre und ist der Beginn aller Weisheit. Halbgöttern wird mit Wein und Blumen gehuldigt. Wirkliche Götter fordern Blut.

Wie alle Gläubigen hatte Mrs. Turner dem Unerreichbaren einen Altar errichtet: »kaukasische« Merkmale für alle. Ihr Gott mochte sie peinigen, sie von Gipfeln hinunterstürzen und in Wüsten aussetzen – sie ließ seine Altäre nicht im Stich. Hinter ihren unbeholfenen Wörtern stand der Glaube, daß sie und andere durch Götzendienst irgendwie in ihr Paradies gelangen könnten – in einen Himmel voll glatthaariger, dünnlippiger, mit hohen Nasenrücken bewehrter weißer Engel. Die physische Unmöglichkeit tat ihrem Glauben in keiner Weise Abbruch. Das war das Mysterium, und Mysterien sind Aufgabe der Götter. Hinter ihrem Glauben stand der fanatische Entschluß, die Altäre ihrer Götter zu verteidigen. Wie entsetzlich, aus ihrem inneren Tempel hervorzutreten und vor den Toren diese schwarzen Gotteslästerer vorzufinden, die vor lachen heulten. Ach, was gäbe sie nicht für eine Armee, eine furchterregende Armee mit Fahnen *und Schwertern*! Sie klammerte sich also nicht an Janie Woods als Frau. Sie verehrte Janies »kaukasische« Merkmale an sich. Und in Janies Gesellschaft fühlte sie sich wie verwandelt, als sei sie selber weißer und ihr Haar glatter geworden, und dann haßte sie Tea Cake, erstens weil er die Gottheit besudelte und zweitens weil er sich so unverhohlen über sie lustig machte. Wenn sie nur gewußt hätte, was sie dagegen tun konnte! Aber ihr fiel nichts ein. Einmal beschwerte sie sich über das Treiben im Tanzlokal, und Tea Cake schnauzte: »Och, stelln Sen lieben Gott doch nich als son Armleuchter hin – wat an alle Seine eigne Werke wat zum Aussetzen hat.«

Infolgedessen runzelte Mrs. Turner meistens die Stirn. Sie hatte so vieles zu mißbilligen. Tea Cake und Janie ließen sich nicht allzusehr davon beeindrucken. Es gab ihnen immerhin Gesprächsstoff während des Sommers, solange auf den Marschen nichts los war. Ansonsten unternahmen sie kleine Vergnügungsfahrten nach Palm Beach, Fort Myers und Fort Lauderdale. Ehe sie sich's versahen, war die Sonne kühler geworden, und die Menschenmassen strömten wieder auf die Felder.

17

Eine Menge alte Bekannte kamen wieder. Aber es waren auch viele Neue dabei. Einige dieser Männer versuchten, mit Janie vertraulich zu werden, und Frauen, die nicht Bescheid wußten, waren hinter Tea Cake her. Sie wurden allerdings rasch eines Besseren belehrt. Nichtsdestoweniger kam es hin und wieder auf beiden Seiten zu Eifersüchteleien. Als Mrs. Turners Bruder ankam und sie ihn mitbrachte und vorstellen wollte, bekam Tea Cake einen Wutanfall. Noch ehe die Woche um war, hatte er Janie geschlagen. Nicht weil ihr Verhalten seine Eifersucht gerechtfertigt hätte, sondern weil er sich von der furchtbaren Angst, die ihn beschlich, Erleichterung verschaffen mußte. Daß er imstande war, sie zu schlagen, vergewisserte ihn seines Besitzanspruchs. Keine brutalen Prügel, überhaupt nicht. Er ohrfeigte sie nur ein wenig, um zu zeigen, daß er Herr im Hause war. Am nächsten Tag redeten alle bei der Feldarbeit davon. In den Männern wie in den Frauen erwachte ein gewisser Neid. Die Art, wie er sie hätschelte und verzärtelte, als hätten die zwei oder drei Ohrfeigen sie fast umgebracht, weckte Wunschbilder in den Frauen, und die hilflose Art, wie sie an ihm hing, ließ die Männer träumen.

»Tea Cake, du bis aber mal n Glückspilz«, sagte Sop-de-Bottom zu ihm. »Man kann jede Stelle sehn, wo du hingehaun has. Ich wett, se hat nichma nich die Hand erhobm un zurückgeschlagen. Nimma diese olle rostiche schwarze Fraun, die kloppen sich doch glatt die ganze Nacht mit dir, un am nächsten Tach siehtse keiner wat davon an, datse duse 'berhaupt geschlagen has. Dat is ja der Grund, warum ich aufgehört hab, meine Frau zum Verprügeln. Solche Weiber kannsde einfach deine Handschrift nich einbleun. Herrje! Wat tät ich mich gern ne samfte Frau wie Janie verdreschen! Ich wett, die brüllt nichma. Tut bloß wein, wat Tea Cake?«

»So isses.«

»Siehste! Meine Olle, die tät ihre Lunge über ganz Palm Beach County aufblähn un mich dazu noch die Zähne einschlagen. Du kenns meine Olle nich. Wat die is, die hat neuneneunzich Reihen Beißer, un wennsdese so richtich schön wütend machs, dann geht die durch die glatte Wand!«

»Meine Janie is ne Frau von Welt un weiß, wos langgeht. Die hab ich nich mitten auffe Straße aufgelesen. Die hab ich aus ne große feine Villa geholt. Die hat genuch Geld auffe Bank, datse diese Glumsköppe alle in die Tasche stecken kann.«

»Has du Töne! Un trotzdem isse mit hier runter in die Bohn wie alle andern!«

»Janie is da, wo *ich* hinwill. Sone Frau is dat, un dafür lieb ichse. Ich tätse nie verprügeln. Gestern abend hab ichse auch nich verdreschen wolln, aber die olle Mis' Turner, die hat ihrn Bruder nach hier unten komm lassen, datter sich Janie ködert un mir abspenstich macht. Ich hab Janie nich verdroschen, weil *sie* wat getan hat. Ich habse geschlagen, dattich diese Turners zeig, wer hier Boß is. Ein Tach war ich ma in der Küche am Sitzen, un da hör ich dat Weib zu meine Frau sagen, ich wär zu schwarz fürse. Se könnt nich verstehn, wie Janie mich ertragen tät.«

»Dat mußde ihrn Mann ma stecken.«

»Denkste! Ich glaub, der hat Manschetten vor die Frau.«

»Schlagse die Fresse ein.«

»Dat tät so aussehn, wie wennse wat zu melden hätt, hatse aber nich. Ich wolltse bloß zeigen, dattich noch immer Herr im Haus bin.«

»Die lebt also von unser Geld un kann Schwarze nich leiden, wat? Na warte, die hamwer hier rausgeekelt, eh zwei Wochen rum sin. Ich geh direkt nach alle die andern hin un tuse ihr Fett abgeben.«

»Ich bin nich sauer auf die Frau, wegen watse getan hat, se hat mir ja noch nix getan. Ich bin sauer aufse, wegen watse denkt. Die un ihre Sippschaft müssen hier weg.«

»Wir sin auf deine Seite, Tea Cake. Weißde ja. Die Turner, die meint, se is wunders wie schlau. Ich schätz, die hat von dat Geld läuten gehört, wat deine Frau auf der Bank hat, un da willsese unbedingt für ihre Familie einfang, egal wie.«

»Sop, ich glaub, dat geht nich ma halb soviel um Geld wie um Aussehn. Die Turner, die is fies für schwarze Farbe. Die is anders gestrickt wie die andern, wat man jeden Tach trifft. Sowat wie die gibdat gar nich, un se gibt nichma nich Stoff für ne gute Geschichte ab.«

»Ja, genau, die is zu schlau, als datse hierbleibt. Die sacht sich, wir sin bloß n Haufen blöde Niggers, un da meintse, se kann uns die Hörner zeigen. Aber is alles Schwindel. Die is un bleibt ne Kuh mit hinten un vorne nix dran.«

Am Samstag nachmittag, wenn die Lohnzettel in Bargeld verwandelt wurden, fingen alle an, Coon-Dick zu kaufen und sich zu betrinken. Bei Einbruch der Dämmerung war Belle Glade erfüllt von krakeelenden, torkelnden Männern. Auch viele Frauen hatten sich die Nasen begossen. Der Chef der örtlichen Polizei brauste in seinem schnellen Ford von einer Kaschemme oder Eßpinte zur anderen. Er versuchte, für Ordnung zu sorgen, nahm aber kaum jemanden fest. Nicht genug Platz im Gefängnis für alle Trunkenbolde, warum dann wegen einer Handvoll viel Federlesens machen? Er konnte allenfalls Schlägereien im Keim ersticken und dafür sorgen, daß weiße Männer spätestens um neun aus dem Farbigenviertel verschwunden waren. Dick Sterrett und Coodemay schien es am schlimmsten erwischt zu haben. Der Fusel, den sie im Leib hatten, trieb sie drängelnd und schubsend und gröhlend von einem Lokal ins andere.

Nach einer ganzen Weile langten sie in Mrs. Turners Eßlokal an. Es war rammelvoll. Tea Cake, Stew Beef, Sop-de-Bottom, Bootyny, Motor Boat und die ganze altvertraute Bande war versammelt. Coodemay reckte in gespielter Überraschung den Kopf und fragte: »Sachtma, wat habt ihr denn alle hier zu suchen?«

»Wer sin am Essen«, teilte Stew Beef ihm mit. »Gibt Rindsgulasch heute, kannsde dir ja denken, dat *ich* hier bin.«

»Wer müssen uns alle abunzu ma von die Kocherei von unse Weibsleute erholn, un da sinwer alle heut aamd auswärts am Essen. Un sowieso, Mis' Turner hat einfach den besten Mamf inner Gegend.«

Mrs. Turner, die in der Gaststube hin- und herlief, hörte, was Sop-de-Bottom sagte, und strahlte.

»Ich nehme an, ihr zwei Spätankömmlinge, ihr müßtn Weilchen warten, bis Platz wird. Ich hab grade alles besetzt.«

»Macht nix«, widersprach Sterrett. »Braten Se mir schomma paar Fische. Die kann ich auch im Stehn essen. Tasse Kaffee dazu.«

»Mir bring Se n Schlach von dat Gulasch un auchn Kaffee dazu, bitteschön, Ma'am. Sterrett is genauso besoffen wie ich; wenn der im Stehn essen kann, kann ich dat auch.« Coodemay lehnte sich beduselt an die Wand, und alle lachten.

Schon bald brachte das Mädchen, das bei Mrs. Turner bediente, das Gewünschte, und Sterrett nahm seinen Fisch und seinen Kaffee im Stehen entgegen. Coodemay wollte seine Sachen nicht vom Tablett nehmen, wie es sich gehört hätte.

»Nee, du häls dat für mich, Baby, un läß mich ma essen«, forderte er von der Kellnerin. Er nahm die Gabel und begann, vom Tablett zu essen.

»Hat keiner Zeit hier, Sie Ihr Futter vors Gesicht zum Halten«, wies sie Coodemay zurecht. »Da, nehm Se selber.«

»Has ja recht«, sagte Coodemay zu ihr. »Gib schon her. Sop kann mir sein Stuhl geben.«

»Du bist ein Spinner«, entgegnete Sop. »Ich bin nonnich fertich, un ich denk nich dran un steh auf.«

Coodemay versuchte, Sop von seinem Stuhl zu schubsen, und Sop leistete Widerstand. Das löste viel Hin und Her und Gerangel aus, und Kaffee schwappte auf Sop. Der zielte mit einer Untertasse auf Coodemay und traf Bootyny. Bootyny warf seine dicke Kaffeetasse auf Coodemay und streifte Stew Beef damit. Nun brach allgemeines Getümmel aus. Mrs. Turner kam aus der Küche herbeigerannt. Da stand Tea Cake auf und packte Coodemay am Kragen.

»Hört ma, ihr da, ihr könnt nich einfach hier reinkomm un son Aufruhr veranstalten. Für sowat is Mis' Turner doch ne viel zu nette Frau. Sowat Nettes wie die gibdat nich nochma hier inne ganze Marsch.« Mrs. Turner sah Tea Cake mit leuchtenden Augen an.

»Weiß ich. Wissenwer ja alle. Aber is mir doch scheißegal, wie nett die is, ich brauch bißchen Platz für zum Hinsetzen un Essen. Un Sop soll mich ja nich reinlegen. Soll ma schön kämpfen wien Mann. Nimm die Pfoten wech, Tea Cake.«

»Nee, nehm ich nich. Du komms mit nach draußen.«

»Wer will mich zwing, dattich mit rausgeh?«

»Ich, stell dir ma vor. Ich bin schließlich noch da, oder nich? Wenn du auf nette Leute wie Mrs. Turner nich hören tus, dann wirsde Gottverdeckel auf mich hörn! Komm raus hier, Coodemay.«

»Laßn los, Tea Cake«, rief Sterrett. »Dat is *mein* Kumpel. Wir sin zusamm hier reingekomm, un der geht nirngwo nich hin, solang ich selber nich geh.«

»Na, dann geht ihr ebent beide!« rief Tea Cake und nahm sich Coodemay zur Brust. Dockery packte Sterrett, und sie tobten ringend durchs ganze Lokal. Andere griffen ein, und Teller und Tische gingen zu Bruch.

Mit Entsetzen erkannte Mrs. Turner, daß Tea Cakes Bemühen, die Störenfriede hinauszuwerfen, schlimmer war, als sie im Lokal zu lassen. Sie lief irgendwohin nach hinten, um ihren Mann aufzufordern, daß er den Dingen ein Ende machte. Er kam in die Gaststube, sah, was los war, und duckte sich in einem entfernten Winkel in einen Stuhl und machte den Mund nicht auf. Da kämpfte sich Mrs. Turner durch die Menge und erwischte Tea Cake am Arm.

»Schon gut, Tea Cake, schön Dank auch für Ihre Hilfe, aber lassen Se die beiden lieber laufen.«

»Nee Sir, Mis' Turner, ich wer die dat schon zeigen, datse nich einfach nette Leute überm Haufen renn un rumkrakeeln könn in ein Lokal, wenn ich da bin. Die fliegen hier raus!«

Inzwischen ergriff alles, was Beine hatte, Partei. Irgendwie fiel Mrs. Turner um, und niemand merkte, daß sie unter all das Getümmel, unter die Scherben und die kaputten Tische, die zerbrochenen Stuhlbeine und Fensterscheiben und ähnliches mehr geraten war. Wo man den Fuß auch hinsetzte, überall war der Boden kniehoch mit irgend etwas übersät. Aber Tea Cake kämpfte weiter, bis Coodemay lauthals bekannte: »Ich bin im Unrecht. Ich bin im Unrecht! Ihr habt mir alle Bescheid gesacht, aber ich hab nich hören wolln. Ich bin niemand böse. Zum Beweis, dattich nich böse bin, wern ich un Sterrett für alle ein ausgeben. Der olle Vickers, drüben bei Pahokee, der hat guten Coon-Dick. Kommt alle mit. Gehnwer uns alle ein auf die Lampe gießen.« Alle waren wieder vergnügt und machten sich auf den Weg.

Mrs. Turner rappelte sich vom Fußboden hoch und schrie nach der Polizei. Die sollten sich die Bescherung mal ankucken! Wieso hatte keiner die Polizei gerufen? Da stellte sie fest, daß eine ihrer Hände ganz zerschunden war und daß ihre Finger munter bluteten. Zwei oder drei Leute, die während des Tumults nicht dagewesen waren, steckten die Köpfe zur Tür herein und äußerten ihr Mitleid, aber das machte Mrs. Turner nur noch fuchtiger. Sie sagte ihnen, wohin sie sich schleunigst scheren sollten. Dann erblickte sie ihren Mann, der drüben in der Ecke hockte, die langen knochigen Beine übereinandergeschlagen, Pfeife rauchend.

»Wat für ne Sorte Mann bis du eindlich, Turner? Du kucks zu, wie diese hergelaufne Niggers hier reinkomm und meine Gaststube kaputtschlagen! Wie kanns du dasitzen und zukucken, wiese einfach über deine Frau rübertrampeln? Du bis ja 'berhaupt kein Mann. Du has genau gesehen, wie diesen Tea Cake mich umgeschmissen hat! Has du, jawoll! Un du has kein Finger gerührt un nix dagegen unternomm.«

Turner nahm die Pfeife aus dem Mund und antwortete: »Ja, aber du has auch gesehn, wie ich mich aufgeblasen hab, oder nich? Du kannst den Tea Cake ausrichten, er soll besser aufpassen, dattich mich nich nochma aufblas.« Mit diesen Worten schlug Turner die Beine in der anderen Richtung übereinander und rauchte gemütlich seine Pfeife weiter.

Mrs. Turner ohrfeigte ihn, so gut sie mit ihrer verletzten Hand konnte, und dann sagte sie ihm eine halbe Stunde lang die Meinung.

»Bloß gut, dat mein Bruder nich da war, wie dat passiert is, der hätt bestimmt jemand ungebrung. Mein Sohn auch. Die ham wenichstens noch 'n Funken Männlichkeit. Wir gehn wieder nach Miami, da ham die Leute wenichstens noch Manieren.«

Niemand wollte ihr sagen, daß ihr Sohn und ihr Bruder sich bereits aus dem Staub gemacht hatten, nachdem sie vor dem Lokal deutliche Warnsignale empfangen hatten. Keine Zeit für Dummheiten. Sie hatten sich schleunigst nach Palm Beach verzogen. Das sollte sie später erfahren.

Am Montag schauten Coodemay und Sterrett bei ihr vorbei, baten sie blumenreich um Entschuldigung und gaben ihr jeder fünf Dollar. Dann sagte Coodemay: »Ich hab gehört, ich war besoffen am Samstach und hab mich danebenbenomm. Kann mich an rein garnix a'innern. Aber wie ich bißchen durch mein Dusel durch am Linsen war, hamse mir gesacht, ich wär total im Eimer gewesen.«

18

Seitdem Tea Cake und Janie sich in den Glades mit den Saisonarbeitern von den Bahamas angefreundet hatten, waren die »Saws« mehr und mehr in den amerikanischen Klüngel hineingezogen worden. Sobald sie merkten, daß ihre amerikanischen Freunde sie nicht auslachten, wie sie befürchtet hatten, versteckten sie sich nicht mehr mit ihren Tänzen. Viele von den Amerikanern lernten die akrobatischen Sprünge und hatten ebenso viel Spaß daran wie die »Saws«. Abend für Abend gab es nun Tanz in der Siedlung, meistens hinter Tea Cakes Haus. Tea Cake und Janie blieben oft so lange bei den Feuertänzen, daß er sie am Morgen danach nicht aufs Feld mitgehen ließ. Er wollte sie ausschlafen lassen.

So kam es, daß Janie zu Hause war, als eines Nachmittags ein Trupp Seminolen vorbeizog. Die Männer gingen voraus, und die schwer beladenen, gleichmütigen Frauen folgten wie Packesel. Janie war in den Glades mehrmals Indianern begegnet, die zu zweit oder zu dritt ihrer Wege gingen, aber dies war eine große Gruppe. Sie strebten unbeirrt zur Straße nach Palm Beach. Nach etwa einer Stunde tauchte eine weitere Gruppe auf, die sich in die gleiche Richtung bewegte. Dann noch eine, kurz vor Sonnenuntergang. Diesmal fragte Janie, wohin sie alle unterwegs seien, und schließlich antwortete ihr einer der Männer.

»Gehn dahin, wo Erde höher. Riedgras blühn. Hurrikan kommen.«

An diesem Abend sprachen alle darüber. Aber niemand war beunruhigt. Der Feuertanz dauerte fast bis zum Morgengrauen. Am nächsten Tag zogen weitere Indianer nach Osten, ohne Hast, aber zielstrebig. Noch immer blauer Himmel und schönes Wetter. Das Bohnengeschäft lief großartig, die Preise waren gut, die Indianer konnten sich auch irren, *mußten* sich irren. Es durfte keinen Hurrikan geben, wenn man am Tag sieben und acht Dollar bei der Bohnenernte verdiente. Die Indianer waren sowieso beschränkt, waren es schon immer gewesen. Wieder ein Abend mit temperamentvollen Kunststückchen von Stew Beef auf seiner Trommel und mit grotesken lebenden Skulpturen. Am Tag darauf kamen keine Indianer mehr vorbei. Es war heiß und schwül, als Janie das Bohnenfeld verließ und nach Hause ging.

Der nächste Morgen begann ohne jede Bewegung. Alle Winde bis hin zum winzigsten, wispernden Hauch hatten die Erde verlassen. Noch bevor die Sonne Licht gab, kroch ein lebloser Tag von Strauch zu Strauch und belauerte die Menschen.

Ein paar Kaninchen huschten ostwärts durch die Siedlung. Ein paar Beutelratten stahlen sich vorbei, die Richtung war eindeutig. Eine oder zwei aufs Mal, dann mehr. Als die Leute von den Feldern kamen, war es eine stete Prozession. Immer häufiger durchquerten Schlangen, Klapperschlangen, die Siedlung. Die Männer töteten ein paar, aber das konnte die kriechende Horde nicht aufhalten. Die Leute blieben bis zum Tagesanbruch in den Baracken. Mehrmals hörte Janie während der Nacht das Schnauben großer Tiere, das sich anhörte wie von Rehwild. Einmal die gedämpften Laute eines Pumas. Unterwegs nach Osten, nach Osten. In dieser Nacht nahmen die Palmen und die Bananenstauden ihr vielsagendes Ferngespräch mit dem Regen auf. Einige Leute bekamen es mit der Angst zu tun, packten ihre Siebensachen und machten sich doch nach Palm Beach auf. Tausend Geier hielten eine Flugversammlung ab, stiegen über die Wolken auf und verharrten dort.

Einer der jungen Männer von den Bahamas fuhr mit einem Auto vor Tea Cakes Haus vor und rief laut nach ihm. Tea Cake kam heraus und warf Gelächter über die Schulter ins Haus.

»Hallo, Tea Cake.«

»Hallo, 'Lias. Ich seh, du fährs wech.«

»Ja, Mann. Wollter mit, du un Janie? Ich wollt niemand anders ne Schongse zum Mitfahrn geben, eh ich nich weiß, ob ihr irngwo mitkommt.«

»Schön Dank auch, 'Lias. Aber wir ham einglich beschlossen, datwer dableiben.«

»Die Indianer haun ab, Mann.«

»Hat nix ze sagen. Du has den Boßmann nich abhaun gesehn, oder? Kuck doch ma. Mann, dat Geld is zu gut, hier in die Bohn. Bis morng klart dat bestimmt wieder auf. Ich tät nich gehn, wenn ich du wär.«

»Mein Onkel is mich holn gekomm. Er sach, drüum in Palm Beach hamse Hurrikanwarnung.

Nich so schlimm da oom, aber Mann, dat Fleckchen Erde hier liech zu tief, un der große Teich wird bestimmt leckschlagen.«

»Och, nö, Mann. Paar Leute sin grade davon am Reden drin im Haus. Manche sin schon seit Jahrn inne Glades. Is nix weiter wie ne kleine Husche. Du verliers den ganzen Tach morgen, bisde wieder irngwie hier rauskomms.«

»Die Indianer gehn na Osten, Mann. Gefährlich.«

»Die wissen auch nich immer Bescheid. Ma ehrlich, die Indianer ham doch von nix groß Ahnung. Sons tätse doch dat Land hier heute noch gehörn. Die Weißen sin nirngwohin weggegang. Die müßten doch wissen, ob dat gefährlich is. Du bleibs besser hier, Mann. Großer Feuertanz heut aamd, hier bei uns, sowie dat wieder aufklart.«

'Lias zögerte und machte Anstalten, aus dem Auto zu steigen, aber der Onkel hielt ihn zurück. »Morgen um die Zeit wirsde wünschen, du wärs hinter die Indianer hinterher«, schnaubte er und fuhr davon. 'Lias winkte ihnen vergnügt zu.

»Wenn ich dich auffe Erde nich mehr wiederseh, dann treff ich dich in Afrika.«

Andere hasteten nach Osten, hinter den Indianern und den Karnickeln und den Schlangen und den Waschbären her. Aber die Mehrheit saß lachend herum und wartete, daß die Sonne wieder gute Laune bekäme.

Mehrere Männer versammelten sich in Tea Cakes Haus und hockten da und stopften einander Mut in die Ohren. Janie buck eine große Kasserolle Bohnen im

Backofen und etwas, das sie süße Brötchen nannte, und alle waren guter Dinge.

Die meisten der großen Feuerspucker und Wolkenschieber waren da und erörterten natürlich Big John de Conquer und seine Werke. Wie der alle großen Taten auf Erden vollbracht hatte und dann in den Himmel aufgestiegen und kein bißchen tot war. War einfach da hoch, hatte auf seiner Gitarre geklimpert und alle Engel dazu gekriegt, daß sie rings um den Thron vom lieben Gott rum den Ring-Shout tanzten und sangen. Dann waren alle außer Gott und dem ollen Petrus losgeflogen zu einem Wettfliegen nach Jericho und zurück, und John de Conquer hatte gewonnen; war in die Hölle runter, hatte den ollen Teufel besiegt und allen da unten Eiswasser zu trinken gegeben. Jemand versuchte einzuwenden, John habe Mundharmonika gespielt, aber davon wollten die anderen nichts wissen. Egal, wie gut jemand Mundharmonika spielen konnte, der liebe Gott wollte lieber Gitarre hören. Das erinnerte sie wieder an Tea Cake. Ob er ihnen nicht ein, zwei Stückchen auf der Klampfe spielen wollte? Komm schon, laß ma hörn.

Als alle schön in Fahrt waren, wachte Muck-Boy auf und fing an, im Takt mitzusingen, und bei der letzten Silbe jeder Zeile fielen alle mit Nachdruck ein:

Deine Mama hat ja gar keine Schlüpfer *an*
Ziehtse einfach aus, die hat wohl n *Klaps*
Weichtse auch noch ein in *Schnaps*
Un verkauftse an den Weihnachts*mann*

Der sacht, dat wär ne strafbare *Tat*
Datse so dreckiche Schlüpfer *hat*

Da gingen Muck-Boys Füße mit ihm durch, er tanzte sich und alle anderen fast um den Verstand. Als er genug hatte, setzte er sich auf den Fußboden und schlief wieder ein. Nun begannen sie, Florida Flip zu spielen und anschließend Coon-Can. Dann ging es ans Würfeln. Nicht um Geld. Ein reines Geschicklichkeitsspiel. Alle stellten ihre tollsten Würfe zur Schau. Wie immer lief es auf eine Ausscheidung zwischen Tea Cake und Motor Boat hinaus. Tea Cake mit seinem schüchternen Grinsen und Motor Boat mit einem Gesicht wie ein kleiner schwarzer Cherub, direkten Wegs von einer Kirchturmspitze, der mit den Würfeln aller Anwesenden die verblüffendsten Dinge anstellte. Die anderen vergaßen beim Zugucken die Arbeit und das Wetter. *Das* war Kunst. Ein Tausend-Dollar-Wurf in Madison Square Garden hätte nicht mehr atemlose Spannung erzeugt. Nur daß dort mehr Leute die Luft angehalten hätten.

Nach einer Weile guckte jemand hinaus und sagte: »Wird gar nich besser da draußen. Ich glaub, ich mach mich ma auf die Socken nach meine Hütte.« Motor Boat und Tea Cake waren noch immer ins Spiel vertieft, und da gingen die anderen und überließen die beiden sich selber.

Irgendwann in dieser Nacht kehrten die Winde zurück. Alles auf der Welt gab heftig prasselnde Laute von sich, scharf und trocken wie Stew Beefs Trommel, wenn er das Fell dicht am Rand mit den Fingern zum Vibrieren brachte. Gegen Morgen schlug Erzengel Gabriel die tiefen Töne in der Mitte der Trommel an. Als Janie zur Tür hinausguckte, sah sie, wie sich die ziehenden Nebel im Westen zusammenballten – dieses himmlische Wolkenfeld –, um sich mit Donner zu wappnen und gegen die Welt in den Kampf zu ziehen. Der Lärm und die Bewegung schwollen an, lauter und höher und tiefer und weiter, ansteigend, sinkend, alles verdunkelnd.

Sie weckten den alten Okeechobee auf, und das Ungeheuer begann, sich in seinem Bett umherzuwälzen. Begann, sich hin- und herzuwälzen und zu murren und zu klagen wie ein grollender Griesgram. Die kleinen Leute in den Arbeiterhütten und die Herrschaften in den großen Häusern, weiter um das Seeufer herum, hörten den großen See und fingen an, sich Gedanken zu machen. Die Herrschaften fühlten sich unbehaglich, aber sicher, denn da waren ja die Deiche, die das hirnlose Ungeheuer in seinem Bett gefangen hielten. Die kleinen Leute überließen den Herrschaften das Denken. Wenn die Paläste sich sicher wähnten, brauchten die Hütten sich nicht zu sorgen. Ihre Entscheidung war bereits gefallen, wie immer. Stopft die Ritzen zu, zittert in euren nassen Betten, und wartet auf die Gnade des Herrn. Der Boßmann mochte der ganzen Sache schon vor Morgengrauen ein Ende machen. Wie leicht es ist, bei Tag hoffnungsvoll zu sein, solange man die ersehnten Dinge sehen kann. Aber es war Nacht, und es blieb Nacht. Die Nacht durchschritt das Nichts, die ganze runde Erde in den Händen.

Blitz und krachender Donner trampelten über das Barackendach. Da hörten Tea Cake und Motor Boat auf zu spielen. Motor blickte mit seinem Engelsgesicht auf und sagte: »Große Massa is sein Stuhl rum am Schiem da oom.«

»Ich bin froh, dat ihr aufhört mit Würfeln, auch wenn ihr nich um Geld gespielt habt«, sagte Janie. »Jetz is der Olle Massa mit *seine* Arbeit zugange. Solltenwer lieber stille sein.«

Sie rückten dichter zusammen und starrten auf die Tür. Außer den Augen regte sich nichts an ihnen, und die schauten auf nichts als auf die Tür. Es war zu spät, um die Weißen zu fragen, nach was sie durch diese Tür Ausschau halten sollten. Sechs Augen befragten *Gott*.

Durch den brüllenden Wind hörten sie Dinge krachen und mit unglaublicher Geschwindigkeit umherwirbeln und sausen. Ein junges Karnickel zwängte sich angstzitternd durch ein Loch im Boden und kauerte sich drüben im Schatten an die Wand. Es schien zu wissen, daß in solchen Zeiten niemand sein Fleisch haben wollte. Und der See wurde wilder und wilder. Nichts als Deiche zwischen ihm und ihnen.

In einer kurzen Windstille berührte Tea Cake Janie und sagte: »Ich nehm an, du wünsch dir jetz, du wärs in dein großes Haus geblieben, weit wech von sowat, oder?«

»Nee.«

»Nee?«

»Ja, nee. Die Menschen sterben wieso nich, bevor ihre Zeit gekomm ist, egal, wo man grade is. Ich bin mit mein Mann zusamm in ein Sturm, dat is alles.«

»Schön Dank auch, Ma'am. Aber nehmwer ma an, du muß jetz sterben. Du wärs nich böse auf mich, dattich dich hier hergeschleppt hab?«

»Nee. Wir sin jetz bald zwei Jahre zusamm. Wennsde bei Tagesanbruch Licht sehn kanns, isses dir egal, wennsde am Abend sterben mußt. Gibt so viele Menschen, wat noch nie im Leben Licht gesehn ham. Ich war im Dunkeln am Rumtappen, un der liebe Gott hat die Tür aufgemacht.«

Tea Cake sank zu Boden und legte den Kopf auf ihren Schoß. »Also dann, Janie, dann meins du, wat du nich ausgesprochen has, un ich, ich hab ja nichma nich *geahnt*, dattu so zufrieden bis mit mir. Ich hab irngwie gedacht –«

Der Wind kam mit dreifacher Wucht wieder und stellte das Licht zum letzten Mal ab. Gemeinsam mit den anderen in anderen Baracken saßen sie da, die Augen angestrengt auf rohe Bretterwände gerichtet, in den Herzen die bange Frage, ob Er beabsichtigte, ihre kümmerliche Macht an der seinen zu messen. Sie schienen in die Dunkelheit zu starren, aber ihre Augen schauten Gott.

Als Tea Cake hinauswollte, mußte er sich gegen den Wind stemmen und feststellen, daß Wind und Wasser vielen Dingen, die die Menschen für tot halten, Leben verliehen und vielem, das lebendig gewesen war, den Tod gebracht hatten. Überall Wasser. Verirrte Fische schwammen im Garten. Noch knapp zehn Zentimeter, und das Wasser würde im Haus sein. In manchen Hütten stand es schon. Er beschloß, ein Auto zu suchen, das sie aus den Glades hinausbringen würde, bevor Schlimmeres geschah. Er kehrte zurück, um Janie Bescheid zu sagen, damit sie die nötigen Vorkehrungen treffen konnte.

»Such unsre Versicherungspapiere zusammen, Janie. Meine Kiste und so Zeuch wer ich selber schleppen.«

»Has du dat ganze Geld schon aus der Kommodenschublade rausgenomm?«

»Nee, hol du dat schnell, un schneidn Stück vom Tischtuch ab zum Einwickeln. Wer wern bestimmt naß bis am Hals. Schneid schnelln Stück von dat Wachstuch ab für unsre Papiere. Wer müssen weg, wenns nich schon zu spät is. Dat Faß hält nich mehr dicht.«

Er riß das Wachstuch vom Tisch und nahm sein Messer aus der Tasche. Janie hielt es straff, während er einen Streifen heruntersäbelte.

»Aber Tea Cake, dat is doch zu furchbar da draußen. Vielleicht bleimwer besser hier drinne im Nassen, als dat wer versuchen –«

Er wischte den Einwand mit einem einzigen Wort weg. »Zunähn«, sagte er und kämpfte sich nach draußen. Er hatte mehr gesehen als Janie.

Janie nahm eine große Nadel und stichelte rasch einen länglichen Beutel zusammen. Suchte Zeitungspapier, wickelte Papiergeld und Papiere hinein, steckte alles in den Beutel und vernähte das offene Ende mit der Nadel. Bevor sie ihn richtig in der Tasche ihrer Latzhose verstaut hatte, kam Tea Cake wieder hereingestürzt.

»Gibt nirngs kein Auto, Janie.«

»Hab ich mir schon gedacht! Wat machenwer jetz?«

»Zu Fuß gehn.«

»In dat Wetter, Tea Cake? Ich glaub kaum, dattich dat bis vor die Siedlung schaff.«

»O ja, du schaffs dat. Ich un du un Motor Boat, wir wern uns unterhaken un uns gegenseitich festhalten. Hä, Motor?«

»Der pennt neeman im Bett«, sagte Janie. Tea Cake rief, ohne sich von der Stelle zu rühren.

»Motor Boat! Du stehs besser auf! Die Hölle is los in Georgy. Un zwar sofort! Wie kanns du in so ein Moment schlafen? Knietief Wasser vorm Haus.«

Sie traten in beinah hüfthohes Wasser hinaus und schafften es mit Mühe und Not, sich nach Osten zu kämpfen. Tea Cake mußte seine Kiste wegwerfen, und Janie merkte, wie weh es ihm tat. Sie duckten sich vor fliegenden Geschossen, wichen schwimmenden Fährnissen aus, versuchten, nicht in Löcher zu treten, gestärkt durch den Wind, der ihnen jetzt in den Rükken blies, bis sie vergleichsweise trockenen Boden erreichten. Mit aller Kraft mußten sie sich dagegen wehren, in die falsche Richtung abgedrängt und auseinandergerissen zu werden. Sie sahen andere Leute sich vorwärtsarbeiten wie sie selber. Hier und da eine eingestürzte Hütte, verschreckte Rinder. Überall die Wucht von Wind und Wasser. Und der See. Unter seinem mehrstimmigen Gebrüll war das gewaltige Knirschen von mahlendem Holz auf Felsen zu hören, und dazwischen ein Klagen. Sie blickten zurück. Sahen Menschen, die versuchten, gegen tobende Wasser anzurennen, und die schrieen, wenn sie merkten, daß sie es nicht schafften. Die riesige Schutzmauer der Deichanlagen, an die die Hüttensiedlung angebaut war, bewegte sich schwankend vorwärts. Drei Meter hoch über ihnen und endlos breit bewegte sich die grummelnde Mauer vor den angestauten Wassern her wie eine kosmische Planierraupe. Das schauerliche Ungeheuer hatte sein Bett verlassen. Der dreihundert Stundenkilometer schnelle Wind hatte ihm die Fesseln gesprengt. Es packte seine Deiche und tobte los, bis es auf die Siedlung stieß; entwurzelte sie wie Gras und stürzte weiter, hinter seinen vermeintlichen Bezwingern her, wälzte die Deiche, wälzte die Häuser, wälzte die Menschen in den Häusern zusammen mit anderem Treibgut vor sich her. Der See lief mit schwerem Tritt über die Erde.

»Der See kommt!« stieß Tea Cake hervor.

»Der See!« In ungläubigem Entsetzen jetzt auch Motor Boat: »Der See!«

»Er is hinter uns her!« Janie schauderte. »Wir könn doch nich fliegen.«

»Aber wer könn noch immer renn«, schrie Tea Cake, und sie rannten. Das brodelnde Wasser rannte noch schneller. Noch wurde die Hauptmasse zurückgehalten, aber Flüsse ergossen sich durch Spalten in der schwankenden Mauer und brachen sich Bahn wie der Tag. Die drei Flüchtlinge rannten an einer Reihe von Baracken entlang, die eine kleine Erhebung krönten, und gewannen ein wenig Vorsprung. Sie schrien aus Leibeskräften: »Der See kommt!« Da flogen verrammelte Türen auf, und andere schlossen sich ihnen auf ihrer Flucht an und schrien im Laufen das gleiche: »Der See kommt!«, und das verfolgende Wasser grollte und rief ihnen hinterher: »Ja, ich komme!«, und wer konnte, floh weiter.

Sie schlugen sich durch bis zu einem hohen Haus auf einem Erdmugel, und Janie sagte: »Laß uns hierbleiben. Ich schaff dat nich mehr weiter. Ich bin fix un fertich.«

»Wer sin alle fix un fertich«, verbesserte Tea Cake. »Wir gehn da rein, raus aus dat Sauwetter, egal wat kommt.« Er klopfte mit dem Griff seines Messers an die Tür, und derweil lehnten sich ihre Gesichter und Schultern an die Hausmauer. Er klopfte noch einmal, dann gingen er und Motor Boat um das Haus herum nach hinten und stemmten eine Tür auf. Niemand da.

»Die Leute ham mehr Verstand gehabt wie ich«, sagte Tea Cake, als sie sich auf den Boden fallen ließen und keuchend dalagen. »Wer hättn mit 'Lias mitfahrn solln, wie er mir gesacht hat.«

»Has du doch nich wissn könn«, widersprach Janie. »Un wennsde wat nich weiß, dann weißdes eben nich. Dat Unwetter hätt eemso gut nich komm könn.«

Sie schliefen auf der Stelle ein, aber Janie wachte als erste wieder auf. Sie hörte das Geräusch von brausendem Wasser und richtete sich auf.

»Tea Cake! Motor Boat! Der See kommt.«

Und der See kam tatsächlich immer näher. Langsamer geworden und in die Breite gegangen, aber er kam. Er war fast über den ganzen Schutzdamm hinweggetrampelt und hatte seine Angriffsfront gesenkt, indem er sich ausbreitete. Dennoch kam er murmelnd und grollend vorwärts wie ein müdes Mammut.

»Dat Haus hier is riesich hoch. Vielleich kommter gar nich bis hier ran«, überlegte Janie laut. »Un wenn, dann kommter vielleich nich bis im nächsten Stock.«

»Janie, der Okeechobee is nu sechzich Kilometer breit un neunzich Kilometer lang. Dat is ne ganze Masse Wasser. Wenn der Wind den ganzen See nach hierher am Schieben is, dann schluckter dat Haus wie nix. Wir gehn besser. Motor Boat!«

»Wat wills du, Mann?«

»Der See kommt!«

»Ach wat, der kommt nich.«

»Doch, kommter wohl! Hömma! Du kannsdn hörn, von ganz von fern.«

»Soller doch komm. Ich wart hier.«

»Och, steh auf, Motor Boat! Wir schlagen uns durch bis zur Straße nach Palm Beach. Die is auf ein Damm. Da sinwer ziemlich sicher.«

»Ich bin hier sicher, Mann. Geh ruich weiter, wennsde wills. Ich bin müde.«

»Wat willsde machen, wenn der See hier ankommt?«

»Na oben gehn.«

»Un wenner bis nach da oben kommt?«

»Schwimm, Mann. Wat sons.«

»Tja, äh, Wiedersehn, Motor Boat. Is alles ganz schön schlimm, weißde. Könnt sein, dattwer uns fehlen geengseitich. An dir hatn Mann schon n Prachtskumpel.«

»Wiedersehn, Tea Cake. Ihr tät besser alle beide

hierbleim un penn, Mann. Hat doch kein Zweck, abhaun un mich hier so alleine lassen.«

»Wollnwer ja nich. Komm mit uns mit. Kann sein, dat Nacht is, wenn dat Wasser dich hier oom einschließen kommt. Drum will ich nich hierbleim. Komm schon, Mann.«

»Tea Cake, ich brauch mein Schlaf. Nix zu machen.«

»Also dann, Wiedersehn, Motor. Viel Glück. Ich komm nach Nassau rüber, dich besuchen, wenn alles vorbei is.«

»Unbedingt, Tea Cake. Meine Mama ihr Haus gehört dir.«

Tea Cake und Janie hatten das Haus schon weit hinter sich gelassen, als sie in tiefes Wasser gerieten. Da mußten sie ein ganzes Stück schwimmen, und da Janie es immer nur ein paar Züge lang schaffte, über Wasser zu bleiben, stützte Tea Cake sie, bis sie endlich an einen Rain gelangten, der zum Straßendamm hinaufführte. Ihm war, als lasse der Wind ein wenig nach, daher sah sich Tea Cake nach einem Platz um, wo er sich ausruhen und wieder Atem schöpfen konnte. Er war völlig aus der Puste. Janie war erschöpft und humpelte, hatte jedoch nicht die kräfteraubende Schwimmerei in dem aufgewühlten Wasser machen müssen. Tea Cake war in viel schlechterer Verfassung. Aber sie durften sich nicht aufhalten. Auf den Damm gelangt zu sein war immerhin etwas, aber es war keine Gewähr. Der See kam immer näher. Sie mußten die lange Brücke am Six Mile Bend erreichen. Die war hoch und bot vielleicht Sicherheit.

Alles war auf dem Damm unterwegs. Hastend, schleppend, stürzend, weinend, hoffnungsvoll und hoffnungslos Namen rufend. Wind und Regen peitschten auf alte Menschen und auf Säuglinge ein. Ein- oder zweimal stolperte Tea Cake, so abgekämpft wie er war, und Janie mußte ihn stützen. Endlich langten sie an der Brücke an und hofften, sich ausruhen zu können.

Aber die Brücke war voller Menschen. Weiße hatten diese erhöhte Stellung mit Beschlag belegt, und es gab keinen Platz mehr. Sie konnten auf der einen Seite der Brücke hinauf- und auf der anderen wieder hinunterklettern, das war alles. Weiter, Kilometer um Kilometer, und noch immer keine Ruhepause.

Sie kamen an einem Toten vorbei, der auf einer kleinen Bauminsel saß, rings von wilden Tieren und Schlangen umgeben. Die gemeinsame Gefahr einte alle Kreaturen. Keine versuchte die andere zu überwältigen.

Ein anderer Mann klammerte sich auf einer winzigen Insel an eine Zypresse. Das Blechdach eines Hauses hing an den Elektrodrähten von den Zweigen herunter, und der Wind schwang es hin und her wie eine mächtige Axt. Der Mann wagte keinen Schritt nach rechts, um nicht von der tödlichen Schneide gespalten zu werden. Und er wagte keinen Schritt nach links, weil dort eine große Klapperschlange in voller Länge ausgestreckt lag und den Kopf in den Wind hielt. Zwischen dem Inselchen und dem Damm war eine Wasserrinne, und der Mann klammerte sich an den Baum und schrie um Hilfe.

»Die Schlange tut dir nix«, brüllte Tea Cake ihm zu. »Hat bloß Anx, datse wechgepust wird, wennse sich einrollt. Geh nach ihre Seite, un dann schwimmsde wech!«

Bald darauf spürte Tea Cake, daß er nicht mehr weiter konnte. Nicht sofort. Da streckte er sich am Straßenrand aus, um sich auszuruhen. Janie legte sich schützend zwischen ihn und den Wind, und er schloß die Augen und ließ die Müdigkeit aus seinen Gliedern rinnen. Auf beiden Seiten des Dammes waren Wasserflächen so groß wie Seen – Wasser voller lebender und toter Dinge. Dinge, die nicht ins Wasser gehörten. Soweit das Auge reichte, nichts als Wasser und Wind, der wütend darauf umhertollte. Ein großes Stück Dachpappe segelte durch die Luft und trieb den Damm entlang, bis es an einem Baum hängenblieb. Janie sah es voll Freude. Das war genau die richtige Zudecke für Tea Cake. Sie würde sich dagegenlehnen und sie mit ihrem Körper festhalten. Der Wind war sowieso nicht mehr ganz so schlimm wie vorher. Genau das Richtige. Armer Tea Cake!

Auf Händen und Knien kroch sie zu dem Stück Dachpappe und ergriff es an beiden Seiten. Sofort hob der Wind sie mitsamt der Pappe empor, und sie wurde durch die Luft nach rechts vom Damm hinuntergetragen, hinaus über das windgepeitschte Wasser. Sie schrie entsetzlich und ließ die Dachpappe los, die auf und davon flog, während Janie nach unten ins Wasser stürzte.

»Tea Cake!« Er hörte sie und sprang auf. Janie versuchte zu schwimmen, aber sie ruderte zu heftig.

Er sah eine Kuh langsam schräg auf den Damm zuschwimmen. Ein massiger Hund hockte zitternd und knurrend auf ihren Schultern. Die Kuh näherte sich Janie. Wenige Armschläge würden sie zu ihr bringen.

»Schwimm nach die Kuh hin, un halt dich am Schwanz fest! Mach gar nix mit die Beine. Nimm bloß die Arme, dat reicht. So is gut, komm weiter!«

Janie schaffte es zum Schwanz der Kuh und reckte den Kopf, so hoch sie konnte, neben dem Hinterteil des Tiers aus dem Wasser. Die Kuh sank ein bißchen tiefer unter der zusätzlichen Last und keilte einen Augenblick lang in Panik aus. Dachte wohl, sie würde von einem Alligator in die Tiefe gezogen. Dann schwamm sie weiter. Der Hund richtete sich auf und fauchte wie ein Löwe, sträubte das Fell, spannte die Muskeln an, fletschte die Zähne und steigerte sich in Kampfwut hinein. Tea Cake zerteilte das Wasser wie ein Fischotter und klappte sein Messer auf, bevor er nach dem Hund hechtete. Der Hund preschte über den Rücken der Kuh zum Angriff, und Janie schrie und ließ sich so weit wie möglich zum Ende des Kuhschwanzes gleiten, knapp außer Reichweite der zornigen Hundelefzen. Der Hund machte Anstalten, auf sie zuzuspringen, aber irgendwie schien er das Wasser zu fürchten. Tea Cake schnellte neben dem Hinterteil der Kuh aus dem Wasser und packte den Hund am Genick. Aber es war ein starker Hund, und Tea Cake war übermüdet. Es gelang ihm nicht, den Hund wie beabsichtigt mit einem Hieb zu töten. Aber auch der Hund konnte sich nicht aus seinem Griff befreien. Sie kämpften miteinander, und irgendwie brachte das Tier es fertig, Tea Cake oben am Wangenknochen zu beißen. Dann erledigte Tea Cake ihn und schickte ihn für immer in die Tiefe. Die Kuh, einer gewaltigen Last entledigt, landete mit Janie, noch bevor Tea Cake herangekrault und völlig ermattet wieder zum Damm hinaufgekrochen war.

Janie machte sich an der Bißwunde in seinem Gesicht zu schaffen, aber er sagte, es sei nicht der Rede wert. »Der hätt aber wat erleben könn, wenner mich n Fingerbreit weiter oom erwischt un mich ins Auge gebissen hätt. Augen kamman nämlich nich im Laden kaufen.« Er ließ sich an den Rand des Damms plumpsen, als gäbe es überhaupt keinen Sturm. »Laß mich n Weilchen ausruhn, un dann müssenwer uns irngwie in die Stadt durchschlagen.«

Nach Sonnenstand und Uhrzeit zu urteilen, war schon der nächste Tag angebrochen, als sie Palm Beach erreichten. Nach ihren Leibern aber war es Jahre später. Winter um Winter voll Elend und Leid. Das Rad drehte sich um und um. Hoffnung, Hoffnungslosigkeit, Verzweiflung. Aber der Sturm hatte sich ausgetobt, als sie sich der rettenden Stadt näherten.

Die Zerstörungswut hatte sich über das Land hergemacht, den Rachen sperrangelweit aufgerissen. Draußen in den Everglades war der Wind über Seen und Bäume hinweggetobt. In der Stadt hatte er zwischen Häusern und Menschen gewütet. Tea Cake und Janie standen am Rand des Geschehens und schauten auf das Bild der Verwüstung.

»Wie soll ich bloß in dat ganze Durchnander ein Arz findn für dein Gesicht?« jammerte Janie.

»Ich denk nich dran un such kein verdammten Arzt. Wir brauchen n Platz für zum Ausruhn.«

Es kostete einen Großteil ihres Geldes und ihrer Ausdauer, dann bekamen sie einen Platz zum Schlafen. Nur das. Keinen Ort zum Leben. Nur zum Schlafen. Tea Cake guckte sich um und setzte sich schwer auf die Bettkante.

»Tja«, sagte er kleinlaut, »dat hättsde bestimmt nich gedacht, dattu mal hier landen könnts, wiede dich mit mir eingelassen has, oda?«

»Früher mal, da hab ich 'berhaupt nix erwartet, Tea Cake, außer dattich ma sterb vor lauter Rumstehn un Nichlachenkönn. Aber dann bis du gekomm un has wat aus mir gemacht. Deshalb bin ich dankbar für alles, wat wir mitnander erlebt ham.«

»Schön Dank auch, Ma'am.«

»Dat war doppelt nobel von dir, dattu mich vor dem Hund gerettet has. Tea Cake, du has bestimmt dem seine Augen nich gesehn wie ich. Der hat mich nich bloß beißen wolln, Tea Cake. Der hat mich maustetot abmurksen wolln. Die Augen, die wer ich nie vergessen. Der war von oben bis unten nix wie der blanke Haß. Wo der wohl hergekomm is?«

»Doch, ich hab den auch gesehn. Dat war grausich. Ich hab mir dat aber nich gefalln lassen, dem sein Haß. Der hat dran glauben müssen oder ich, einer von beiden. Mein Schnappmesser hat gesacht, er war dran.«

»Ich Arme, der hätt mich in Stücke gerissen, wenn du nich gewesen wärs, Liebchen.«

»Du brauchs nich sagen, wenn ich nich gewesen wär, Baby, ich *bin* numa hier, un außerdem solls du wissen, dat ein Mann da is.«

19

Und dann war Der-mit-den-Quadratzehen wieder in sein Haus zurückgekehrt. Wieder stand er in seinem hohen flachen Haus ohne Seitenwände und Dach, das seelenlose Schwert senkrecht in der Hand. Sein fahler Schimmel war über Wasser geprescht und über Land gedonnert. Die Zeit des Sterbens war vorüber. Es war Zeit, die Toten zu begraben.

»Janie, wer sin jetz zwei Tage in dat verlotterte Drecksloch, un dat is zu viel. Wer müssen raus aus dat Haus un aus die Stadt vom weißen Mann. Hat mir nie gefalln, die Geengd hier.«

»Wo sollnwern hin, Tea Cake? Wennwer dat wüßten.«

»Wer könntn vielleicht wieder weiter nach Norden rauf, wenn du gern wills.«

»Hab ich nich gesagt, aber wenn dat is, wat du –«

»Nee, dat hab ich nich gemeint. Ich wollt dich bloß nich länger, wie dir lieb is, aus dein ganzen Kommfort-un-Zurück rausreißen.«

»Wenn ich dir im Weg bin –«

»Jetz hör sich einer die Frau an! Da brech ich mir bald den Ast ab, dattich beise bleib, un die ... Sollt man mit Schusterzwecken erschießen, sowat!«

»Also gut, sach du irngwat, un dat machenwer dann. Mehr wie schiefgehn kanns ja nich.«

»Ich hab mich jedenfalls genuch ausgeruht, un die Wanzen wern auch langsam zu frech hier. Habs nich gleich gemerkt, wat meine Ruhe gestört hat. Ich geh jetz los un kuck mich bißchen um un sehma zu, watwer machen könn. Soll mir alles recht sein.«

»Du bleibs besser hier im Haus un ruhs dich noch bißchen aus. Wer ham wieso nix verlorn da draußen.«

»Aber ich will mich einfach selber umkucken, Janie. Vielleicht gibdet irngne Arbeit, wo ich bei helfen kann.«

»Wat die von dir wollen, wo du helfen solls, dat wird dir nich gefalln. Die schnappen sich alle Mannsbilder, watse in die Finger kriegen, un lassense die Toten begraben. Tun so, wie wennse auf Arbeitslose aus wärn, dabei nehmse dat gar nich so genau, ob einer arbeitslos is oder nich. Du bleibs hier im Haus. Die vom Roten Kreuz sin schon zugange un machen, watse sonswie für Kranke un Notleidnde tun könn.«

»Ich hab Geld dabei, Janie. Die könn mir nix anhaben. Jedenfalls muß ich nachsehn, wat da draußen einglich los is. Ich will zusehn, ob ich nich irngwat über die Kumpels ausn Glades rauskrich. Vielleicht sinse alle gut durchgekomm. Vielleicht auch nich.«

Tea Cake ging und wanderte umher. Sah die Handschrift des Unheils auf allem. Häuser ohne Dächer und Dächer ohne Häuser. Stahl und Stein zerdrückt und zertrümmert wie Holz. Die Mutter der Schadenfreude hatte mit den Menschen ihr Spielchen getrieben.

Wie Tea Cake so dastand und schaute, sah er zwei Männer mit geschulterten Gewehren auf sich zukommen. Zwei weiße Männer. Da fiel ihm ein, was Janie ihm gesagt hatte, und er ging leicht in die Knie, um loszurennen. Aber er erkannte blitzartig, daß es ihm nicht nützen würde. Sie hatten ihn bereits gesehen und waren zu nah, um ihn zu verfehlen, falls sie schießen sollten. Vielleicht würden sie ja weitergehen. Sobald sie sich davon überzeugten, daß er Geld bei sich hatte, würden sie vielleicht einsehen, daß er kein Vagabund war.

»He da, Jim«, rief der größere von beiden. »Auf dich hamwer grade gewartet.«

»Mein Name is aber nich Jim«, sagte Tea Cake argwöhnisch. »Wieso sin Sie auf *mich* am Warten? Ich hab nix getan.«

»Desweeng hamwers ja auf dich abgesehn – wegen Nixtun. Los, komm mit, paar von diese Tote hier begraben. Komm nich schnell genuch unner die Erde.«

Widerstrebend entgegnete Tea Cake: »Wat hab ich damit zu schaffen? Ich bin n werktätichen Mann, un ich hab Geld inner Tasche. Mich hat bloß der Sturm ausn Glades rausgepust.«

Der kleinere Mann machte eine brüske Bewegung mit dem Gewehr. »Vorwärts, die Straße lang, der Herr! Wennsde nich aufpaß, wird *dich* bald jemand begraben! Imma schön vor mir her, der Herr!«

Tea Cake stellte fest, daß er Teil einer kleinen Truppe von Zwangsarbeitern war, die die Sturmschäden auf öffentlichen Plätzen wegzuräumen und die Toten zu begraben hatten. Leichen mußten zusammengesucht und an bestimmte Sammelstellen geschafft und dort begraben werden. Tote wurden nicht nur in eingestürzten Häusern gefunden. Sie lagen unter Häusern, waren in Gesträuch verheddert, trieben im Wasser, hingen in Bäumen, waren unter Trümmern verschüttet.

Ununterbrochen kamen schlammverschmierte Lastwägen aus den Everglades und anderen umliegenden Gegenden, jeder mit einer Ladung von fünfundzwanzig Leichen. Manche Toten vollständig bekleidet, manche nackt und andere in sämlichen Stadien der Auflösung. Manche mit friedlichen Gesichtern und zufriedenen Händen. Manche mit verzerrten Gesichtern, die Augen vor Verwunderung aufgerissen. Der Tod hatte Schauende angetroffen, die versuchten, weiter zu sehen, als das Auge reicht.

Unglückselige, verdrossene Männer, schwarze und weiße, schwer bewacht, mußten weiter nach Leichen suchen und Gräber ausheben. Ein riesiger Graben wurde quer durch den weißen Kirchhof gezogen und ein großer Graben quer durch den schwarzen Friedhof. Reichlich Ätzkalk war zur Hand, der gleich nach dem Ausladen über die Leichen gestreut werden sollte. Sie waren schon zu lange unbegraben herumgelegen. Die Männer bemühten sich, sie so rasch wie möglich unter die Erde zu bringen. Aber die Wachen geboten ihnen Einhalt. Sie hatten ihre Befehle.

»He, ihr da! Schmeißt die Leichen nich einfach so ins Loch! Ihr untersucht alle bis aufn letzten und kuckt nach, obber weiß oder schwarz is.«

»Wat sollnwer so lange rummachen damit? Ammächticher Gott! In den Zustand, wo die sin, sollnwer die noch untersuchen? Wat tut die Farbe schon zur Sache? Die müssen alle schleunichs unter die Erde.«

»Befehl von oben. Sin Särge am Baun für alle Weißen. Bloß billiges Kiefernholz, aber besser wie nix. Dat ihr ja nich Weiße einfach so ins Loch schmeißt.«

»Wat machwern mit farbiche Leute? Habter für die auch Kisten?«

»Nee. Reichen nich für alle. Ihr streut einfach reichlich Ätzkalk drüber, un dann Erde drauf.«

»Mein Schreck! Manche von die Leichen kann doch keiner mehr wat ansehn, so wie die zugerichtet sin. Kamman doch nich erkenn, ob die weiß oder schwarz sin.«

Die Wachen ratschlagten lange darüber. Nach einer Weile kamen sie wieder und sagten zu den Männern: »Kuckt euch die Haare an, wenners anders nich rauskricht. Un dattich kein von euch dabei erwisch, wie er Weiße reinkippt, un dat ihr mir ja keine Kisten für Farbiche verschwendet. Sin zu schwer zum Auftreibm jetz.«

»Sin ja mächtich pingelich, wie die Toten da vors Jüngste Gericht komm«, bemerkte Tea Cake zu dem Mann, der neben ihm arbeitete. »Bilden sich scheinz ein, der liebe Gott hätt noch nie von kein Jim-Crow-Gesetz gehört.«

Tea Cake hatte mehrere Stunden geschuftet, als er den Gedanken, daß Janie sich um ihn sorgte, nicht mehr aushielt. Und als der nächste Laster vorfuhr, um entladen zu werden, riß er aus. Man befahl ihm stehenzubleiben und drohte ihm an, daß andernfalls auf ihn geschossen würde, aber er rannte einfach weiter und entkam. Er fand Janie verzweifelt weinend vor, wie er befürchtet hatte. Sie trösteten einander über seine Abwesenheit hinweg, und dann wechselte Tea Cake das Thema.

»Janie, wir müssen hier raus, raus aus dat Haus un aus die Stadt von diese Leute. Ich denk nich dran un mach nochma sone Arbeit.«

»Nee, nee, Tea Cake. Laß uns hier drinne bleiben, bis alles vorbei is. Wennse dich nich sehn, könnse dir auch nix antun.«

»Von wegen. Wat is, wenn die alles durchsuchen komm? Laß uns heut aamd abhaun.«

»Wo sollnwer hin, Tea Cake?«

»Kürzeste Weg sin die Glades. Komm, wir machen wieder nach da unten. Die Stadt hier is voll mit nix wie Ärger un Rumkommandiererei.«

»Aber Tea Cake, unten inne Glades, da war auch Hurrikan gewesen. Da unten wern auch Tote sein, watse begraben müssen.«

»Ja, weiß ich, Janie, aber da unten kann dat nie so schlimm sein wie hier. Erstensma warnsen ganzen Tach lang Leichen von da draußen am Ranschaffen, also könn gar nich mehr so viele dort sein. Un zweitens warn dort nie so viele wie hier. Un außerdem, Janie, die Weißen da unten, die kenn uns. Als fremde Niggers bei Weiße bisde arm dran. Da hasde alle gegen dich.«

»Dat is wahaftich wahr. Diejenigen, wat die Weißen kenn, sin immer nette Farbiche. Die se nich kenn, sin schlechte Niggers.« Janie lachte, während sie das sagte, und Tea Cake lachte mit ihr.

»Janie, ich hab dat wer weiß wie oft erlebt; jeder Weiße meint, er kennt schon alle GUTE Dunkelmänner. Mehr brauchter nich kennlern. Wenn dat nach ihn ging, könntense alle Niggers, watter nich kennt, vor Gericht bring un verurteiln zu sechs Monate verschärftn Gestank hinterm Lokus vonne Vereinichte Staaten.«

»Wieso ausgerechnet hintern Lokus vonne Vereinichte Staaten, Tea Cake?«

»Na ja, du weiß ja, der olle Uncle Sam, der hat doch immer dat Größte un Beste von alles. Un da mein die Weißen ebent, alles unter Uncle Sams vereinichtes Wasserklosett wär ne zu leichte Strafe. Drum hab ich vor un geh dahin, wo die Weißen mich kenn. Hier rum fühl ich mich wie von Gott un alle Welt verlassen.«

Sie suchten ihre Siebensachen zusammen und stahlen sich aus dem Haus und auf und davon. Am nächsten Morgen waren sie wieder in der Marsch. Den ganzen Tag über rackerten sie und besserten eine Hütte für sich aus, damit Tea Cake sich tags darauf nach einer Beschäftigung umsehen konnte. Er machte sich früh am Morgen auf, mehr aus Neugier als aus Arbeitseifer. Blieb den ganzen Tag weg. Am Abend kam er strahlend wieder.

»Wat meinsde, wen ich getroffen hab, Janie? Wetten, du komms nich drauf.«

»Na, ich wett n fetten Mann, du has Sop-de-Bottom getroffen.«

»Ja, den hab ich getroffen un Stew Beef un Dockery un 'Lias un Coodemay un Bootyny. Ratma, wen sons noch?«

»Weiß der Himmel. Isses Sterrett?«

»Nee, den hat die Überschwemmung erwischt. 'Lias hatn in Palm Beach begraben helfn. Rat weiter.«

»Och, mach schon un sags mir, Tea Cake. Ich weiß nich. Wird am Ende nich Motor Boat sein.«

»Genau der. Der olle Motor! Der Teufelskerl is in dat Haus liegengebliem un hat gepennt, un der See is gekomm, hat dat Haus wechtragen, irngwo anders hin, un Motor hat nix davon gemerkt, bis dat Unwetter so gut wie vorbei war.«

»Nee!«

»Doch, Mann. Wir Blödmänner bring uns fast um un renn vorm Verderben wech, un der liech da oom rum un pennt un läßt sich fröhlich wegschippern!«

»Na ja, du weiß ja, Dusel is Glückssache.«

»Stimmt auch wieder. Hörma, ich hab ne Arbeit. Überall aufräum helfen, un dann wollnse 'türlich n Deich baun. Da muß auch ersma aufgeräumt wern. Massenhaft Arbeit. Brauchen sogar noch mehr Männer.«

Und so schuftete Tea Cake drei Wochen, daß es eine Art hatte. Er kaufte wieder ein Gewehr und eine Pistole, und er und Janie wetteiferten darum, wer der bessere Schütze war. Mit dem Gewehr lief Janie ihm immer den Rang ab. Sie konnte einem Hühnerhabicht, der auf einer Kiefer saß, den Kopf abschießen. Tea Cake war ein bißchen neidisch, aber dennoch stolz auf seine Schülerin.

Um die Mitte der vierten Woche kam Tea Cake eines Nachmittags vorzeitig nach Hause und klagte über Kopfschmerzen. Übel sei ihm vor Kopfschmerzen, und er müsse sich ein Weilchen hinlegen. Als er aufwachte, verspürte er Hunger. Janie hatte sein Abendessen bereitstehen, aber als er vom Bett zum Tisch gegangen war und sich gesetzt hatte, sagte er, er glaube nicht, daß er etwas essen wolle.

»Ich dacht, du hätts gesacht, du has Hunger!« jammerte Janie.

»Hab ich auch gedacht«, sagte Tea Cake sehr ruhig und ließ den Kopf in die Hände fallen.

»Aber ich hab dir ne Kasserolle voll Bohn gebakken.«

»Ich weiß, die sin bestimmt gut, aber ich eß jetz lieber nix, danke, Janie.«

Er ging wieder zu Bett. Mitten in der Nacht weckte er Janie, weil er sich einen schauerlichen Kampf lieferte mit einem Feind, der ihm an die Gurgel wollte. Janie zündete eine Lampe an und beruhigte ihn.

»Wat is los, Liebchen?« Streichelnd, besänftigend. »Du muß mir sagen, wat is, dattich mit dir fühln kann. Laß mich die Schmerzen mit dir tragen, Baby. Wo tuts denn weh, Süßer?«

»Irgnwat war hinter mir her im Schlaf, Janie.« Fast heulte er. »Hat mich erwürgen wolln. Wenn *du* nich gewesen wärs, wär ich tot.«

»Du wars dich aber auch tüchtich am Rumplagen damit. Jetz is alles wieder gut, Liebchen. Ich bin ja da.«

Er schlief wieder ein. Aber am Morgen ließ es sich nicht leugnen. Er war krank. Er versuchte sich aufzurappeln, aber Janie duldete nicht, daß er zur Arbeit ging.

»Wenn ich wenichstens die Woche noch durchhalt«, sagte Tea Cake.

»Die Leute warn schon ihr Wochnsoll am Schaffen, eh du geborn wars, un se werns noch immer tun, wenn du nich mehr bis. Leg dich jetz hin, Tea Cake. Ich hol den Dokter, datter mal nach dir kuckt.«

»Och, is nich halb so schlimm, Janie. Kuckma da! Ich kann prima auf- un abgehn.«

»Aber du bis zu krank zum damit Spaßen. Jede Menge Fieber hier seit dat Unwetter.«

»Dann gib mirn Schluck Wasser, eh de gehs.«

Janie schöpfte ein Glas Wasser und brachte es ihm ans Bett. Tea Cake nahm einen Mundvoll und mußte furchtbar würgen, erbrach alles wieder und ließ das Glas zu Boden fallen. Janie war außer sich vor Schreck.

»Wat stells du dich so mit dein Trinkwasser an, Tea Cake? Du has gesach, ich soll dir Wasser geben.«

»Is irngwat nich in Ordnung mit dat Wasser. Hat mich ummen Haar erwürgt. Hab dir ja erzählt, irngwat is mir heut nach hier draufgesprung un hat mich gewürgt. Dann bis du gekomm un has gesach, ich wär am Träum gewesen.«

»Vielleicht war dich ne Hexe am Reiten, Liebchen. Ich sehma zu, ob ich nich unterwechs paar Senfsamen find. Aber ich bring auf jeden Fall den Dokter mit, wenn ich wiederkomm.«

Tea Cake widersprach nicht, und Janie hastete los. Diese Krankheit war für sie schlimmer als der Sturm. Sobald sie außer Sichtweite war, stand Tea Cake auf, kippte den Wassereimer leer und wusch ihn aus. Dann schleppte er sich zur Wasserpumpe und füllte ihn wieder. Er unterstellte Janie keine bösen Absichten. Er bezichtigte sie der Achtlosigkeit. Ihr sollte bekannt sein, daß man Wassereimer saubermachte wie alles andere. Das würde er ihr klipp und klar sagen, wenn sie zurückkam. Was dachte sie sich eigentlich? Er verspürte heftigen Ärger. Er stellte den Eimer auf dem Tisch ab und setzte sich, um sich einen Augenblick auszuruhen, bevor er einen Schluck zu sich nahm.

Endlich schöpfte er sich ein Glas voll. War das gut und kühl! Genaugenommen hatte er seit gestern nichts mehr getrunken. Das war es, was er gebraucht hätte, um Appetit auf seine Bohnen zu bekommen. Er verspürte so große Lust auf das Wasser, daß er den Kopf in den Nacken legte, während er das Glas begierig an die Lippen führte. Aber der Dämon war vor ihm da, würgte ihn blitzschnell, wollte ihn umbringen. Es war eine große Erleichterung, das Wasser in hohem Bogen wieder auszuspucken. Er ließ sich längelang aufs Bett fallen und lag zitternd da, bis Janie und der Doktor kamen. Der weiße Arzt, der seit so langer Zeit in der Gegend lebte, daß er schon Teil der Marsch am Okeechobee geworden war. Der den Feldarbeitern mit saftigen Kraftausdrücken gepfefferte Geschichten erzählte. Er kam rasch ins Haus, den Hut auf die linke Hinterkopfhälfte geschoben.

»Tag, Tea Cake. Wat zum Henker is denn mit *dir* los?«

»Wenn ich dat wüßt, Doktah Simmons. Aber ich bin wahaftich krank.«

»Iwo, Tea Cake. Dir fehlt nix, watn Liter Coon-

Dick nich heilen kann. Du hast in letzter Zeit kein ordentlichen Sprit mehr gekricht, wie?« Er klopfte Tea Cake kräftig auf den Rücken, und Tea Cake versuchte zu lächeln, wie es sich gehörte. Aber es fiel ihm schwer. Der Arzt öffnete seine Tasche und machte sich an die Arbeit.

»Du siehst tatsächlich bißchen spitz aus um die Nase, Tea Cake. Du hast Temperatur, und dein Puls is irngwie flau. Was hast du denn in letzter Zeit getrieben?«

»Nix, außer arbeiten un bißchen Karten spieln, Doktah. Aber sieht aus, wie wenn dat Wasser plötzlich wat gegen mich hätt.«

»Wasser? Wie meinst du das?«

»Kanns einfach nich im Magen behalten.«

»Wat noch?«

Janie kam bekümmert ums Bett herum.

»Doktah, der Tea Cake, der erzählt Sie nich alles, watter einglich soll. Der Hurrikan hat uns hier draußen erwischt, un da hat Tea Cake sich überanstrengt mit die lange Schwimmerei un mich noch über Wasser halten dabei un dann die vielen Kilometer Fußmarsch im Sturm, un dann, ohne ausruhn un nix, mußter mich nochmal ausm Wasser holn un mit den ollen Riesenköter kämpfen, un der Köter, der hatn im Gesicht gebissen un alles. Hätt mich nich gewundert, wenner schon früher wär krank geworn.«

»N Hund hatn gebissen, hast du gesagt?«

»Och, dat war doch weiter nix, Doktah. War alles in zwei, drei Tage wieder verheilt«, sagte Tea Cake ungeduldig. »Is eh schon übern Monat her. Dat hier is wat Neues, Doktah. Ich nehm an, dat Wasser is eem doch schlecht. Muß ja. Zu viele Tote drin rumgeschwomm, dat man bestimmt noch ne ganze Zeit nich davon trinken kann. Nehm ich jedenfalls ma an.«

»Na gut, Tea Cake. Ich werd dir Medikamente geben und Janie sagen, wie sie dich pflegen soll. Auf jeden Fall will ich, daß du innem Bett für dich schläfst, bis du wieder von mir hörst. Daß du mir Janie mal ne Weile aus deim Bett rausbehältst, hörst du? Komm mit raus zum Wagen, Janie. Ich möcht dir für Tea Cake paar Tabletten mitgeben, zum Einnehmen, gleich jetzt.«

Draußen fuhrwerkte er in seiner Arzttasche umher und gab Janie ein winziges Fläschchen mit einigen wenigen Kügelchen darin.

»Gib ihm davon jede Stunde eine, um ihn ruhigzustellen, Janie, und geh ihm ausm Weg, wenn er einen von seinen Anfällen kriegt und anfängt rumzuwürgen und fast erstickt.«

»Woher wissen Sie, datter die hat, Doktah? Dat is genau, wattich Sie hier draußen erzähln wollt.«

»Janie, ich bin ziemlich sicher, das warn tollwütiger Hund, was dein Mann gebissen hat. Ist zu spät, den Kopf von dem Hund aufzutreiben. Aber die Symptome sind alle da. Wirklich schlimm, daß das schon so lange geht. Paar Spritzen, gleich, nachdem das passiert ist, hätten ihn wieder auf die Beine gebracht.«

»Mein Sie, datter sterben muß, Doktah?«

»Sieht ganz so aus. Aber das Schlimmste ist, daß er

vermutlich ganz fürchterlich leiden muß, bevor er geht.«

»Doktor, ich hab ihn ja so mordsmäßich lieb! Sagen Sie mir alles, wattich tun kann, un ich tus.«

»So ziemlich das einzige, was du tun kannst, Janie, das wär, ihn ins County Hospital zu bringen, wo sie ihn festschnallen und sich ständig um ihn kümmern können.«

»Aber er kann Krankenhäuser nich ausstehn. Dann würd er denken, ich wärs leid, für ihn zu sorgen, wo dat weiß Gott nich stimmt. Ich kann den Gedanken nich ertragen, datwer Tea Cake anbinden wien tollwütichen Hund.«

»Darauf läufts praktisch raus, Janie. Er hat fast keine Chance durchzukommen, und er könnte jemand anders beißen, vor allem dich, und dann steckst du im gleichen Schlamassel wie er. Es ist wirklich schlimm.«

»Kamman denn garnix tun in seim Fall, Doktah? Wir ham ne Menge Geld auf der Bank in Orlandah, Doktah. Sehn Sie doch zu, ob Se nich irngwat Besondres tun könn, datsen retten. Egal wat dat kost, Doktah, is mir egal, aber bitte, Doktah.«

»Werd tun, was ich kann. Ich werd gleich nach Palm Beach telefonieren nach dem Serum, das er vor drei Wochen hätte bekommen sollen. Ich werde tun, was ich kann, zu seiner Rettung, Janie. Aber sieht aus, als wärs zu spät. Leute in dem Stadium können kein Wasser schlucken, weißt du, und es ist auch in anderer Hinsicht schrecklich.«

Janie machte sich draußen zu schaffen, um sich

noch ein Weilchen weismachen zu können, es sei alles nicht wahr. Solange sie nicht die Krankheit in seinem Gesicht sah, konnte sie sich einbilden, sie sei nicht wirklich da. Sieh einer an, dachte sie, da brachte der olle Riesenköter mit dem Haß in den Augen sie am Ende doch noch um. Sie wünschte sich, sie wäre von dem Kuhschwanz abgerutscht und an Ort und Stelle ertrunken und es wäre aus gewesen mit ihr. Aber Tea Cake durch sie umzubringen, das war nicht zu ertragen. Tea Cake, der Sohn der Abendsonne, mußte sterben, weil er sie liebte. Lange Zeit sah sie angestrengt in den Himmel. Irgendwo da oben, jenseits des blauen Himmelsgewölbes, saß Er. Merkte Er, was hier geschah? Mußte Er wohl, denn Er wußte alles. War es seine *Absicht*, Tea Cake und ihr das anzutun? Es war etwas, wogegen sie sich nicht zur Wehr setzen konnte. Sie konnte nur den Schmerz über sich ergehen lassen und warten. Vielleicht wollte Er ihnen nur einen Schreck einjagen, und wenn Er sah, daß Er weit genug gegangen war, würde Er ihr ein Zeichen geben. Ihre Augen suchten angestrengt, ob sich da oben etwas rührte, das als Zeichen gelten mochte. Ein Stern am hellichten Tag, vielleicht, oder ein Laut der Sonne oder auch nur ein Donnermurmeln. Eine Minute lang reckten sich ihre Arme in verzweifeltem Flehen nach oben. Es war nicht eigentlich eine Bitte, es waren stumme Fragen. Der Himmel blickte nach wie vor streng und ungerührt drein, und da ging sie ins Haus. Gott würde weniger tun, als Sein Herz barg.

Tea Cake lag mit geschlossenen Augen da, und Janie hoffte, er schliefe. Aber er schlief nicht. Eine große

Furcht hatte ihn gepackt. Was war dieses Ding, das sein Hirn in Flammen setzte und mit Eisenfingern seine Kehle umklammerte? Wo kam es her, und warum war es hinter ihm her? Er hoffte, es würde aufhören, bevor Janie etwas merkte. Er wollte noch einmal versuchen, Wasser zu trinken, aber sie sollte ihn nicht sehen, wenn es ihm mißlang. Sobald sie die Küche verließ, wollte er zum Eimer gehen und ganz schnell trinken, bevor irgend etwas Zeit hatte, ihn daran zu hindern. Bloß nicht Janie ängstigen, solange es sich vermeiden ließ. Er hörte sie den Herd saubermachen und sah sie nach hinten hinausgehen, die Asche auskippen. Sogleich stürzte er sich auf den Eimer. Aber diesmal genügte schon der Anblick des Eimers. Er krümmte sich vor Schmerzen auf dem Küchenfußboden, als Janie zurückkehrte. Sie liebkoste ihn, besänftigte ihn und brachte ihn wieder ins Bett. Sie beschloß, sich selber um die Medizin aus Palm Beach zu kümmern. Vielleicht fand sie jemanden, der hinfahren und sie abholen würde.

»Fühlsde dich jetz besser, Tea Cake, Kindchen?«

»Mmm-hmmm, bißchen.«

»Na, ich glaub, dann wer ich ma n Vorgarten harken. Die Mannsbilder ham überall ausgekaute Zuckerrohrschnipsel hingespuckt un Erdnußschaln verstreut. Ich will nich, dat der Doktah dat nochma so vorfindt, wenner wiederkommt.«

»Mach nich zu lang, Janie. Bin nich gern allein, wenn ich krank bin.«

So schnell sie konnte, rannte sie die Straße hinunter in Richtung Stadt. Auf halbem Weg kamen ihr Sop-de-Bottom und Dockery entgegen.

»Tachchen, Janie, wie gehts Tea Cake?«

»Ziemlich schlecht dran. Ich lauf ma eben nach Medizin.«

»Der Doktor hat wem erzählt, er wär krank, da wolltnwer ma nachkucken komm. Dachten, irngwat muß sein, is ja gar nich mehr auf Arbeit gekomm.«

»Bleibt bißchen bei ihm bei, bis ich wieder da bin. Er brauch jetz Gesellschaft da drinne.«

Wie ein Wirbelwind lief sie die Straße entlang in die Stadt und suchte Doktor Simmons auf. Ja, er habe Antwort bekommen. Sie hätten kein Serum vorrätig, aber sie hätten es telegrafisch aus Miami bestellt. Sie solle sich keine Sorgen machen. Es werde früh am nächsten Morgen dasein, wenn nicht schon vorher. Die Leute spaßten nicht in einem Fall wie diesem. Nein, es lohne sich nicht, daß sie einen Wagen mietete, um das Serum zu holen. Sie solle einfach nach Hause gehen und abwarten. Mehr könne sie nicht tun. Als sie zu Hause ankam, erhoben sich die Besucher, um sich zu verabschieden.

Als sie allein waren, verspürte Tea Cake das Verlangen, seinen Kopf in Janies Schoß zu legen und ihr zu sagen, wie ihm zumute war, und sich von ihr in ihrer liebevollen Art bemuttern zu lassen. Aber etwas, das Sop ihm gesagt hatte, ließ seine Zunge kalt und schwer zwischen seinen Kiefern liegen wie eine tote Eidechse. Mrs. Turners Bruder war wieder in die Marsch gekommen, und ausgerechnet jetzt hatte Tea Cake diese rätselhafte Krankheit bekommen. Menschen wurden nicht wegen nichts und wieder nichts so krank.

»Janie, wat hat der Bruder von die olle Turner hier schon wieder im Torf verlorn?«

»Weiß ich nich, Tea Cake. Hab nichma nich gewußt, dat er wieder da is.«

»Hasde wohl, nach meiner Meinung. Wat hasde dich denn eben von mir weggeschlichen?«

»Tea Cake, gefällt mir gar nich, dat du mich sowat frächs. Dat zeicht, wie krank du wahaftich bis. Du bis eifersüchtich, trotzdem dat ich dir kein Grund gegeben hab.«

»Na, wat hasde dich dann ausn Haus rausgeschlichn un has mich kein Bescheid gesacht? Has du doch früher nie gemacht.«

»Dat war, weil ich nich wollt, dat du dir Sorgen machs wegen dein Zustand. Der Doktah hat noch mehr Medizin bestellt, un ich bin nachkucken gegang, obse da is.«

Tea Cake begann zu weinen, und Janie schloß ihn in die Arme wie ein kleines Kind. Sie saß auf dem Bettrand und wiegte ihn wieder zur Ruhe.

»Tea Cake, du brauchs nich eifersüchtich sein auf mich. Erstensma könnt ich kein andern liebhaben als wie dich. Un zweitensma bin ich bloß n olles Weib, wat keiner haben will als wie du.«

»Nee, bisde eem nich. Du hörs dich bloß alt an, wennsde die Leute erzähls, wann du geborn geworn bis. Aber zum Ankucken bisde jung genuch un könnsde fast jeden Mann gefalln. Ungelogen. Ich weiß, jede Menge Mannsbilder täten dich nehm un täten schwer schuften für soviel Dusel. Habse doch reden hörn.«

»Kann sein, Tea Cake, ich habs jedenfalls nie ausprobiert. Ich weiß bloß, der liebe Gott hat mich durch dich ausn Feuer gerissn. Un ich lieb dich un bin froh un glücklich.«

»Schön Dank, Ma'am, aber sach nich, du bis alt. Du bis un bleibsn Schmusemädchen. Der liebe Gott hat gemacht, dat du zuers deine alten Jahre mit wem anders verbracht has, un deine Mädchenjahre hat er aufgehoben, datse duse mit mir verbring kanns.«

»So kommts mir auch vor, Tea Cake, un ich dank dir, dat du dat gesacht has.«

»Is doch keine Sache, wenn ich sag, wies is. Du bis ne hübsche Frau, außerdem dat du nett bis.«

»Och, Tea Cake.«

»Ja, bisde wohl. Jedesma, wenn ichn Fleckchen Erde mit Rosen seh oder sowat, un die tun alle wunder wie hübsch, dann sach ichse, wartets ab, bis ihr meine Janie seht. Du muß dich ma bei die Blum sehn lassen, hörs du, Janie?«

»Wennsde noch ne Weile so weitermachs, Tea Cake, dann glaub ich dir am Ende noch«, sagte Janie schelmisch und bettete ihn frisch. In diesem Augenblick spürte sie die Pistole unterm Kopfkissen. Das versetzte ihr einen kurzen scheußlichen Stich, aber sie fragte nicht nach, da er nie etwas davon gesagt hatte. Noch nie zuvor hatte Tea Cake mit einer Pistole unterm Kopfkissen geschlafen. »Laß dat sein mit die Reinemacherei vors Haus«, sagte er, als sie sich vom

Bettmachen aufrichtete. »Bleib da, wo ich dich sehn kann.«

»Is gut, Tea Cake, wie du wills.«

»Un wenn diesen säbelbeinichen Bruder von Mis' Turner wieder hier rumschleicht, kannsden sagen, ich werd ihn die Tour gründlich vermasseln. Der brauch hier nich rumstehn un Maulaffen feilhalten.«

»Ich wer dem gar nix sagen, weil ichn überhaupt nich sehn werd.«

In dieser Nacht hatte Tea Cake zwei schwere Anfälle. Janie sah einen fremden Ausdruck auf seinem Gesicht. Tea Cake war verschwunden. Etwas anderes blickte sie an. Janie nahm sich vor, mit dem ersten Schimmer Tageslicht zum Doktor zu laufen. Daher war sie schon aufgestanden und angezogen, als Tea Cake aus dem unruhigen Schlaf erwachte, der kurz vor Tagesanbruch über ihn gekommen war. Fast schon knurrend und zähnefletschend stellte er sie zur Rede, als er sie ausgehfertig angezogen sah.

»Wo wills du hin, Janie?«

»Zum Dokter, Tea Cake. Du bis zu krank, dat du ohne Arz hier im Haus bleiben kanns. Vielleicht solltenwer dich im Krankenhaus schaffen.«

»Mich kriegen keine zehn Pferde in kein Krankenhaus. Schreib dir dat hinter die Ohren. Du bis dat wohl leid, mich bedien un für mich machen un tun. Da bin ich anders mit dir gewesen. Ich hab nie genuch für dich tun könn.«

»Tea Cake, du bis krank. Du verstehs alles anders, wie ich dat mein. Könnt mir nie zuviel werden, dich versorgen. Ich hab bloß Anx, du bis zu krank, un ich werd nich allein damit fertich. Ich will, dat du wieder gesund wirs, Liebchen. Dat is alles.«

Er warf ihr einen unverhohlen feindseligen Blick zu und gab einen gurgelnden Laut von sich. Sie sah, daß er sich im Bett aufsetzte und sich verrenkte, um jede ihrer Bewegungen verfolgen zu können. Und sie begann, sich vor diesem fremden Ding in Tea Cakes Körper zu fürchten. Als er zum Klohäuschen hinausging, lief sie zum Bett und sah nach, ob die Pistole geladen war. Es war ein sechsschüssiger Revolver, drei der Kammern waren geladen. Sie wollte die Patronen herausnehmen, aber dann fiel ihr ein, er könnte ihn aufmachen und merken, daß sie Bescheid wußte. Das könnte ihn in seiner Verwirrung zu einer überstürzten Tat verleiten. Wenn doch die Medizin nur käme! Sie drehte die Trommel weiter, so daß der Hammer des Revolvers, sollte Tea Cake doch auf sie schießen, dreimal auf die leeren Trommelkammern schlagen würde, bevor er feuerte. Immerhin wäre sie dann gewarnt und konnte entweder weglaufen oder versuchen, ihm die Waffe wegzunehmen, bevor es zu spät war. Außerdem würde Tea Cake *ihr* sowieso nichts zuleide tun. Er war eifersüchtig und wollte ihr Angst einjagen. Sie würde sich einfach in der Küche zu schaffen machen wie immer und sich nichts anmerken lassen. Sobald es ihm wieder besser ginge, würden sie darüber lachen. Trotzdem suchte sie nach der Patronenschachtel und leerte sie. Wenn sie schon dabei war, konnte sie auch gleich die Schrotflinte von der Wand überm Kopfende des Bettes herunternehmen. Sie klappte sie auf, nahm die Schrotpatrone heraus, steckte sie in ihre Schürzentasche und stellte die Flinte in eine Ecke der Küche, fast hinter den Herd, wo sie schwer zu sehen war. Vor seinem Messer konnte sie notfalls davonlaufen. Natürlich war sie übervorsichtig, aber es schadete nicht, auf Nummer Sicher zu gehen. Sie durfte nicht zulassen, daß der arme kranke Tea Cake etwas tat, das ihn um den Verstand bringen würde, sobald ihm bewußt wurde, was er angerichtet hatte.

Sie sah ihn mit eigentümlich sprunghaftem Gang vom Außenklo zurückkommen. Sein Kopf schwang von einer Seite zur anderen, und die Kiefer waren merkwürdig zusammengepreßt. Es war zu entsetzlich! Wo blieb bloß Dr. Simmons mit dieser Medizin? Ein Glück, daß sie da war und sich um ihn kümmern konnte. Die Leute würden ihrem Tea Cake so grauenhafte Dinge antun, wenn sie ihn in diesem Zustand sähen. Tea Cake zu behandeln, als sei er irgendein tollwütiger Hund, wo niemand auf der Welt sanftmütiger war als er. Das einzige, was er brauchte, war, daß der Arzt endlich mit dieser Medizin käme. Tea Cake kehrte wortlos ins Haus zurück, schien ihre Anwesenheit nicht einmal wahrzunehmen, fiel schwer aufs Bett und schlief ein. Janie stand neben dem Herd und wusch Geschirr, als er sie mit einer befremdlichen, kalten Stimme ansprach.

»Janie, wie kommts, dat du nich mehr mit mir zusamm in ein Bett schlafen wills?«

»Der Doktah hat dir doch gesacht, du solls lieber

alleine schlafen, Tea Cake. Erinners du dich nich, dat er dir dat gestern gesacht hat?«

»Wie kommts, dat du lieber aufne Matte am Fußboden schläfs, anstatt bei mir im Bett?« Er war aufgestanden, und Janie sah, daß er die Pistole in der herunterbaumelnden rechten Hand hielt. »Geb mir Antwort, wenn ich mit dir red.«

»Tea Cake, Tea Cake, Liebchen! Lech dich wieder hin! Die Minute, wo der Doktah dat sacht, bin ich nur zu gerne wieder mit dir zusamm da drinne. Tu dich wieder hinlegen. Er wird gleich mit neue Medizin dasein.«

»Janie, ich hab getan für dich, wat ich kann, un ich war immer gut zu dir gewesen, un nu tut mich dat in meine Seele weg, dat ich so dermaßen schlecht behandelt werd.«

Die Waffe hob sich bebend, aber schnell und richtete sich auf Janies Brust. Sie bemerkte, daß er noch im Fieberwahn gut zielte. Vielleicht zielte er nur auf sie, um sie zu erschrecken, weiter nichts.

Die Pistole klickte einmal. Instinktiv flog Janies Hand nach hinten, griff nach der Schrotflinte und holte sie hervor. Bestimmt würde ihn das abschrekken. Wenn doch der Doktor käme! Wenn doch irgendwer käme! Sie öffnete flink das Gewehr und schob die Schrotpatrone hinein, als das zweite Klikken ihr sagte, daß Tea Cakes gequältes Hirn ihn zum Töten trieb.

»Tea Cake, lech die Pistole wech, und geh wieder ins Bett!« schrie Janie ihm zu, während die Waffe schwach in seiner Hand wedelte.

Er stützte sich am Türrahmen ab, und Janie wollte auf ihn zulaufen und ihm in den Arm fallen, aber sie sah die rasche Bewegung des Zielens und hörte das Klicken. Sah den grimmigen Blick in seinen Augen und war fast außer sich vor Angst wie damals im Wasser. Halb irrsinnig vor Hoffnung und Angst hob sie den Lauf der Flinte. Hoffnung, daß er sie sehen und weglaufen würde. Verzweifelte Angst um ihr Leben. Wäre Tea Cake imstande gewesen, Risiken abzuwägen, wäre er nicht mit der Pistole in der Hand dagestanden. Er wußte nichts von Angst, nichts von Gewehren, nichts. Er schenkte dem angelegten Gewehr nicht mehr Aufmerksamkeit, als wenn es Janies erhobener Zeigefinger gewesen wäre. Sie sah, daß sein Körper sich von Kopf bis Fuß anspannte, während er anlegte und zielte. Der Teufel in ihm mußte töten, und Janie war das einzige Lebewesen weit und breit.

Pistole und Flinte knallten fast gleichzeitig. Die Pistole gerade so lange nach dem Gewehr, daß sie wie dessen Echo klang. Tea Cake brach zusammen, und seine Kugel grub sich in den Deckenbalken über Janies Kopf. Janie sah den Ausdruck auf seinem Gesicht, sie sprang auf ihn zu, und er stürzte vornüber in ihre Arme. Sie versuchte ihn aufzufangen, und da gruben sich seine Zähne in das Fleisch ihres Unterarms. Schwer und wie von selbst senkten sie sich hinein. Janie kämpfte sich zu einer sitzenden Position hoch und löste mit aller Kraft die Zähne des toten Tea Cake von ihrem Arm.

Es war der erbärmlichste Augenblick der Ewigkeit. Eben noch war sie nur ein verängstigtes Menschenwesen, das um sein Leben kämpfte. Nun sah sie sich auf einmal in der Rolle der Opfernden mit Tea Cakes Kopf auf dem Schoß. Sie hatte sich so sehr gewünscht, daß er am Leben bliebe, und nun war er tot. Keine Stunde, auch nicht die schlimmste, währt ewig, aber sie gewährt das Recht auf Tränen. Janie drückte seinen Kopf an ihre Brust und weinte und dankte ihm wortlos, daß er ihr die Chance gegeben hatte, zu erfahren, was es heißt, Dinge aus Liebe zu tun. Sie mußte ihn fest umarmen, denn bald würde er fort sein, und sie mußte es ihm zum letzten Mal sagen. Dann umnachtete Schmerz die Welt.

Noch am gleichen Tag, am Tag ihrer großen Trauer, kam Janie ins Gefängnis. Und als der Arzt dem Sheriff und dem Richter erzählte, wie sich alles zugetragen hatte, sagten beide, Janie müsse noch diesen Tag vor Gericht gestellt werden. Unnötig, sie mit langem Warten im Gefängnis zu bestrafen. Drei Stunden im Gefängnis, und schon saßen sie über ihren Fall zu Gericht. Die Zeit war knapp, aber es waren genügend Leute anwesend. Viele Weiße kamen, das Unerhörte mit anzusehen. Und alle Schwarzen von meilenweit her aus dem Umkreis. Wer hätte nicht um die Liebe zwischen Tea Cake und Janie gewußt?

Das Gericht trat zusammen, und Janie sah den Richter, der eine vornehme Robe angelegt hatte, um von ihr und Tea Cake zu hören. Und zwölf weitere weiße Männer hatten stehen- und liegenlassen, was auch immer sie gerade taten, um zu hören, was zwischen Janie und Tea Cake Woods vorgefallen war, und um darüber zu befinden, ob alles mit rechten Dingen zugegangen war oder nicht. Eigentlich merkwürdig. Zwölf fremde Männer, die nicht das Geringste über Leute wie Tea Cake und Janie wußten, würden über die Sache zu Gericht sitzen. Auch acht oder zehn weiße Frauen waren gekommen, sich Janie anzusehen. Sie waren gut gekleidet und hatten die rosige Hautfarbe, die von guter Ernährung kommt. Beileibe kein armes weißes Gesindel. Was brachte *die* dazu, ihren Wohlstand zu verlassen und Janie in ihren Latzhosen zu begucken? Aber Janie war es, als seien sie ihr nicht allzu gram. Lieber hätte sie *ihnen* mitgeteilt, wie sich alles zugetragen hatte, und nicht diesen Mannsbildern. Ach, und sie hoffte, der Bestattungsunternehmer tat sein Bestes und machte Tea Cake schön zurecht. Sie sollten ihr gestatten, hinzugehen und sich darum zu kümmern. Ja, und da war Mr. Prescott, den sie recht gut kannte und der den zwölf Männern zureden würde, sie zum Tod zu verurteilen, weil sie Tea Cake erschossen hatte. Und ein fremder Mann aus Palm Beach, den niemand kannte und der diesen Männern nahelegen würde, Janie nicht zum Tode zu verurteilen.

Dann erblickte sie alle die Farbigen, die hinten im Gerichtssaal standen. Dicht gedrängt wie Staudensellerie in einer Kiste, nur viel dunkler. Sie waren alle gegen sie, das sah sie ihnen an. So viele waren da, die gegen sie waren, daß ein Spießrutenlauf mit einem leichten Schlag von jedem von ihnen genügt hätte, sie totzuschlagen. Janie spürte, daß sie sie mit schmutzigen Gedanken bombardierten. Da standen sie mit entsicherten und geladenen Zungen, der einzigen

Waffe, die den Schwachen bleibt. Der einzigen Mordwaffe, die sie in Anwesenheit von Weißen gebrauchen dürfen.

Nach einer Weile war alles bereit, und die Leute sollten aussagen, damit die Geschworenen für recht erkannten, was mit Janie Woods, dem Überbleibsel von Tea Cakes Janie, geschehen sollte. Der weiße Teil des Raums verhielt sich um so stiller, je ernster es wurde, aber die Schwarzen erfaßte ein Zungensturm, wie Wind, der durch Palmwipfel fährt. Sie begannen plötzlich alle auf einmal zu reden, wie im Chor, und ihre Oberkörper bewegten sich im Takt dazu. Sie ließen Mr. Prescott durch den Gerichtsdiener ausrichten, daß sie in dem Fall aussagen wollten. Tea Cake warn guter Kerl. Er hatte die Frau da gut behandelt. Keine Niggerfrau war niemals nich besser behandelt worden. Nee, meine Herrn! Der hatte für sie geschufftet wie ein Ochse und sich fast umgebracht, wie er ihr im Sturm das Leben gerettet hatte, und kaum daß ern bißchen Fieber von dem vielen Wasser kriegte, hatte die sich mit nem andern eingelassen. Hatte nach ihm geschickt, daß er von weit weg hier runterkam. Hängen war zu gut für die. Sie wollten bloß eine Chance, als Zeugen auszusagen. Der Gerichtsdiener ging nach vorn, und der Sheriff und der Richter und der Polizeichef und der Anwalt, sie alle steckten die Köpfe zusammen und hörten ein paar Minuten lang zu, dann gingen sie wieder auseinander, und der Sheriff trat in den Zeugenstand und schilderte, wie Janie mit dem Arzt zu ihm gekommen war und wie er alles vorgefunden hatte, als er zu ihrem Haus fuhr.

Dann riefen sie Dr. Simmons auf, und der berichtete von Tea Cakes Krankheit und beschrieb, wie gefährlich diese für Janie und die ganze Stadt gewesen sei und daß er Angst um sie gehabt und daran gedacht hatte, Tea Cake ins Gefängnis zu sperren, daß er aber angesichts von Janies Fürsorglichkeit darauf verzichtet habe. Und wie er Janie mit der Bißwunde im Arm vorgefunden hatte, auf dem Fußboden sitzend und Tea Cakes Kopf streichelnd. Und die Pistole unmittelbar neben seiner Hand auf dem Fußboden. Dann verließ er den Zeugenstand.

»Weitere Zeugenaussagen, Mr. Prescott?« fragte der Richter.

»Nein, Euer Ehren. Die Staatsanwaltschaft hat die Beweisaufnahme abgeschlossen.«

Wieder hob der Palmentanz unter den Schwarzen hinten im Saal an. Sie waren gekommen, um auszusagen. Die Staatsanwaltschaft konnte die Beweisaufnahme nicht abschließen, bevor sie sie alle gehört hatte.

»Mistah Prescott, ich hätt wat ze sagen«, verkündete Sop-de-Bottom namenlos aus der namenlosen Herde. Der Gerichtssaal drehte sich um die eigene Achse, um zu sehen, was los war.

»Wenn Sie wissen, was gut ist für Sie, dann halten Sie besser den Mund, bis Sie aufgerufen werden«, verwies Mr. Prescott ihn kühl.

»Jawoll Sir, Mr. Prescott.«

»Wir verhandeln diesen Fall. Noch ein Wort von Ihnen, von irgendeinem von euch Niggern da hinten, und ich laß euch abführen.«

»Jawoll, Sir.«

Die weißen Frauen klatschten vornehm Applaus, und Mr. Prescott starrte zornig nach hinten in den Saal und verließ seinen erhöhten Platz. Dann nahm der fremde weiße Mann seinen Stuhl ein, der Mann, der in Janies Namen sprechen sollte. Er flüsterte mit dem Schriftführer und rief dann Janie in den Zeugenstand. Nach wenigen kurzen Fragen sagte er, sie solle einfach erzählen, wie sich alles zugetragen habe, und sie solle die Wahrheit, die reine Wahrheit und nichts als die Wahrheit sagen. So Gott ihr helfe.

Alle beugten sich vor, um besser zu hören, während sie sprach. Als erstes mußte sie daran denken, daß sie hier nicht zu Hause war. Sie stand vor Gericht und kämpfte gegen etwas, und das war nicht der Tod. Es war schlimmer. Es waren verlogene Gedanken. Sie mußte weit in die Vergangenheit zurückgehen, um ihnen zu berichten, wie sie und Tea Cake zueinander gestanden hatten, damit sie begriffen, daß sie Tea Cake nie aus böser Absicht hätte erschießen können.

Sie versuchte, ihnen vor Augen zu führen, wie das Schicksal alles so unselig gefügt hatte, daß Tea Cake nicht mehr zu sich kommen konnte, bevor er den tollwütigen Hund los wurde, den er im Leibe hatte, und daß er den Hund nicht loswerden konnte und am Leben bleiben. Er hatte sterben müssen, um den Hund loszuwerden. Aber sie hatte ihn nicht töten wollen. Ein Mensch hatte schlechte Karten, wenn er sterben mußte, um seinen Gegner zu schlagen. Sie machte ihnen begreiflich, daß sie niemals wünschen konnte, ihn loszuwerden. Sie richtete ihre Worte an keine der Parteien. Sie saß einfach da und berichtete, und als sie fertig war, schwieg sie. Sie war schon eine Zeitlang fertig, bevor der Richter und der Anwalt und die übrigen Anwesenden es gewahr zu werden schienen. Aber sie blieb auf dem Anklagestuhl sitzen, bis der Anwalt ihr sagte, sie könne gehen.

»Die Verteidigung hat die Beweisaufnahme abgeschlossen«, sagte der Anwalt. Dann flüsterten er und Prescott miteinander, und beide tuschelten mit dem Richter, hoch oben an seinem erhöhten Platz. Dann setzten beide sich wieder.

»Hohes Gericht, es ist an Ihnen zu entscheiden, ob die Angeklagte einen kaltblütigen Mord begangen hat oder ob sie eine arme gebrochene Kreatur ist, eine hingebungsvolle Ehefrau, die durch unglückliche Umstände in eine Zwangslage geriet und, indem sie eine Schrotkugel ins Herz ihres nunmehr verblichenen Ehemannes abfeuerte, in Wirklichkeit eine barmherzige Tat beging. Wenn Sie sie als mutwillige Mörderin ansehen, müssen Sie sie des Mordes für schuldig erklären. Wenn die Beweise das nicht rechtfertigen, dann müssen Sie sie auf freien Fuß setzen. Einen Mittelweg gibt es nicht.«

Die Geschworenen gingen im Gänsemarsch hinaus, und der Gerichtssaal begann zu summen, einige Leute standen auf und gingen umher. Janie saß da wie ein Häuflein Elend und wartete. Sie fürchtete sich nicht vor dem Tod. Sie fürchtete sich davor, mißverstanden zu werden. Wenn sie sie für schuldig befanden, daß sie Tea Cake nicht mehr gewollt und seinen Tod gewünscht hatte, dann wäre das wahrhaftig eine Sünde und eine Schande. Das wäre schlimmer als Mord. Dann waren die Geschworenen wieder da. Nach der Uhr im Gerichtssaal ganze fünf Minuten später.

»Wir sehen den Tod von Vergible Woods als ganz und gar schicksalhaft und entschuldbar an und sprechen die Angeklagte Janie Woods von jedem Schuldverdacht frei.«

Sie war frei, und der Richter und alle da oben lächelten und schüttelten ihr die Hand. Und die weißen Frauen weinten und umstanden sie wie ein Schutzwall, und die Neger trotteten mit hängenden Köpfen davon. Die Sonne war fast bis auf den Horizont gesunken. Janie hatte sie über ihrer kummerbeladenen Liebe aufgehen sehen, und dann hatte sie Tea Cake erschossen, war im Gefängnis gewesen und unter Mordanklage vor Gericht gestanden, und nun war sie frei. Was hätte sie noch anfangen sollen mit dem bißchen, das vom Tag übrig war, als die freundlichen Weißen besuchen, die ihre Gefühle ernst genommen hatten, und ihnen zu danken. Dann ging die Sonne unter.

Sie nahm sich in der Pension ein Zimmer für die Nacht und hörte die Männer vorm Haus reden.

»Hach, war ja klar, dat die weißen Männer keine Frau nix antun täten, wat so aussieht wie die.«

»Se hat schließlich kein Weißen umgebrung, nichwahr? Tja, un solange, wiese kein weißen Mann erschießt, kannse so viele Niggers umbring, wiese lustich is.«

»Genau, die Niggerfraun, die könn so viele schwarze Männer morden, wiese wolln. Aber wehe, du brings ein von denen um. Wennsde dat tus, tun dich die Weißn ganz bestimmt häng.«

»Na, ihr kennt ja den Spruch, n weißer Mann un ne Niggerfrau sin dat Freiste, wattet gibt auf Erden. Könn tun un lassen, watse wolln.«

Janie begrub Tea Cake in Palm Beach. Sie wußte, daß er die Glades liebte, aber die waren zu tief gelegen, um ihn dort in die Erde zu betten. Da konnte ihn jeder schwere Regenfall wegschwemmen. Außerdem hatten die Glades und ihre Wasser ihn umgebracht. Sie wollte ihn vor Stürmen geschützt wissen, deshalb ließ sie auf dem Friedhof in West Palm Beach eine massive Gruft bauen. Janie hatte telegrafisch Geld aus Orlando erbeten, um ihn beisetzen zu können. Tea Cake war der Sohn der Abendsonne, und nichts war zu gut für ihn. Der Bestattungsunternehmer hatte seine Sache gut gemacht, und Tea Cake ruhte fürstlich auf seinem weißseidenen Totenbett, inmitten der Rosen, die Janie gekauft hatte. Er sah aus, als werde er jeden Augenblick zu grinsen anfangen. Janie kaufte ihm eine nagelneue Gitarre und legte sie in seine Hände. Er würde sich neue Lieder ausdenken und sie ihr vorspielen, wenn sie einmal dort ankam.

Sop und seine Freunde hatten sie demütigen wollen, aber Janie wußte, daß sie es getan hatten, weil sie Tea Cake liebten und nicht begreifen wollten. Deshalb ließ sie Sop und durch ihn all die anderen benachrichtigen. Und am Tag des Begräbnisses kamen sie mit beschämten und Vergebung heischenden Mienen. Sie hofften, daß Janie rasch vergessen würde. Und so füllten sie die zehn Limousinen, die Janie gemietet hatte, bis zum Überquellen und fügten dem Trauerzug noch einige hinzu. Dann spielte die Band, und Tea Cake wurde wie ein Pharao zu seinem Grab geleitet. Keine teuren Schleier und Kleider für Janie diesmal. Sie kam in ihren Latzhosen daher. Sie war zu sehr mit Trauern beschäftigt, um Trauer zu tragen.

20

Weil sie Janie ja eigentlich nur ein ganz kleines bißchen weniger liebten, als sie Tea Cake geliebt hatten, und weil sie nicht schlecht von sich selber denken wollten, mochten sie mit ihrer Gehässigkeit nichts mehr zu tun haben. So schoben sie alles auf Mrs. Turners Bruder und verjagten ihn wieder aus der Marsch. Dem würden sie es zeigen, da runterzukommen und sich aufzuspielen, als sei er wunder wie gutaussehend, und sich vor den Frauen der anderen Männer zur Schau zu stellen. Und selbst wenn sie nicht hinguckten, konnte er nichts dafür, aufgedrängt hatte er sich allemal.

»Nö, ich bin nich böse auf Janie«, tönte Sop überall herum. »Der Tea Cake, der hatse Tazache nich mehr alle gehabt. Kammanse kein Vorwurf machen, datse sich vateididicht hat. Die war verrückt nach den Mann. Kuckt euch bloß an, wiesen dat letzte Geleit gegeem hat. Ich hab nix gegen die Frau. Hab mich ja zuerst nix bei gedacht, aber den ersten Tach, wo den säbelbeinichen Nigger hier wieder ankam un so gemacht hat, wie wenner Arbeit am Suchen wär, kamer mich fragen, wies denn Mr. un Mrs. Woods so geht. Dat zeich doch, der hat Absichten gehabt.

Un wie Stew Beef un Bootyny un noch paar von die andern dem auf die Pelle gerückt sin, kamer bei mir angerannt, ich solln rettn. Ich hab ihn gesach, brauchs gar nich Hals über Kopp zu mir komm, ich wer dich nämlich zur Hölle jagen, un dat hab ich auch getan. Miststück, dat.« Das genügte, sie machten ihren Gefühlen Luft, indem sie ihn verprügelten und davonjagten. Ihr Groll auf Janie hatte zwei ganze Tage gedauert, und das war schon zu viel. Zu anstrengend, sich groß dran zu erinnern.

Sie hatten Janie gebeten dazubleiben, und da leistete sie ihnen noch ein paar Wochen Gesellschaft, um ihnen ihr schlechtes Gewissen zu nehmen. Aber die Marsch war gleichbedeutend mit Tea Cake, und Tea Cake war nicht mehr. Was blieb, war eine weite Flur aus schwarzem Morast. Janie hatte alle Habseligkeiten aus ihrem Häuschen verschenkt, ausgenommen ein Päckchen Gartensamen, die Tea Cake zum Pflanzen gekauft hatte. Er war nie mehr dazu gekommen, weil er auf die günstigste Mondphase gewartet hatte, als ihn die Krankheit überwältigte. Die Samen erinnerten Janie mehr als alles andere an Tea Cake, weil er immer irgend etwas gepflanzt hatte. Sie hatte die Samen auf dem Küchenregal bemerkt, als sie von der Beerdigung zurückgekehrt war, und hatte sie in die Brusttasche ihrer Arbeitshose gesteckt. Nun, da sie wieder zu Hause war, wollte sie sie zur Erinnerung an ihn einpflanzen.

Janie bewegte ihre Füße in der Wasserschüssel. Die Müdigkeit war verflogen, und sie trocknete sie mit dem Handtuch ab.

»Tja, so war dat alles gewesen, Pheoby, genau so, wie ich dir dat erzählt hab. Jetz bin ich also wieder zu

Hause, un ich bin froh, dat ich hier bin. Ich bin bis nachen Horizont un wieder zurück, un jetz kann ich beruhigt hier in mein Haus leben un mich an meine eigne Erfahrungen halten. Dat Haus is jetz nich mehr so ohne wie früher, eh Tea Cake hier ankam. Jetz isses voll mit Gedanken, vor allen dat Schlafzimmer.

Ich weiß, die ganzen Tagediebe un Maulhelden drüben auf der Veranda, die wern fast platzen vor Neugier, datse endlich rauskriegen, von wat wir zwei beide am Reden warn. Soll mir recht sein, Pheoby, kannsdse ruich alles erzähln. Die wern sich wundern, weil meine Liebe nich so funktioniert hat wie ihre Liebe, wennse überhaupt welche erlebt ham. Dann muß duse erzähln, dat Liebe eem nich wien Mühlstein is, wat rundrum gleich is un mit alles, wat er berührt, dat gleiche macht. Liebe is wie die See. Immer in Bewegung, un trotz un alledem krichtse ihre Form von der Küste, wo se drauf trifft, bei jeder Küste wieder ne andre.«

»Großer Gott!« Pheoby atmete schwer aus. »Ich bin ja paar Meter gewachsen, allein vom Zuhörn, Janie. Bin gar nich mehr zufriedn mit mir selber. Ich werd Sam rumkriegen, dat er mich in Zukumf zum Angeln mitnimmt. Soll ja keiner an dir rummäkeln, wenn ich in der Nähe bin.«

»Weißde, Pheoby, nimm dir dat nich so zu Herzen mit den andern, die sin ja schon verdorrt vor lauter Nixwissen. Die Trauerklöße müssen eem quasseln, dattat so aussieht, wie wennse leben. Sollnse sich doch mit Reden trösten. Leider is Reden nich die Bohne wert, wennsde sons nix kanns. Wennsde die Art Gerede anhörs, kannsde genausogut n Mund aufmachen unnen Mond in deine Kehle reinschein lassen. Is ja ne alte Weisheit, Pheoby, man muß selber *dabeisein*, wemman *Bescheid wissen* will. Kann dir kein Mensch sagen un zeigen, nich dein Papa un nich deine Mama un auch sons keiner. Zwei Sachen muß jeder ganz alleine machen. Zu Gott gehn un dahinterkomm, wat Leben is.«

Danach war es vollkommen still, so daß sie zum ersten Mal hörten, wie der Wind die Kiefern zauste. Dabei mußte Pheoby an Sam denken, der auf sie wartete und bestimmt langsam unruhig wurde. Janie dachte an das Zimmer im ersten Stock – ihr Schlafzimmer. Pheoby umarmte Janie stürmisch und zerteilte fluchtartig die Dunkelheit.

Bald war im Erdgeschoß alles verschlossen und verriegelt. Janie stieg mit ihrer Petroleumlampe die Stufen hinauf. Das Licht in ihrer Hand war wie ein Funken Sonnenmasse, der ihr Gesicht mit Feuer übergoß. Ihr schwarzer Schatten fiel kopfüber hinter ihr die Treppe hinunter. Jetzt schmeckte die Luft in ihrem Zimmer wieder frisch. Der Wind war durch die offenen Fenster hereingeweht und hatte alle muffigen Gefühle von Abwesenheit und Leere hinausgefegt. Sie schloß Fenster und Tür und setzte sich. Kämmte Straßenstaub aus ihrem Haar. Tief in Gedanken.

Der Tag der Schrotflinte und der blutigen Leiche und des Gerichts kehrte wieder und begann, ihr aus jedem Winkel des Zimmers einen Seufzer entgegenzuschluchzen; aus jedem Stuhl und jedem Ding. Begann zu singen, zu schluchzen und zu seufzen, zu singen und zu schluchzen. Dann kam Tea Cake und tollte um Janie herum, und der Seufzergesang floh zum Fenster hinaus und ließ sich in den Kieferwipfeln nieder. Tea Cake mit der Sonne als Schal. Natürlich war er nicht tot. Er konnte niemals tot sein, bevor sie selber aufgehört hatte zu fühlen und zu denken. Der Kuß der Erinnerung warf Bilder von Liebe und Licht auf die Wand. Hier war Friede. Sie holte ihren Horizont ein wie ein großes Fischernetz. Holte ihn ein vom Rand der Welt und warf ihn sich um die Schultern. So viel Leben in den Maschen! Sie rief ihre Seele herbei, sich alles anzuschauen.

Glossar

Black American English

Schwarzamerikanische Dialekte weisen deutliche Spuren afrikanischer und kreolischer Sprachen auf, ähneln hinsichtlich Grammatik und Phonologie aber den weißen Dialekten. Je länger man sich als Übersetzerin mit afroamerikanischer Literatur, Folklore und Sprache beschäftigt, desto häufiger springen ähnliche Wesensmerkmale von Black English und den Mundarten in der eigenen Sprache ins Auge: nicht nur Spontaneität, Bildhaftigkeit, Erfindungsreichtum, Sinnlichkeit, Lust an der Widerrede, Verballhornung von Bildungs- und Fremdwörtern, sondern auch grammatische Prinzipien wie zwei- und dreifache Verneinung, doppelter Plural, Vorliebe für die Verlaufsform, maulfreundliche Zusammenziehungen und Verschleifungen, Vertauschen von Personen oder Fällen und vieles andere mehr. Auch Redensarten und Erzählinhalte der schwarzamerikanischen Folklore aus dem ländlichen Süden sind aufgrund der Verschmelzung afrikanischen und europäischen Brauchtums teilweise merkwürdig vertraut. Im Laufe ihres Anthropologiestudiums bei Franz Boas kam Zora Neale Hurston zu dem Schluß, daß es in den Geschichten der Menschen überall auf der Erde im Grunde um die gleichen zentralen Anliegen und Gefühle geht.

Affenvolk, Lügenmäuler, Verandahocker, Lügenmärchen

Bevor es Radio, Fernsehen und Klimaanlagen gab, setzten sich die schwarzen Amerikaner in den Südstaaten nach der Fron des Tages seit jeher auf den Veranden vor ihren Holzhütten zusammen, klönten über Alltagsereignisse und überboten sich gegenseitig im immer neuen Erzählen alter Legenden und Volksmärchen, die jeder mit noch bunteren, noch verblüffenderen Einzelheiten auszuschmücken versuchte, weshalb sie sie auch selber *»lies«*, »Lügenmärchen«, nannten. Für die Afroamerikaner, denen bis zum Ende der Sklaverei das Lesen- und Schreibenlernen bei Strafe verboten und bis in die siebziger Jahre unseres Jahrhunderts der Zugang zu Schul- und Hochschulbildung durch Rassentrennungsgesetze und Ku-Klux-Klan verbaut wurde, war das Erzählen, Tönespucken, Wolkenschieben und Musizieren auf den Holzveranden fast der einzige Kulturaustausch. Zora Neale Hurston, die in einer der ersten rein schwarzen Gemeinden in Zentralflorida aufwuchs, hatte den *store porch*, die Veranda vor dem Dorfladen, als Mittelpunkt des Gemeindelebens erfahren, als »Totem, das die schwarze Kulturtradition verkörpert«, als »Mittelpunkt der Welt«. Sie war, wie Langston Hughes später von ihr sagte, »selbst schon ein Stück perfekter Unterhaltungsliteratur... Sie steckte voller Anekdoten zum Totlachen, voll witziger Geschichten und tragikomischer Erzählungen, an die sie sich aus ihrem Leben im Süden als Tochter eines reisenden Dieners Gottes erinnerte. Sie konnte einen im einen Augenblick zum Lachen bringen und im nächsten zum Weinen.« Während ihres Anthropologie-Studiums in New York begann sie, in den Südstaaten und in der Karibik afroamerikanische und kreolische Volkserzählungen zu sammeln.

In der Eingangsszene von *Und ihre Augen schauten Gott* belegt sie die *sitters-and-talkers*, die Verandahocker-und-Tratscher, die sich hier von ihrer gehässigsten Seite zeigen, mit dem Spitznamen *bander log*, dem aus dem Hindi stammenden Namen des Affenvolks in Rudyard Kiplings *Dschungelbuch*. Ein reichlich bissiger Vergleich, denn im *Dschungelbuch* heißt es, die *Bandar-log* hausten an einem »verachteten Platz«, dem »kein Tier, das Selbstachtung besaß«, nahekam; »Schwätzer, Narren, Gecken«, »Nußknacker und Taugenichtse« seien sie, die »kein Gesetz, keinen Jagdruf, keinen Führer – nichts als dumme Worte« hätten. In ihrer Autobiographie erklärt Zora Neale Hurston diesen Vergleich: »Wo auch immer ihr dem Bruder in Schwarz begegnet, wird er eine Geschichte über seinen Bruder, den Affen, erzählen. Unterschiedliche Sprachen und Geographie vielleicht, aber die gleiche Zärtlichkeit. Überall wird der Affe als Bruder anerkannt.

Immer wenn wir uns über uns selber lustig machen wollen, werfen wir dem Affen den Umhang unserer Unzulänglichkeiten über.«

Schwafeln, schwindeln, Töne spucken

Begriffe wie *woof* und *boogerboo* haben einen hohen Stellenwert im Black Slang. Hurston definiert *woofing* als »müßiges Geschwafel«, z. B. wenn »ein Mann halb im Ernst mit einem Mädchen flirtet, halb im Ernst droht, sich zu prügeln, oder große Töne spuckt von seinen Heldentaten im Bett, im Kampf oder in finanziellen Dingen. Ursprünglich war das nutzlose Bellen von Hunden in mondlosen Nächten gemeint.« *To boogerboo* bedeutet im Black Slang so tun als ob, schwindeln, ist also fast synonym mit *to lie*. Möglicherweise kommt *boogerboo* auch von *bookooing* (von frz. *beaucoup*), was nach Hurstons Definition laut reden, dick auftragen, schwafeln bedeutet.

Sich gegenseitig verkackeiern, verhohnepiepeln, frotzeln

Auch *playing the dozens* oder *the dirty dozens* gehört zu den Schlüsselbegriffen des Black Slang. Als Beispiel wird im *New Dictionary of American Slang* der Satz »Y'all really playin' de dozens tunight« aus dem vorliegenden Roman angegeben. Der schwarzamerikanische Linguist und Schriftsteller Clarence Major erläutert die Wendung: »Ausgeklügeltes sprachliches Geschicklichkeitsspiel, das unter jungen schwarzen Männern üblich ist und bei dem die Teilnehmer gegenseitig (mit zwölf oder weniger anzüglichen Bemerkungen) ihre Verwandten verunglimpfen, vor allem ihre Mütter. Ziel des Spiels ist es, die emotionale Stärke des anderen auf die Probe zu stellen. Der erste, der sich ärgern läßt, hat verloren.«

Maultiere und Menschen

Die Schicksale von schwarzen Menschen und Maultieren waren im Süden Nordamerikas lange Zeit eng miteinander verknüpft. Beide zusammen bildeten bis in die dreißiger Jahre das Rückgrat der Südstaatenökonomie. Maultiere erbrachten gute Leistungen, auch wenn sie grob behandelt, geschunden und schlecht ernährt wurden. Um 1925 übertrafen in manchen Regionen die täglichen Unterhaltskosten für einen Maulesel den Taglohn schwarzer Landarbeiter. Ein Maultier kostete damals im Schnitt 1,32 Dollar pro Tag, die Schwarzen bekamen 1,25 Dollar.

Nachtgespenst, Nachtkrapp

Booger man, auch *bogey, boogie, boogey* oder *bogy* geschrieben, bezeichnet im weißen Slang unter anderem einen schwarzen Menschen; im Black Slang unter anderem Teufel, Schreckgespenst, Unhold; der Teufel oder Leibhaftige ist auch als *Old Bogy* bekannt. Clarence Major schreibt, manche meinten, auch der Begriff *Boogie-Woogie* spiele auf den Teufel an und auf alle mit ihm assoziierten Übel. Eine Vielzahl abgeleiteter Slangwörter wie *bug-a-boo, bugaboo, boogerboo, bugaloo* stehen, je nachdem von wem sie benutzt werden, für schwarz, schwarze Musik oder für alles Erschreckende, Bedrohliche, Trügerische. Lautlich und inhaltlich ähnelt dem *booger man* der neutestamentliche *Beelzebub*, der Herr der Fliegen oder Oberteufel. Auch der *Butzemann* bietet sich an, vom mittelhochdeutschen *butze* oder Poltergeist, der im Alemannischen eine Schreckgestalt, einen Strohmann bzw. eine Vogelscheuche bezeichnet, aber dieser Begriff weckt heute harmlosere, kindlichere Bilder als der *booger man*. Der alemannische *Nachtkrapp* – auf Rotwelsch *Nacht-Rabe* –, d. h. Nachtschwärmer, Nachtdieb, kommt dem hier gemeinten, eher durch seine Männlichkeit bedrohlichen Nachtgespenst inhaltlich und sprachlich am nächsten.

Pumuchelsköppe, Glumsköppe

Zigaboo, jibagoo, jigaboo, jigabo, jig oder *zig* sind seit Beginn des 20. Jahrhunderts im amerikanischen Slang als Ausdruck für eine schwarze Person bekannt, *jig* oder *jigg* auch als verächtliches Synonym für *Nigger.* Im Black Slang gilt *zigaboo* (oder *ziggerboo*) als eines der typisch burschikosen, selbstironischen Schimpfwörter, mit denen schwarze Amerikaner sich gegenseitig verulken. Clarence Major definiert *ziggerboo* als einen in den Südstaaten unter schwarzen Collegestudenten in den vierziger Jahren üblichen Slangausdruck für *a crazy person.* In *jig* steckt auch »ruckartige Auf- und Abbewegung«. Inhaltlich und onomatopoetisch vergleichbare deutsche Wörter sind unter anderen der ostpreußische *Glumskopp* oder *Pumuchelskopp*, eine eher liebevolle Bezeichnung für einen, der vor Doofheit oder Verrücktheit zu allem fähig ist.

Nigger

Das Wort *Negro*, von lat. *niger* für schwarz, wurde ähnlich wie die Verballhornungen *nigger, nigra* oder *niggah* (und auch *Neger* im Deutschen) bis Ende der fünfziger Jahre von Weißen so verwendet, als sei Schwarz im Gegensatz zu Weiß etwas Schlechtes, Häßliches, Minderwertiges, ja Untermenschliches. In den sechziger und siebziger Jahren gab es mit dem Wiederaufleben der Bürgerrechtsbewegung in den USA eine regelrechte Revolte gegen Begriffe wie *negro* oder *colored* (farbig), die sich zu sehr an rassischen Stereotypen orientierten und Vorurteile verfestigen halfen. Stattdessen wandte man sich Begriffen wie *African-American* oder *Afro-American* zu, die einfach die ethnische Zugehörigkeit betonen (ähnlich wie *Italo-American, Indian-American* usw.). Auch der weniger verbrauchte, zu Zeiten der Sklaverei rein beschreibend verwendete Begriff *black* wurde immer populärer, z. B. die Schlagwörter *Black Power, black consciousness* oder *black is beautiful.* Die Tatsache, daß schwarze Amerikaner sich gegenseitig *Nigger* nannten und nennen, erklärt Clarence Major als Ausdruck von »Selbstironie« und »tragikomischem schwarzem Geschichtsbewußtsein«.

Diesen maulhängkolischn Nigger

Nanny beschimpft Logan als *dat liver-lipted nigger*. Hurston erläutert *liver-lip* als »pendulous, thick purple lips«. Hier im Roman ist offenkundig neben einer hervorstechenden physischen Eigenschaft – dicke, fast blaurote Hängelippen – auch das sauertöpfische, griesgrämige Wesen von Logan gemeint, das sich im Hängenlassen der Lippen ausdrückt, wofür es im Deutschen die mundartliche Wendung *maulhängkolisch* gibt, eine Zusammensetzung aus *das Maul hängen lassen*, also verdrießlich sein, schmollen, und *melancholisch*.

Kaukasische Merkmale

Im *Dictionary of Euphemisms & Other Double Talk* heißt es dazu: *Caucasian* ist gleichbedeutend mit weiß. Der Euphemismus, der heutzutage fast ausschließlich auf Polizeiprotokolle beschränkt ist (»Zwei kaukasische Männer wurden an der Ecke von ... festgenommen«), war in der Ära der sogenannten »equal but separate« (»gleichen« und doch nach Rassen getrennten) Einrichtungen viel weiter verbreitet. Zum Beispiel Hinweisschilder in Restaurants oder Geschäften: *Members of the Caucasian race only served here* (Hier werden nur Angehörige der kaukasischen Rasse bedient). Die Gleichung kaukasisch = weiß wurde 1781 von Johann Friedrich Blumenbach aufgestellt, der die gesamte Menschheit aufgrund von Schädelmaßen in fünf Rassen einteilte, wobei eine Schädelform aus dem Süd-Kaukasus aufgrund ihrer angeblich typisch weißen Abmessungen der weißen Rasse den Namen gab.

Jim Crow

Jim Crow oder einfach *Jim* war seit dem frühen 19. Jahrhundert eine abschätzige Bezeichnung für Schwarze. Der Name stammt aus dem Tingeltangel-Song »Jump Jim Crow«, in dem der schwarz angemalte weiße Entertainer Thomas Rice zu Beginn des vergangenen Jahrhunderts in einer Minstrel Show die Schwarzen veralberte. In der Zeit der erzwungenen Rassentrennung wurde das Etikett *Jim Crow* zum Inbegriff diskriminierender rassistischer Vorschriften und Verhaltensweisen. In den *Jim Crow statutes* wurde die Rassentrennung in allen Lebensbereichen in den USA zum Gesetz erhoben, es gab *Jim Crow toilets, Jim Crow cars* in Zügen, usw. Louis Armstrong wird zitiert mit der Bemerkung: »*Meine erste Erfahrung mit Jim Crow*«, und Langston Hughes mit: »*the people who Jim Crow me have a white heart*«.

Rostich

Trocknet die Haut durch Kälte, Wasser, Wind aus, verliert sie ihren Glanz – wie rostendes Metall. Auf schwarzer Haut ist dies deutlicher sichtbar, und sie heißt dann *rusty* oder heute *ashy*.

Wischiwaschihaut

Für schwarze Amerikaner sind *meriny* oder *moriney* eher abfällige Bezeichnungen für eine ungleichmäßige hellere Schattierung von braun mit einem changierenden rötlichen Unterton (auf berlinerisch: schangschang).

Anwesen

». . . they couldn't play wid nobody dat lived on *premises*«: Häufig sind in Dialoge einfacher Leute überall auf der Welt geschraubt tönende, mal richtig, mal falsch verwendete, mal verballhornte oder ironisierte Fremd- oder Bildungswörter eingestreut. Nicht selten stecken dahinter Erfahrungen mit Verboten oder Vorschriften in irgendeiner Bürokratensprache. Für Afro-Amerikaner war die Welt früher voller Schilder wie *No trespassing on these premises*, d. h. der Zutritt zu »Anwesen«, zum Grund und Boden, zu Land- oder Herrensitzen von Weißen war ihnen verwehrt.

Marse Robert

Marse ist ähnlich wie *Marster* oder *Massa* eine verschliffene Form von *Master.*

Booker T. Washington

Booker Taliaferro Washington war um die Jahrhundertwende eine beherrschende und umstrittene Figur im öffentlichen schwarzen Leben. Als Sklave auf einer kleinen Farm in Virginia geboren, arbeitete er nach der Befreiung als Salzsieder und im Kohlenbergbau, holte das Abitur nach, studierte und wurde schließlich ein führender schwarzer Pädagoge. 1881 gründete er das *Tuskegee Normal and Industrial Institute* und um 1900 die *National Negro Business League.* Er wurde bekannt für seine Kontroverse mit W. E. B. DuBois über die Frage, welche Bildungspolitik den Schwarzen am meisten nützen würde. Washington vertrat eine den Leistungsnormen der herrschenden weißen Klasse angepaßte Strategie der Berufsbildung, während DuBois für die Förderung einer breiteren intellektuellen schwarzen Führungsschicht und für bessere Bildung der breiten (schwarzen) Masse plädierte. Washingtons von vielen Afro-Amerikanern als »Gefälligkeitsphilosophie« kritisierte Haltung gipfelte in dem Satz: »Die Schwarzen sollten nicht die volle gesellschaftliche Gleichstellung verlangen.«

Geheime schwarze Bruderorden, Großlogen

Bruderschaften spielten seit jeher eine wichtige Rolle im gesellschaftlichen Leben des Südens. Die Schwarzen bildeten ihre eigenen Bruderschaften, die sich in Stil und Inhalten eng an die weißen Gruppen anlehnten. Sie entwickelten sich aus einem vielschichtigen Netz geheimer Einrichtungen, die die Sklaven in ihren Lebensgemeinschaften auf den Plantagen geschaffen hatten. Schon im 18. Jahrhundert bildeten ehemalige Sklaven *African Societies.*

Es gab eine wachsende Zahl solcher Gesellschaften, z. B. die *Free Dark Men of Color*, die *Black Masons* und die *Odd Fellows*. Sie boten gegenseitige Hilfe bei Schicksalsschlägen und obendrein Abwechslung von der monotonen Sklavenarbeit und Gelegenheit zur Selbstinszenierung. Nach dem Bürgerkrieg waren die schwarzen Bruderorden und Genossenschaften neben der Kirche die beliebteste Organisationsform der Afro-Amerikaner. Sie wurden getragen vom Ideal der gegenseitigen Hilfe, der rassischen Solidarität und vom Wunsch nach Strukturierung und Aufwertung der gesamten schwarzen Gemeinde. Ende des 18. Jahrhunderts wurde von schwarzen Freimaurern die erste *Afrikanische Großloge* gegründet. Als Organisation traten sie selten in der Öffentlichkeit auf, außer bei Grundsteinlegungen oder Beerdigungsfeiern für ihre verstorbenen Mitglieder wie hier im Buch bei Joes Begräbnis.

Prediger, Klassenleiter, die African Methodist Episcopal Church

Schwarze Amerikaner gehörten zu den frühen Anhängern des Methodismus in Nordamerika, aber Rassentrennung beim Gottesdienst und Diskriminierung beim Abendmahl führten zum Austritt vieler schwarzer Methodisten. Es kam zur Gründung der African Methodist Episcopal Church und der African Methodist Episcopal Zion Church. Beide lehnten die Sklaverei ab und wurden daher von den Weißen argwöhnisch beobachtet. Mit dem Bürgerkrieg und der Befreiung der Sklaven wuchs die Mitgliedschaft in beiden Kirchen, die zu den beliebtesten und stärksten Glaubensrichtungen der Afro-Amerikaner in den Südstaaten wurden. Zur schnellen Ausbreitung der methodistischen Bewegung trug die planvoll organisierte Evangelisation bei sowie die Sammlung der Anhänger in kleinen Gruppen (»Klassen«), die von einem *Klassenleiter* systematisch zum geistlichen Fortschritt geführt werden sollten. Zur Predigt, welcher dabei eine große Bedeutung zukam, wurden auch nichtordinierte Laien berufen, die den typischen ländlichen Predigerstil des Südens entwickelten. Sie reisten von Ort zu Ort und versuchten, durch Predigten an Straßen und auf Plätzen auch wenig kirchlich Gesinnte zu gewinnen.

Big John de Conquer

Neben den Tierfabeln vom listenreichen *trickster Brer Rabbit* bildeten die Schelmengeschichten um *John* und *Old Marster* den bekanntesten Zyklus afroamerikanischer Volkserzählungen aus der Zeit der Sklaverei. Nach der Befreiung wurden aus dem Eulenspiegel John die überlebensgroße Heldengestalt *John the Conqueror* oder *High John the Conqueror* oder *Big John the Conqueror* oder einfach *High John*. Hurston beschreibt *John* als den Inbegriff des starken Sklaven, den Traumhelden der schwarzen Rasse, der fast immer seinen Herrn, *Old Marster, Old Massa* oder *Old Boss*, aber auch Gott und den Teufel überlistet. Oftmals brüstet sich der weiße Herr mit der Schläue oder Geschicklichkeit seines Sklaven, was zur Folge hat, daß John sich in irgendeinem Wettstreit bewähren muß, um nicht die Gunst seines Herrn zu verlieren. Der Mythos des Hoffnungsbringers John steht in direktem Zusammenhang mit dem jahrhundertealten Glauben an die Wirkkraft der *John-the-Conqueror-Wurzel*, auch *Big-* oder *Little John the Conqueror Root* oder nur *High John the Conqueror* genannt. Es sind alles volkstümliche Namen für das Johanniskraut, eine Pflanze, die im Volksglauben der Südstaaten, speziell im *Hoodoo* oder *Voodoo,* als eines der wirksamsten Kräuter zur Abwehr böser Geister und als potenter Glücksbringer gilt. Die im Gegenlicht sichtbaren rötlichen Punkte auf Blüten und Blättern stammen der Legende nach vom Blut des enthaupteten *Johannes des Täufers*, und die Wirksamkeit des Krautes erhöht sich angeblich durch Rituale, die um den 24. Juni, den Namenstag des Heiligen, stattfinden.

Zweimalkluger, zweimalschlauer Doktor, Wurzelheiler

Der Wurzelheiler, den Pheoby und Janie für einen Quacksalber halten, nennt sich selber *two-headed doctor*. In *Mules and Men* erläutert Zora Neale Hurston zu Wunderdoktoren: »Diese werden immer *zweiköpfige Doktoren* genannt, das heißt, sie sind zweimal so klug wie andere.« Wurzelheiler gehören zu den Volksheilern des Südens. Für viele arme Südstaatler, besonders die schwarzen, sind die Bräuche der Volksheilkunde bis heute wichtige Bestandteile des Gesundheitswesens.

Die Welt hat Schwarz und Weiß für Trauer ausgesucht;
schwarze Beerdigungen

Beerdigungsfeierlichkeiten sind überall im Süden ein wichtiges gesellschaftliches Ereignis. In einer Untersuchung heißt es: »Kein Neger kann in Frieden leben, wenn er nicht die Gewißheit hat, daß er bei seinem Tod eine festliche Beerdigung haben wird.« Vor der Befreiung erschien der Tod den Sklaven als die einzige sichere Art, die Freiheit zu erringen und entweder die Würde himmlischer Erlösung zu erlangen oder die Freude der Wiederbegegnung mit den verlorenen Ahnen. Beerdigungen waren eine der wenigen Gelegenheiten, bei denen schwarze Sklaven nicht scharf bewacht wurden, daher wurden Bestattungsfeierlichkeiten mit der Zeit gleichbedeutend mit Autonomie und galten als willkommene Anlässe zum Feiern. Dabei vermischten sich afrikanische mit christlichen Bräuchen. Um die Geister der Verstorbenen zu beschwichtigen, hielt man kostspielige Beerdigungen ab und darüber hinaus sogenannte *second burials*, also offizielle *zweite Bestattungsfeiern*, bei denen die Verstorbenen mehrere Monate nach ihrer Beerdigung wortreich gepriesen wurden.

Ring-Shout

Beim *Ring-Shout*, den die Afro-Amerikaner schon in der Zeit der Sklaverei auf den Plantagen tanzten und der in der *Encyclopedia of Black America* als »protestantisches Gegenstück zu *Voodoo*- und *Shango-Tänzen*« beschrieben wird, steigerten sich die Tänzer in »religiöse Ekstase«.

Bumslokal, Musikpinte

Jook, auch *jook house* oder *juke* geht zurück auf *dzugu*, ein Wort aus dem *Gullah*, dem einzigen in den USA noch gesprochenen kreolischen Englisch, das sich an der Küste von South Carolina und Georgia und auf den vorgelagerten Inseln erhalten hat. Das ursprünglich afrikanische Wort bedeutete etwa verdorben, böse. Nach der Beendigung der Sklaverei bürgerten sich *jook* und *juke house* jedoch im Süden ein für eine neue Art von Amüsierlokalen von Schwarzen: entweder für Freudenhäuser oder für Lokale, in denen getanzt, getrunken und gespielt wurde. In diesen *jooks* des Südens entstanden Bluesmusik und Tänze, die sich später, nicht zuletzt durch die Juke-Box, über die ganze Welt ausbreiteten.

Florida Flip, Coon-Can, Georgia Skin Game, Skin Game

Florida Flip und *Coon-Can* sind bei den Schwarzen im Süden sehr beliebte Kartenspiele. *Coon-Can* ist ein Spiel für zwei, das dem Rommé ähnelt. *Skin game* kann Schwindel oder Bauernfängerei bedeuten, auf ein Kartenspiel bezogen also Mogeln. Nach Auskunft von Clarence Major handelt es sich auch beim *Georgia Skin Game* um ein dem Rommé vergleichbares Kartenspiel.

Coon-Dick

Coon-dick ist offenbar ein ganz fürchterlicher Fusel, den sich schwarze Wanderarbeiter in den Arbeitslagern des Südens angesichts des dort üblichen strengen Alkoholverbots heimlich selber brauten. Hurston beschreibt in *Mules and Men* wie sie auf ihre Frage, was *coon-dick* sei, folgende Antwort erhielt: »Och, Zora, bloß wat zum Besoffen machen. Is aus Grapefruit-Saft, Maismaische, Rinderknochen un noch paar Sachen.« Wenige Sätze weiter wird das Zeug *low wine* genannt, was etwa »Fusel« bedeutet, und dann berichtet Hurston weiter: »Der Rachenputzer, den die Einheimischen *coon-dick* nannten, war zuviel. In dem Augenblick, in dem er meine Lippen berührte, war mir, als platze mir der Kopf. Ich spuckte das Zeug aus...« *Coon* ist eine seit der Mitte des 19. Jahrhunderts gebräuchliche abfällige Bezeichnung für alles Schwarze (eine *coon box* z. B. ist ein Ghettoblaster).

Mulattenreis

Zu *mulatto rice* heißt es in einem amerikanischen Kochbuch: »In der Kolonialzeit war Reis sowohl für weiße Südstaatler wie auch für schwarze Sklaven Hauptnahrungsmittel. Die Weißen aßen ihren Reis mit Butter gedämpft. Die Schwarzen zogen eine herzhaftere, würzigere, mit Tomaten, Chilischoten und Kräutern zubereitete Variante vor. Nach und nach kam es zu einer Vermischung. Schwarze Köchinnen würzten den Reis ein bißchen nach ihrem Geschmack. Nach dem Bürgerkrieg lehrten schwarze Frauen weiße Frauen, wie man aus Reis mit Hilfe bestimmter Zutaten ein Hauptgericht machen kann. Dieses Gericht wurde rasch als *mulatto rice* bekannt.« Grundrezept: »1/2 Pfund Speck, 1 kleine gehackte Zwiebel, 1 Tasse kleingeschnittene Tomaten, 2 Tassen gekochten Reis. Speck kleinschneiden, kroß braten und aus der Pfanne nehmen. Zwiebeln im Bratfett andünsten. Tomaten, gekochten Reis und Speckwürfel zufügen.«

Schmalzbiskuits

Die *beaten biscuits*, eine Art Dauergebäck ähnlich unserem Zwieback, sind ein typisches Südstaatengebäck, das in Zeiten entstand, bevor es moderne Treibmittel und elektrische Haushaltsgeräte gab. Damals wurden Pottasche und später Natriumbikarbonat verwendet, die jedoch beide dem Teig einen bitteren Geschmack verliehen. Um den ungesäuerten Teig ohne diese Treibmittel zum »Gehen« zu bringen, wurde er, wie es in einem Kochbuch heißt, »in eine wie eine Wäschewringmaschine gebaute Vorrichtung gesteckt« oder »1001mal von Sklaven mit einem Wellholz bearbeitet«, so lange, bis der Teig »weich und mürbe war und sich wie kalter, glatter Marmor anfühlte«.

Mürbeteigteilchen

Das Gebäck, das man heute in den USA als *biscuits* bezeichnet, hat sich im Laufe der Zeit sowohl in der Schreibweise wie in der Zubereitung geändert. Aus dem englischen *bisket* (oder *byscute, bysqwyte, besquite*), einer Art hartem, zweimal gebackenen, lange haltbarem *cracker* (frz. *biscotte*, dt. Zwieback genannt und den *beaten biscuits* ähnlich), wurde dank immer raffinierterer chemischer Treibmittel mit der Zeit das *baking powder biscuit*, bei uns auch als »Backpulverbiskuit« bekannt. Diese mürben, runden, ziemlich hohen Teilchen, eigentlich salzig, aber doch mit einem Hauch Süße, gibt es in den USA fast zu jeder Mahlzeit.

Süßkartoffelklöben

Sweet p'tater pone ist ebenfalls ein typisches Südstaaten-Gericht. Mit dem amerikanisch-indianischen Wort *Pone* bezeichnet man im Süden der USA einen Brotlaib oder eine Art Kuchen aus Maismehl. Hier wird aus Süßkartoffeln ein ähnliches kuchen- oder brotlaibförmiges Gebäck zubereitet, das man bei uns im norddeutschen Raum *Stuten* oder *Klöben* nennt.

Zuckerrohrsirup, zerkaute Zuckerrohrschnipsel

Bei dem Sirup, den Janie dem vorbeiwandernden Joe anbietet, handelt es sich um *ribbon-cane sirup*, Zuckerrohrdicksaft oder -sirup, d. h. den Preßsaft, der beim Zermahlen der Zuckerrohrstengel entsteht. Jean Toomer, der mit seiner experimentellen Prosa von manchen als der »Sonnenaufgang« der Harlem Renaissance gefeiert wurde, beschrieb in *Cane*, einem Prosagemälde aus dem ländlichen Süden, das 1923 erschien, die Methode des Zukkerrohrpressens und Sirupkochens, wie sie vermutlich auch in einer ländlichen Gemeinde wie Eatonville zur Zeit des Romans üblich war: »Aus der tiefen Dämmerung einer Lichtung am Waldrand erhob sich sanfter Feuerschein und breitete sich fächerartig in die tief hängenden Himmel aus. Die Luft ringsum war schwer vom Duft des kochenden Zuckerrohrsafts. Ein großer Haufen Zuckerrohrstengel lag auf dem Boden wie zerfaserte Schatten. Ein Maultier, an einen Balken angeschirrt, trottete träge um die Achse des Mahlwerks. Unter einer schwankenden Öllampe war ein Neger damit beschäftigt, abwechselnd das Maultier mit der Peitsche anzutreiben und dem Mühlstein Zuckerrohrstengel zu füttern. Ein dicker Junge watschelte mit frischgepreßtem Saft zwischen Mühlstein und Feuerstelle hin und her. Dampf stieg aus dem Kupfertopf. Der würzige Zuckerrohrduft aus dem Kupfertopf hüllte den Wald und den Hügel ein ... Er hüllte die Männer ein, die im Kreis um die Feuerstelle hockten. Einige von ihnen kauten den weißen Mark der Stengel ...«

Augenbohnen, Kuhbohnen

Blackeyed peas sind die Kerne einer auf die Tropen und Subtropen beschränkten Unterspezies der *Kuhbohne*, die wegen des häufig vorhandenen schwarzen Nabelrings auch *Augenbohnen* genannt werden. Diese Augenbohnen waren und sind noch immer wichtiger Bestandteil der schwarzen Küche in den Südstaaten (früher auch *blackplate*, heute *soul-food* genannt).

Landschildkröten

In *Mules and Men* erzählt ein Mann: »Gibt keine Schweine hier rum. Hühner kann ich nich kaufen. Ich nehm an, ich muß Landschildkröten essen.« Vermutlich hat der Wurzelheiler also den armen Schwarzen im tiefen Süden Landschildkröten zum Essen, möglicherweise auch zu Heilzwecken verkauft.

Everglades (Glades), Sumpf, Sumpfwiesen, Marsch, Torf

Es gibt mehrere Erklärungen für den Namen *Everglades*, der oft zu *Glades* verkürzt wird, auch das alte angelsächsische *glaed* für hell, glänzend, oder leuchtend, wie *River Glades* (Flußlichtungen) werden als Ursprung angeführt. Die Marschen von Mittelflorida und das riesige Überschwemmungsgebiet im Süden Floridas sind keine Sümpfe im eigentlichen Sinn, doch ist der *Green Swamp* eine Wildnis aus Marschen, Wasserlachen, Dickicht und Sandhügeln, geprägt von dem schroffen Wechsel zwischen überreicher Wasserfülle und gnadenloser Trockenheit, sengender Hitze und gelegentlichem Frost, Hurrikanen und Feuersbrünsten. Das Land der Bohnenfelder in der Gegend südlich des Okeechobee nennt Tea Cake kurzerhand *de muck*. Ein knapper, sinnlicher Mundartbegriff für die fruchtbare, fette schwarze Sumpferde, das Schwemmland, den Torf in den Marschen der Everglades südlich des Okeechobee, »eine Erde so fruchtbar, daß alles von alleine wuchs«. *Muck* bedeutet außer Sumpferde auch Dreck oder Morast und bringt gleichzeitig zum Ausdruck, daß die Schwarzen diese Erde tagaus, tagein, mit Haut und Haaren, bei Wind und Wetter erleben und abends über und über davon bedeckt sind, so daß das antrocknende Zeug anfängt zu krümeln und zu jucken.

Das Große Wasser, der *Lake Okeechobee*

Der nördlich der Everglades gelegene *Lake Okeechobee* ist mit einer Fläche von knapp zweitausend Quadratkilometern der sechstgrößte Süßwassersee der USA und zugleich der flachste. Das schilfumstandene Binnenmeer füllt sich in den niederschlagreichen Monaten von Ende Mai bis Anfang November. *Das Große Wasser*, so lautet die Übersetzung des Namens *okeechobee* aus der Sprache der Muskogi-Indianer, läuft, da es keinen natürlichen Abfluß hat, nach Süden über, sobald die riesige, größtenteils knapp dreißig Zentimeter tiefe Seemulde gefüllt ist. Der Okeechobee ist ein Unterpfand für Floridas Wasserhaushalt und damit für das Gleichgewicht der Natur. Da er früher im Sommer und Herbst weite Landstriche nach Süden hin überschwemmte, die damit landwirtschaftlich ungenutzt bleiben mußten, wurde er »reguliert«, wurden Dämme gebaut und Kanäle gegraben. Wenn im Spätsommer Stürme losbrechen, können die sonst sehr sanften Wellen zu Drei-Meter-Wogen aufgepeitscht werden. Da das ebene Land in Richtung Golf von Mexiko nur sacht abfällt, fließt das Wasser auf einer Breite von bis zu 80 Kilometern und in einer Höhe von etwa 15 Zentimetern ganz langsam der Florida-Bucht am Südzipfel der Halbinsel entgegen.

Riedgras

Dieses Gras, das bis zu vier Meter hohe *Schneidried* aus der Familie der *Riedgrasgewächse*, dessen Blätter entlang der Mittelrippe und an den Rändern fein gezähnt sind, bestimmt das Landschaftsbild im Südteil Floridas, den die Indianer *pa-hay-okee* nannten, d. h. *gräsernes Wasser* oder *Gras, das fließt*.

Bauminseln

Die vielen kleinen Baum- und Buschinseln in den Everglades, engl. *hammocks*, werden durch die überwiegend südwestlich verlaufende Strömung des langsamen, breiten Überschwemmungsflusses entsprechend geformt und erscheinen »wie Schiffe im Meer des Grases«. Weil das Süßwasser seine Strömung in dieser Niederung fast zum Stillstand verlangsamt, können Sämlinge

Wurzeln schlagen und sich klar umrissene, kreis- oder tropfenförmige, von tropischen Harthölzern bestandene Inseln entwickeln.

Hurrikane

Hurrikan ist ursprünglich ein indianisches Wort und bedeutet *Böser Geist.* Hurrikane sind gewaltige und gewalttätige Tropenstürme, die sich in Äquatornähe über dem Atlantik aufbauen. Mit wachsender Stärke ziehen sie nach Westen, ihre Windgeschwindigkeiten erreichen mitunter 250 km/h, manchmal noch mehr, mitgeschleppt werden schwere Regenfälle. Längs der Küste kommt es zu Sturmfluten. Die großen Hurrikan-Katastrophen Floridas wie die von 1909, 1926 und 1928 verursachten nicht nur Sachschäden, sondern kosteten auch viele Menschenleben. Bei der Überschwemmung von 1935 gab es vierhundert Tote (Zora Neale Hurston schrieb das Buch 1936/37).

Paradiesbaum

Der *china-berry tree* oder *China tree, Melia azedarach* oder *indische Zedrachbaum* ist ein hoher anmutiger, schattenspendender Baum, der bis zu zwölf Meter hoch werden kann. Mit seinen in Rispen angeordneten, fliederähnlich duftenden, hellvioletten Blüten gehört er zu den beliebtesten Zierbäumen der Tropen und Subtropen, was schon seine vielen sprechenden Namen andeuten: *Persischer Flieder, Indischer Flieder, Stolz Indiens, Chinesischer Holunder, Perlenbaum, Paternosterbaum* und *Paradiesbaum.*

Rabengeier

Was im amerikanischen Original *buzzard* heißt, ist nicht etwa ein Bussard, sondern ein Geier, hier speziell der Rabengeier, *coragyps atratus*, auf Englisch auch *black vulture* oder *black buzzard*, in Mexiko *zopilote* genannt, der zwischen Ohio bzw. Maryland und

Chile beheimatet ist und sehr gesellig lebt. Im Jugendgefieder tragen Rabengeier einen weißen Dunenkranz im Nacken. Aus diesem Grund beschreibt Hurston den »Pastor« vermutlich als »weißköpfig«.

Florida Puma

Eine nur in Florida beheimatete Unterart des Pumas ist der *Florida-Puma* oder *Felisa concolor corvi*, im Amerikanischen *panther* genannt. Heute soll es nur noch dreißig bis fünfzig Exemplare der großen Katzen als Restpopulation in den Everglades geben.

Sears, Roebuck and Company

Bei Sears and Roebuck konnte man bis vor kurzem per Katalog von der Gartenschere über den Sakko bis zur Waschmaschine alles bestellen. Der Sears-Katalog – ein dickes, über hundert Seiten starkes Buch mit Abbildungen von Tausenden von Artikeln – war die Bibel des amerikanischen Konsumenten und sagte nach Meinung von Soziologen mehr aus über den »American Way of Life« als die Statistiken der US-Regierung. Zu Beginn, um die Jahrhundertwende, richtete der Katalog sich vor allem an die ländliche Bevölkerung im Süden und mittleren Westen. Nach dem Motto »Alles, was verpackt werden kann, können wir liefern« und mit Hilfe der Eisenbahn wollte man den Menschen auf dem Lande die Segnungen der städtischen Konsumwelt zugänglich machen. Angeblich haben viele Menschen im ländlichen Süden durch den Sears-Katalog lesen gelernt. In den siebziger Jahren begann der Niedergang des veraltenden Konzerns, den auch der Umzug in den *Sears Tower* in Chicago – eines der höchsten Gebäude der Welt – nicht aufhalten konnte. Anfang 1993, kurz vor dem hundertsten Geburtstag, wurde der Katalogbetrieb eingestellt.

Quellen

Die Informationen im Glossar stammen unter anderen von Zora Neale Hurston (aus ihren Folkloresammlungen *Mules and Men* und *Tell My Horse*, aus ihre Autobiographie *Dust Tracks on a Road,* sowie aus ihrem *Glossary of Harlem Slang* im Anhang der Erzählung *Story in Harlem Slang*), von Robert Hemenway *(Zora Neale Hurston, A Literary Biography)*, Clarence Major *(Black Slang, A Dictionary of Afro-American Talk)*, Geneva Smitherman (Afroamerikanische Linguistin an der Michigan State University), Thomas von Randow (*Everglades, Gras, das fließt*, in: Merian, Florida, Heft 10/43), Carl-Albrecht von Treuenfels (*Das gräserne Wasser,* ebd.), Archie Carr (*Die Everglades von Florida*, Time-Life Books, 1975), Lynne F. Emery *(Black Dance in the United States)*, Wolfgang Fischer *(Die Geier)*, Werner Rothmaler *(Exkursionsflora)*, sowie aus der *Encyclopedia of Black America* und der *Encyclopedia of Southern Culture.*

Barbara Henninges